師を語る友を語る………24人の証言

語りたい俳人 上

聞き手・編者◉董《とう》 振《しん》華《か》
監修者◉高野ムツオ

コールサック社

語りたい俳人　師を語る友を語る

——24人の証言　上

聞き手・編者　董振華

目次

第4章

西村和子が語る清崎敏郎……93

第5章

奥坂まやが語る飯島晴子……119

第6章

岸本尚毅が語る田中裕明……139

監修者まえがき

高野ムツオ

数年前、董振華さんから『語りたい兜太　伝えたい兜太――13人の証言』（董振華 聞き手・編著／黒田杏子 監修・二〇二二年・コールサック社）の語り手の一人としてインタビューを受けた。その際、余談に及び、「一人の俳人を多くの人々が語るのも良いが、一人が一人を語るのも面白いのではないか」と口を滑らせたことがあった。そのあと私はうっかり忘れていたのだが、振華さんは心に刻んでいて、密かに実行の準備を整えていた。私も言い出した立場上、企画監修に係わることになった。

対象とした俳人は、金子兜太ら戦中世代の代表俳人が顔を並べる大正八年生まれ以後とした。語り手は、師としてあるいは友として身近であった俳人に依頼した。誰を誰に語ってもらうか、決めるにずいぶん難渋したが、最終的には監修者の独断に拠った。それでも二十四人の錚々たるラインナップとなった。他にも取り上げたかった俳人は十指に余る。インタビューは評論やエッセイとはまた違った角度から、それぞれの俳句に迫ることができる。また、語り手が直に接した人間像を知ることができる。これからの俳句を探る得難いヒントの宝庫であると信ずるものだ。

本書が、昭和百年、戦後八十年の今年を記念すべき二冊として、一人でも多くの俳句愛好者に読み味わってもらうことを心から願っている。

二〇二五年二月

まえがき

董　振華

二〇二三年秋、別件で高野ムツオ先生にお電話した際、「昨年『語りたい兜太』で取材したときに先生からアイデアを頂いた〝一名の俳人が一名の俳人について語る本〟を、ぜひ実現しませんか？」とお話を持ちかけた。当時高野先生から「このような企画は董君にとってより勉強になるに違いない」との助言を受けていた私の中で、次のいくつかの理由とともに、本書を実現したい思いが静かに膨らんでいたのだった。

第一に、私は黒田杏子先生の著書『証言・昭和の俳句』から啓発を受けて、同じような形式で『語りたい兜太　伝えたい兜太』(聞き手・編集：董　振華／監修：黒田杏子)と『兜太を語る』(聞き手・編集：董　振華)と『語りたい龍太　伝えたい龍太』(聞き手・編集：董　振華／監修：橋本榮治・筑紫磐井・井上康明)を編著刊行出来た。

次に、編著『語りたい兜太』の中で酒井弘司氏にインタビューした際、氏は次のように語ってくださった。「高柳重信さんがかつて『俳人っていうのは寂しいもんですね』とよく言っていました。『どういうことですか』と聞きましたら『いや、亡くなってしまった俳人を語り継ぐ新しい俳人ってなかなかいないじゃないですか。いい俳句を書いた俳人についてはしっかりそれを継承し、語り継ぐことが一番大事なことじゃないですか』と話されたことがある」。

語り継ぐことが如何に重要で有意義であるかが明確である。

第三に、私は俳句を始めてからずっと句作だけを勉強してきたが、俳句の歴史については系統的に学ぶことはなかった。また、大学時代の日本文学の授業では、俳句に関する内容は一週間分だけであったので、俳句史について断片的な知識しか持っていなかった。そして、二〇一五年仕事と母の看病などで一時作句を中断。金子兜太師が亡くなった翌二〇一九年四月から五年ぶりに作句を再開したとき、本格的に俳句の歴史を勉強しようと思い、漢詩、和歌、俳句の関係や俳諧から俳句までの変遷、代表的な俳人を含めて時代を追って、一通り整理してきたが、近現代に入ると、俳人の数の多い事と師系の複雑な事と、そして新傾向俳句と花鳥諷詠、客観写生、新興俳句、人間探求派、社会性俳句、前衛俳句などについての概念や内容への理解がまだまだ追いついていなかった。私にとって最初は「兜太論」を書くために始めたインタビュー集であったが、この仕事をやっているうちに、より広く俳句史と俳人史を知りたいと考えるようになった。確かに語る俳人も語られる俳人も皆それぞれ一冊の俳句史であると言える。

上述のような理由を持っていた故に、高野先生とお電話した時、私は「もし高野先生が監修をしてくだされば、ぜひ実現したいです」と機を逃さずお伝えした。高野先生は「ぜひやりましょう」と快く監修を引き受けてくださった。

その後二〇二四年三月三十日、別の仕事で上京してきた高野ムツオ先生とコールサック社鈴木比佐雄代表と三人で渋谷の喫茶店で打ち合わせの席を設けた。その場で「語られる俳人一覧」とそれぞれの語り手について意見を交わした。語るべき俳人が大勢いるため、高野先生の提案で『証言・昭和の俳句』の十三人をのぞいて、また兜太・龍太以降の一回り若い世代の物故俳人に限定した。そして、最終的には二十四名の物故俳人とそれぞれの語り手のお名前を挙げられ、書名は『語りたい俳人――師を語る　友を語る』に決まった。早速、高野先生がインタビューを予定する方々に電話をしてくださり、快諾を頂いたのち、私は依頼の手紙及びメールを送った。

その後、五月二十七日にご都合の良かった長谷川櫂氏を最初の証言者（川崎展宏について）に迎え、以後四ヶ月に亘って二十四名の方々からお話を聞くことができた。

本書の各語り手による物故俳人の二十句選と文中の引用句はすべて当該物故俳人の全集または句集に準拠した。また、掲載の並びは没年の若い順とした。

読者の皆様には、俳句の明日に向けて、私と共に物故俳人を語り伝える方たちの話を読み解いて頂ければ幸いである。

二〇二四年十月二十日

第1章

中原道夫が語る 福永耕二

（二〇二四年五月二十八日十三時　東京・中野にて）

はじめに

本書では二人目の語り手として、中原道夫氏から福永耕二について語っていただくことができた。俳句誌「銀化」の主宰と様々な俳句の選者を長くやっておられるからか、たいへん博識な印象を受けた。中原氏の名前は黒田杏子先生から伺っていた。同じ博報堂の後輩で、ユニークな俳句を作られているという。ウィキペディアの人物紹介でも「卓抜な機知を駆使して二十一世紀の風狂の俳諧師と呼ばれている。代表句は〈白魚のさかなたること略しけり〉などがある」と書かれていた。二〇二四年四月十三日、藤原書店が市ヶ谷私学会館で「黒田杏子一周忌追悼の集い」を主催した時、中原氏にお目にかかり今回の取材を依頼するつもりだったが、中原氏が急用で参加できなかったことは大変残念だった。その後、依頼状を送ったところ、即返事を頂いた。時間を割いて新潟句会の帰りに中野へ立ち寄ってくださるとのことだった。その細かい気遣いにも感謝を申し上げたい。

董　振華

「瓢箪から駒」の作句開始

最初は俳句をやるつもりは全くなかったというのが正直なところ。「瓢箪から駒」と言っていいほどの俳句入門です。私は多摩美術大学を卒業して博報堂という広告代理店に就職しました。美大の人を貶めるわけじゃないけど、うちの会社にいるようなコピーライター、つまり広告文案を考える人はみな東大のフランス語とか、早稲田の文学部とかというような言葉に対して優秀な人ばかり。とにかく文学畑の人が会社を受けて、それでコピーライターをやるわけです。もちろん最初からコピーライターをやれる人もいるし、営業とか回されてからコピーライターにシフトする人もいます。私達美大デザイン科出の人はそのままデザイナー見習いとして会社に入るわけです。

博報堂にはいろんな会社以外の人がしょっちゅう出入りしています。コマーシャルフィルムの演出家（フリーランサー）の根本さんがそのうちの一人。彼は有名な放送作家の永六輔の弟子でした。ある時、彼が「中原ちゃん、御社の中で俳句の会をやろうよ」と言い出しました。本人は外でもいくつか句会をやっているようでした。そのうえ、わが社のスタッフとも顔見知りで、外部ながらうちの連中の二十四、五人の仲間と一緒に俳句をやることになりました。その時はまだ福永耕二さんとは知り合っていません。仲間内でまだ俳句を大して知らないのに、「この句がいいね」とか、どうのこうのいっぱしのことを言うわけ。だけど、そのうち熱が入って来て、「これさ、内輪褒めではつまらないから、プロの俳人を呼んだ方がいいんじゃないの」という意見が出て、幹事をやっていた柿本照夫さんというコピーライターが、角川俳句年鑑に載っている俳句作家にあちこちへ電話をかけまくったようです。「いやあ、けんもほろろに断られちゃうんだよね」って。「何で」ってたら、我々のようなどこの馬の骨か分からないような人達に教えになんか行けません。第一、そんな時間ありませんと言う先生ばっかりだったそう。そりゃそうでしょう。例えば森澄雄とか、野沢節子とかいうような、当時トップクラスの方のところに物怖じせずに電話をかけてしまうのだから。他の俳人に言ったら、「それはね、世の中を余りにも知らないというもの、失礼というもの」と一蹴。

物怖じしないというのはものごとを知らないからよ。物事を知ったら、そんな大家になんか電話できませんとも。それでもずっと掛け続けては断られ、最後に繋がったのが、水原秋櫻子のところの当時「馬醉木」の

福永耕二　1965年頃
『福永耕二　俳句・評論・随筆・紀行』より転載。

編集長をやっていた福永耕二さんだった。そうしたら、「ええ、博報堂さんに俳句の会があるの、面白そうだね」って。だってみんな言葉を操る職人ばっかりなんだからと簡単に引き受けてくれることに。

黒田杏子さんも博報堂勤務でした。私も博報堂なんだけれど、今整理しておかなきゃいけないのは、私のいたマッキャンエリクソン博報堂というのは、会社の中で外資系の別の会社、例えばケンタッキーフライドチキンだとか、GMだとか、そういう外資のものは全部うちでやっていたんです。だからインターパブリック博報堂とかというふうに名前が時々資本の関係で51%と49%でひっくり返ったりしていました。

福永耕二と出会う

話に戻ります。電話が繋がったら福永耕二さんは「博報堂さんなら面白そうだ、若い人がいっぱいいて」と。秋櫻子門ですから、やっぱり今みたいにご老体が多かったんじゃないですかね。だから、その中で福永耕二さんは三十代の中でも輝いていたわけですよ。石田波郷の再来じゃないかとも言われて、非常にご寵愛を受けていたから、編集長という要職を任せられたんじゃないかと思います。

それで、「先生、下世話な話なんですけど、謝礼は会社の福利厚生のところから、毎月、同好会に一万円支給されることになっています。それをそっくり先生に差し上げるということで、よろしいでしょうか」と言ったら、「いいよいいよ」と快諾。今だったら「ノー」と言われるかも(笑)、昔だから今の一万円より価値があったとは思います。それをお支払いして、月一回来てもらっていたわけです。福永さんの家は千葉市美浜区の磯辺にあり、私と同じ方向だから、その月の句稿が集まると僕が家へ帰る時、途中下車して持って行くことが多かった。

広告代理店というのは恐ろしく忙しい人ばかりで、今日仕事が終わったら明日からロケに行くとか、今日はスタジオに入っているとかで、全員の句を集めるのに時間がかかります。いつもぎりぎりまで待って集めて清書して福永さんのところへ持って行く。福永さんの家は私の住んでいる稲毛の手前の幕張駅。その頃ファックスとかは個人ではあまりもっていない時代で、皆の句稿を会社に来てもらう前に見てもらっていた方がいいということで、駅近くにある飲み屋で待ち合わせして飲みながら色々と面白い話が聞けたことを覚えています。

左より能村登四郎・林翔・耕二　1965年頃
『福永耕二　俳句・評論・随筆・紀行』より転載

私なんかはデザイナーで、文学部出でもないし、とにかく語彙も貧しいし。ただデザイナーの目で見る句材の切り取り方はあったかと思う。余計なことは言わずに一番自分が言いたい処だけ切り取れば、鮮明な句ができる。俳句って五、七、五の十七文字しかない小さい世界ですから、全部は入り切らない。デザイナーなりの目の付け処とかの切り取り方がだんだん評価されていて、言葉は知らなくても、後々に自分のものにしてゆくしかないなと思い始めたというわけです。最初は先生の○なんか全然貰えなかったですよ。

一年ぐらい、泣かず飛ばずという状態が続いていた。それでもそんなもんだと思ってるからまるで平気。文学部出のコピーライターとは資質がまるで違うんだからと割り切っていました。それでいたら、ある時、〈冬空に送電線の絡まれり〉という句を句会に出したら、「なんてことないじゃないか、見たまんまという感じの句でないか」と、うちの連中が酷評したのに、「俳句はこれでいいんだ」と福永先生が◎をくれ、それが初めての特選となった。これをきっかけにちょっとやる気が湧いてきた。

九州から東京へ

福永さんはもともと九州のラ・サール高校を出て、鹿児島純心女子高等学校に教師として教えたのです。「馬酔木」の何周年かの大会がたまたま九州「馬酔木」支部の持ち回りだったようで、福永さんが秋櫻子先生を迎えに空港まで行ったようです。そこでその日の句会で出句した〈いわし雲空港百の硝子照り〉が秋櫻子の特選を受けたと聞いています。

大会が終わって、秋櫻子が東京へ戻ってきて、当時市川学園の教頭をしていた能村登四郎と会うわけです。その頃「沖」がまだない時代で、登四郎も「馬酔木」に在籍していました。秋櫻子は登四郎に「能村さん、九州に若くて有能な男がいるんだけど、九州でずっとやってたら腐っちゃうから、どうにかして東京に呼べないものかね」と打診して来たそうです。ずっと後のことですが、コールサック社代表の鈴木比佐雄さんも市川学園の出身で、福永耕二論を書いていることも知りました。そんな事情があり、能村登四郎は「承知しました。九州から福永という人を呼びましょう。うちの市川学園に机一つぐらい用意させます」と。それから呼ぶとなったら、アパートか何か住む所を用意しなきゃいけない。その時は単身赴任で来て、こっちへ来てから美智子さんと出会って結婚したんじゃないかと思います。句集の中にも結婚して子供が生まれるという句が出てきます。長男の克子夏の名前も次男の新樹君の名前も崇めている秋櫻子さんの句集名から取っているところからそのことが分かります。今現在も聞くところでは、美智子さんは「馬酔木」の同人のようです。

福永耕二と社内で句会を

ある程度に句が作れるようになったらば、ある時「先生を呼んで江東区の土橋にある『伊せ喜』で泥鰌を食いながら、浴衣がけで句会もいいんじゃないの」ということになりました。これは福永さんが亡くなる一年半ぐらい前ですから、四十歳になったぐらいのときでしょうか。それからもう一回は箱根の塔ノ沢温泉の「一乃湯」に一泊どまりで吟行会をやろうということもありました。だけどそのとき福永さんは急病で来られなかった。「後で作った句は見てもらえますよね」と言ったら、「いいよ」という連絡が入りました。

福永耕二の死

一年半ぐらい過ぎたある時、福永先生がしばらくおいでにならないと思っていたら、幹事の柿本照夫のところに奥様から電話がかかってきて、「主人はちょっと体調がすぐれなくて入院しました」と言うのです。

さっき言ったように福永さんの家は私の家から二駅です。お見舞いに行くことになり、そのころ四歳の長男を自転車に載せて、国道十四号線脇にある額田病院という所へ行きました。そこの病院は一般の病院ではなく、ちょっと特殊な病気に特化しているような、ちょっと変わっている病気の人達が入院する病院でした。

面会すると「おう、中原君来たか」みたいな感じで、話をしていたら、院長先生が回診で回ってきて、「ちょっと外へ出て待ってください」と。しばらくしてから福永さんが出てきて、「二週間後ぐらいにはもう退院できそうだよ」と。それで一寸安心して持参したメロンを渡し、自転車で息子と帰ってきました。

ところが、しばらくして幹事から私のところに電話がかかってきて、「福永先生が亡くなった」と言うのです。「えっ！　いつだよ、いつ、なんで」とか言って慌てたことを覚えています。今になっても思うのですが、すごく因縁めいているのは福永さんの二冊目の

福永耕二　1973年頃『福永耕二　俳句・評論・随筆・紀行』より転載

句集『踏歌』にある〈新宿ははるかなる墓碑鳥渡る〉という句を亡くなる前に句集の扉に書いてもらったことです。いろいろ聞いているうちに、額田病院の誤診だということが聞かされました。様態が中々好転しないので、すぐに西新宿にある女子医大病院に転院したそうなんですが、手遅れだったそうです。勝手な思い込みかも知れませんが、要するに「新宿は遥かなる墓碑」を深読みすると、ビル群つまり墓碑のすぐそばに行って亡くなったというわけです。

何で敗血症になったかと聞いたら、福永さんは以前から歯が悪いのに、歯医者へ行くのが嫌いで、正露丸なんかを詰めたりして、ごまかしていてグラグラの歯をあっちこっち持っていたらしいのです。それを自分で抜いたようで、そこからばい菌が入っちゃったということなのでしょう。とにかく歯医者に行くのが大嫌いということをエッセーにも書いています。

福永さんは十二月四日に亡くなりました。磯辺は千葉の中でも海寄りで温暖なところですが、葬式の日は特に寒かったことを覚えています。今みたいにセレモニーホールなんかない時代だから、葬儀を磯辺のご自宅の小さい平屋の家でやりました。一サラリーマンというか、一教職員が最大限の土地を買って、家を建て、家の横には芝生の庭がありました。その芝生のところが会場となり、びっしりと弔問客が並んでいました。周りを見ると、いろんな木があります。句集の中にも出てくるんだけど、福永さんは雑木というか花の咲く木なんかが好きで、買ってあっちこっちランダムに植えていたようです。「どんどん育っちゃって、大変なことになっている」ようなことをよく言っていました。そのくらい植物が好きだったみたいです。福永さんの句にも植物や鳥などを詠まれたものが多く見られますが、それを反映しています。

能村登四郎との出会い、そして「沖」に入会

その時に、私を横から突っつく「沖」同人の野村東央留という人がいました。彼は囁くように「あの人が能村登四郎だよ」と教えてくれました。沢山並んでいる弔問客の中に瓜実顔の人がいて、それが能村登四郎でした。私はその時まだ「沖」に入っていなかったの

ですが、名前は知っていました。福永さんは秋櫻子の門下でもあるし、能村の門下でもあったのです。私は福永さんの葬儀で能村登四郎に初めて会うわけです。でも挨拶するわけでもなく、チラと垣間見ただけです。福永さんも本当は自分の結社を持ち、独立したいという野心があったようでした。あるとき、銀座線で電車を待っているとき、「僕が新しい結社を持ったらあんた来てくれないか」と言われたことがありました。

左から次男新樹・耕二・長男克子夏・妻美智子
1979年『福永耕二　俳句・評論・随筆・紀行』より転載

福永さんが亡くなってしまい、社内の句会にまた誰か指導者を呼ばなきゃならなくなって、能村登四郎の門下である久保田博さんという人が数ヶ月後に教えに来てくれることになったのです。福永耕二は四十二歳でしたけど、久保田博さんはその時すでに六十過ぎの、結構な年の人に見えました。

福永さんは毎月会社へ教えに来てくださるついでに、「馬酔木」を毎月くださる。彼は編集長だから、自由になる冊数や残部があったんじゃないですかね。それをもらって「馬酔木」に投句していたら、八ヶ月目に水原秋櫻子選に二句入ったんです。一句十年というのが普通だった時代。能村登四郎も「馬酔木」で一句組がずっと続いていたというふうに後で述懐していますが、本当かなと思います。

「二句入選は赤飯ものだよ」と、みんなに言われたんですが、久保田さんは、「あなたはね、秋櫻子のところにいても芽が出ない。『沖』の方が合っているのではと思う」というふうに言われ、「はい、分かりました」と、私って決断も早い。「そうですか、なんで」と聞きましたら、「秋櫻子の作風が綺麗さびというか、抒情の人だから、あなたみたいに諧謔だとか、ちょっとユーモラスな句は向いてないかもしれない。それを生かすならば能村登四郎の方がまだそういうものを理解する懐があるから」と。もちろん「秋櫻子のところを止めなさい」とは言わないまでも、「向いていないよ」と。「なら」と言う訳で、購読して二ヶ月後には「沖」に句を出し始めた。福永さんの時みたいにただで雑誌をもらうわけではなくてね（笑）。そして私は独立するまで能村登四郎の「沖」にずっといたわけです。

福永耕二の印象

まず福永さんは一言で言うと、やっぱり薩摩隼人の血が継がれています。南九州の人には西郷隆盛とかのような人たちは薩摩隼人とは言わないようです。要するに政府側に付いたか付かないか、言い換えれば中央に対する背を向いた側じゃなくて、支持する側の方で、そういう人たちを美化して薩摩隼人という言い方をするようです。だから福永さんに〈橙やうすれうすれし隼人の血〉という句がありますね、自分を自嘲した句だと思うんです。自分は若いときにはそういう猛々しいというか、熱気盛んな薩摩隼人の血を継いでると思っていたんだけれど、東京へ来て何年も経つと「うすれてしまった隼人の血」という気分を吐露したのだと思います。私も耕二亡き後じゃないけど、前書を付けて、彼の句〈燕が切る空の十字はみづみづし〉に対して、〈耕二死後燕は十字を切らぬかな〉という句を作った。その返歌は耕二さんが死んだら燕は以前のように勢いよく空を飛ばなくなっちゃった、ちょっとした寂しい思いを書いたら、林翔は「これは立派な挨拶句」というふうに読んでくれたんです。

福永さんは血気盛んな感じが見て取れました。私など新潟の雪国生まれは、忍耐強いなどと県民性を言うことがありますが、新潟の人と鹿児島の人は性格が違うと感じていました。鹿児島の人はどこか血の気が多い。ある時、正木ゆう子他と別の会で一緒に飲みに

左から中條明・耕二　1980年
『福永耕二　俳句・評論・随筆・紀行』より転載

行ったときに、細い道路で少々酔った人がやってきて、肩に触れたことがありましてね、福永さんがすぐ「おい、アンタ」とか言って相手を威嚇する場面があり、ヒヤリとしたことがありました。そのとき、「先生、止めなさいよ」と正木さんが止めたんです。福永さんは酔うと、コロッと人格が変わって喧嘩っぽくなることがあったようです。本当に何度か喧嘩になりかかって、向こうは喧嘩をやったら間違いなくボコボコにされるような男なのに、それでも食ってかかる。そんな感じだからちょっと別な面を見たような気がしました。また、福永さんは歯医者が嫌いというのは、おそらくそれの裏返しで、実は小心者なのかも知れない。自分でグラグラグラグラしている歯を抜いちゃったという話を聞いた時に、「あっ」と思ったけど、そういう性格でした。

　次に、福永さんは凄いなと思ったのは、三十代で既に大手出版社の歳時記だとかいろんなところで文章を書きまくっていました。この人に頼んでいれば間違いないということで、いろんな仕事を頼まれていたみたいです。兎に角、もの凄く色んなことをよく熟知してました。私らは俳句を始めたばかりで、何も知らないことだらけ。どんな季語でも福永さんは全部頭の中にたたき込んでいるような人だから、秋櫻子先生も福永さんに任せておけば問題ないと思われ、編集長を任せたのだろうと思います。兎も角、こんな若さと思うぐらい、実際年齢は三十七、八だけど、万端通じていましたね。会社の連中もあと十年ぐらい福永さんの後について俳句をやっていたら、少しは物知りになれるかという気持だったと思います。

私はあまり勉強しない方で、第一句集『蕩児』の頃はできるだけ見たことのない、他者が驚くような句を作りたいなどと思ってもいなかった。能村登四郎の序文に私の処女句〈白魚のさかなたること略しけり〉について、「俳壇の人達が、〈白魚のさかなたること略しけり〉なんて句を能村登四郎も取り上げていますねと。確かに俳句という小さい器はほとんどがどっかで見た句の焼き直しだとか、類想のあるもの。だけど、こんな句が出てきたら私もドギマギするというか、こういう句に◎というか、特選をあげていいのかと実のところ迷った」と書いている。

それは別に私の中で、例えば福永さんの〈白魚の黒目二粒づつあはれ〉という句があるのですが、あれが頭の中に入っていたのか、それとも芭蕉の〈あけぼのや白魚白きこと一寸〉という句もあるし、そういう先達の句を避けようとして、「略しけり」という言葉が出てきたのか、自分でも良く分からない。できるだけ人とは違うものを目指そうなんておこがましい。何しろ夢中に進むだけ。自分が進んだ後に自分の道が出来ていることが少し解り始めた。そこから進んでいくのは全く荒野です。そこに新しく線路を引くようなものだから、しかし他者と同じような句を作らないようにすることは大変といえば大変でした。

第三に、福永さんと一緒に吟行に行ったことがないので、彼がどうやって俳句を作るかは知りません。一緒に句会をやる時でも、すでに手帳に何句か書いているんじゃないですかね。そういう姿も覚えていません。呻吟するとか、困っているという感じではなくて、パパッと処理されていました。句会場ではみんな和気藹々でした。もっと大御所と呼ばれる先生だとみな襟を正して、緊張しているんだろうけど、福永さんは私たちと同世代ぐらいか少し上、見た目は年を取って見えるけど、こちらは緊張していなかった。広告代理店は捌けている意味で、上も下もあまり意識せず、ざっくばらんな感じ。知らなければ、「先生、これどういう意味?」とか平気で言葉遣いもぞんざいに聞くことも許してくれていましたしね。聞きたいことはどんどん聞いてみようという感じ。そういう意味で言えば私らが秋櫻子の前に行ったら固まって身動きなんてできなかったと思いますよ。福永さんの前ではそういうことはなかった。

江東区「伊せ喜」にて
コピーライターの馬場マコト他と
右・福永耕二
1980年頃
写真提供：中原道夫

面白いのはこの度のインタビューのお陰で、福永さんの三冊の句集をもう一度読むことができました。これは付箋紙をつけた句を今も好きかどうかと確かめて、それで選び直したんだけど、福永さんは第一句集『鳥語』も第二句集『踏歌』も吾子俳句が目立って多いです。要するに子供の成長時期で克子夏がどうのとか、という句がよく出てきて、ちょっと私は甘いなと感じる部分がありました。親が子を可愛がるのは当然だけど、頻出すると、鼻白むというか、ちょっと削ってもいいなという感じがあります。福永さんは当時三十代で、今私は七十代でしょ。福永さん自身の年が途中で止まっちゃっているわけです。私は二十六の時に子供が生まれたんですが、吾子俳句がほとんどない。だからみんなが吾子俳句が少ないねっていう。

そう言う私も母親が死んだときは五十句ぐらい作ったんだけど、句集で残したのは五句ぐらいかな。あんまり「母、母、母」の句を作ると、マザコンみたいと思われるのも嫌ですからね。しかし母を詠っているのはある程度許されますが、頻出すると、ちょっとと思ってしまう。福永さんの句は三十代だから許せるんだよ。子供も大きくなればそんなことはもうないと思うし、今度は孫俳句になる。それは割引きます。自分が三十代だったらあのくらいの容量の句を目指したかも知れない、素晴らしい抒情性というか、師である秋櫻子の影響、それから石田波郷の影響ではないかと思われます。

いろんな俳句の結社があるから、それぞれ特徴があって一言では言えないですが、抒情がどっぷりの人もいれば、いまさら抒情なんて言う人もいます。それは抒情の解釈の仕方の違いにも因りますが、みんな少しずつ違って、福永さんがもし今生きていたらどうなっていたか知りたかったですね。福永さんが生きていたらもう八十五、六歳。俳句はどのように変化して、作風はどう変わっているか。三十代で作った抒情句を全部かなぐり捨てて、新しい境地になっていたのでは？　それも見たいんだけど、福永さんは若くて亡くなったことで有終の美を飾ったんじゃないかと言う人もいるわけです。

福永さんには二年間しか習っていないうえに、今となると物凄く記憶が欠落、稀薄になっています。後になって思い出すかもしれないけど、とにかく印象深かったのは福永耕二が会社での句会のスピード感ある捌きと圧倒的な知識量です。ああいうふうに森羅万象を自分のものとし、それを五七五という詩型で描けるというのは凄く魅力的だなと感じていました。私の将来というか、ああいう人間になれるとはゆめゆめ思いませんでしたが、少しでも近づけたらなと思っていました。

随筆、紀行文の福永耕二

福永さんはしっかり基礎ができているから、そつなく公平な目で書いています。その辺を見ただけでもやはり秋櫻子先生は見抜いていると思わせる。だって私は三十代であんな俳論を書けないですよ。その当時は私なんか右も左も分からないから、福永さんの評論を読んだって、こういう俳人がいるんだ程度。だから酷いもんです。今なら読んで全部了解する感じです。

福永さんの俳句や文章には、島、植物、花などの構成から成り立っている印象が深い。インデックスに使われている季語というもので仕分けると、植物が一番多いかもしれない。その土台になっているのは旅です。

江東区「伊せ喜」にて
マッキャンエリクソン俳句の会の女性達と
右から２人目・福永耕二
1980年頃
写真提供：中原道夫

福永さんは鹿児島の出身だから、トカラ列島などまず身近なところを旅している。特に離島が好きだったようです。また、地理的に鹿児島から北海道の知床へ行くよりは鹿児島から船で離島に行けば、奄美大島とか屋久島とか徳之島とか近い。

丸茂和志さんという市川学園で福永耕二に教わったOBが居て、「銀化」の会にいました。とにかく彼の顔は地黒で真っ黒。福永さんが面白がって南洋の土着民のように「丸モン君、丸モン君」と呼んでいたらしい。福永さんは丸茂君を連れて臥蛇島とか、悪石島とか、いろんな島を点々と訪ねています。そのうちの諏訪之瀬島は私らの時代はヒッピーのよりどころになっていました。トカラ列島は十幾つの島からなっていて、宝島とかは映画にもなりましたね。諏訪之瀬島は活火山で、一度船で渡ると、二週間以上船は来ないので、簡単には帰れない所。そこには警察の手が回らないから、マリファナとか薬物をやるには都合が良かったようです。そこを訪ねていることも紀行文に書いているし、その丸茂君は台風の余波で船が大揺れして、「先生、もう駄目だ、俺はついていけない」と、途中で戻って来たみたいなことも書いてます。

それから福永さんはいろんな俳人も訪ねて、いろんな地にも行っています。学校の先生であんなに旅していたら、お金はどうしたのかな、という余計な心配しそうなくらい。ある時、青森の弘前に行ったようです。「花寿司」というお寿司屋さんがあって、店主は木附沢麦青といって俳人なんです。ちょうどその前年、麦青さんは角川俳句賞を受賞しました。その前年も五十句で応募したんだけど、大ミスして四十九句でなんと一句足らず、審査員に落とされてしまう。しかし次の年にちゃんと五十句を揃えて角川賞を獲るわけです。福永さんは当時角川俳句賞を獲った木附沢麦青さんに興味を持っていたんじゃないですか。角川賞は風土性の俳句を標榜している時期があって、村上しゅらとか、山崎和賀流とか、東北の人たちが毎年角川賞を取っていた。だから、東北時代という我々は呼んでいたんだけど、そういう東北生まれの作家に会いたくて寿司屋をやっている俳人の木附沢麦青さんのところを訪ねて行ったようです。

芭蕉が西行のあとを追いかけているように、福永さんは「花寿司」の主人の木附沢さんに会いたくて訪ねて行ったのを聞いて、私は福永さんが亡くなったあと、同じように後を追ってそこでどういう寿司を食べ、どういう俳句の話をしたかを知るために、後を追い「花寿司」を訪ねています(笑)。そうしたら、「カウンターのここに座って、寿司を食べましたよ」と木附沢さんが言い、その場所で一緒に写真を撮りました(笑)。

福永耕二の俳句

いわし雲空港百の硝子照り　『鳥語』

当時の私の中に刷り込みとして入ってきた福永耕二の句はやはり〈いわし雲空港百の硝子照り〉の句です。これは鹿児島に優秀な青年がいるよと言われた福永耕二が秋櫻子を迎えに行った時の句です。その句会で秋櫻子の特選だったということを知っているからなのかもしれないが、でもいい句だと思っています。もちろん、空港だからガラス百枚で収まるわけがないですが、たくさんという意味の数詞の百とか千とかというところの効果と、ガラスに全部いわし雲が、少しずつ角度が違え、そして光り方も違い、どこかモザイク風に見えると思うんです。「硝子照り」も福永さんの造語だ

江東区「伊せ喜」にて、マッキャンエリクソン博報堂俳句の会のメンバーと　前列右から二人目・福永耕二　後列前列左から二人目・中原道夫　1980年頃　写真提供：中原道夫

と思いますが、同時に主観というものを加えていない良さがある。

娶るまで曲折もあらむ蜷のみち　『鳥語』

この句は全く主観です。中八は字余りで、「も」を取ってもいいと思うけど、こういう字余りも尊重しております。「曲折もあらむ蜷のみち」というのは自分が美智子さんを娶るまでの「この女性の方がいいかな、いやどうだろう。将来母としてどうだろう」という、やっぱりファーストインスピレーションで「この人と結婚する」と予感する人もいれば、いろいろ自分の心理的なもので、曲折があるということを「蜷の道」に事寄せて書いているのは分かりますね。グズグズと常に逡巡していて、田んぼの中とか、脇の水門のところだとかにひっついてる小動物ですから、「曲折もあらむ蜷の道」の「曲折」は重複しているんじゃないかと言う人もいるかもしれません。でも三十代の作品ですからいいじゃないですか。

飛ぶ意ある雲を繋ぎて枯木立　『鳥語』

この句と二十句目の〈還らざる旅は人にも草の絮〉（『散木』）とがあって、これは青春性という意味で言えば非常に突出していると思うのは、「帰らざる旅は人にも」というフレーズです。こういう抒情性は二〇一七年岩田奎さんの開成高校のときの第二十回俳句甲子園全国大会の最優秀句〈旅いつも雲に抜かれて大花野〉の句と非常に近い抒情です。その時、審査員から凄いのが現れたねと。その抒情性は福永さんの句と酷似しているとすぐ思いました。それと福永さんの「雲を繫ぎて枯木立」の句も、雲を自分の眼前にずっととらまえておきたいというか、繫いでおきたいという感じも、やはり若い抒情性が横溢している、そんな感じがします。

雲影をいくたびくぐる野蒜摘　『踏歌』

この句もやはりさっき言ったように、岩田奎さんの〈旅いつも雲に抜かれて大花野〉と似ています。「雲影を潜る」というよりも雲は勝手に背に影を落として行ってしまうわけです。その辺の土手で野蒜を摘んで行くような感じですか。こういうことを言うと、なんで野蒜摘みなのか？　蓬摘みだっていいじゃないか、季語が動くという人も出てきそうです。背中に雲の影が落としているということで言えば、雲のような常ならぬもの、人生は一定じゃない無常だということ。深読みすればそんなこともどこか感じていたんではなかろうかという気はしました。

雲青嶺母あるかぎりわが故郷　『踏歌』

この句は福永さんの多くある吾子俳句、母俳句の中で共感する人が多いと思います。母がいるから帰省するという人は多い。青い嶺が見えて、「故郷は遠くにありて思うもの」ではないけど、やっぱり母がいなくなってしまうと、墓は残っていても、足が遠のく。これは東京から鹿児島へ帰った時の句ですが、足が遠のくという感じは私の思いと同じ。特に男の子にとって、故郷に繫がれているのは雲でも山でもなくて、母なんですね。もちろん自然に繫ぎ止められることもないこともないけど、やはり母に私は繫ぎとめられている。それは母への愛の力だと思います。

燕が切る空の十字はみづみづし　『踏歌』

この句はさっき言ったように、私の〈耕二死後ツバメは十字切らぬかな〉という返し歌の原点の句。それを林翔が「これは耕二さんの原句を知っている人の追悼句、中原君が作るところに意味がある」というふうに評価してくれました。

凧揚げて空の深井を汲むごとし　『踏歌』

こういう「空の深井」という表現の仕方は当時、流行りの風潮があったのかな、空は上にあるもんだけど、深井は地面にあるという真反対の方向性。上田五千石には〈風船を手放すここが空の岸〉という句があります。空は川に見立ててここが「空の岸」というふうに詠っています。同じ時代で結構こういった天地逆転させたような作り方があったんじゃなかろうかと思います。

『福永耕二　俳句・評論・随筆・紀行』
(福永美智子編・安楽城出版)

橙やうすれうすれし隼人の血　『踏歌』

この句はさきほど言っておいた自嘲です。本当ならばもうちょっと自分を鼓舞すると言うか、叱咤激励して隼人の血を取り戻したい気分。しかし俺も東京なんかに出て来て、都会生活に慣れてしまったかという慙愧の気分。むき出しな血気というか、パッションみたいなものが段々無くなったようだという淡い悲しみの思い。「橙や」で表しているけど、どんどんその血も合わさって、純潔じゃなくなるという意味で柑橘類の代表として橙を持ってきているんじゃなかろうかと。単なる橙という蜜柑じゃなくて、それが象徴的というか、シンボリックに橙を据えて、自分の中もだんだん

だんだんいろんな血と混じっていく慙愧の思いです。「代々」(系累)の音ともかけているかもしれない。

白魚の黒目二粒づつあはれ　『踏歌』

水の中にいる白魚というのはほとんど半透明か透明で水と同化していて、姿がよく見えない。だけど目だけはちゃんと黒くて丸いものがぽちっと付いています。後藤比奈夫さんに〈白魚汲みたくさんの目を汲みにけり〉の句があります。それは白魚は半透明だから、水の中にあって、体が見えない。しかし、水を汲んだら、白魚がいっぱい入っているというところの目のつけ方。それからさっき言った芭蕉の〈あけぼのや白魚白きこと一寸〉の句は、「曙や」という時間帯を切り取っています。でも、やっぱり汲み上げてはじめて網の中でピチピチ犇いていて、初めて白魚を意識化するということをやっている訳です。また、私の〈白魚のさかなたること略しけり〉のも何かこの辺に知らず知らず洗脳されているのかなと思ったけど、みんながあたらしいと。私の「白魚」はどっちなんだというような論争があって、「しらうお」なのか、それとも「しろうお」なのか、「サケ科」と「ハゼ科」と別種なるもの。踊り食いするのは「ハゼ科」。大体みんな「ハゼ科」で読んでるようです。体自体が見えない方はイサザ(しろうお)ですからね。

新宿ははるかなる墓碑鳥渡る　『踏歌』

この句はさきほど言いましたように、すごく因縁めいている。新宿駅西口で降りると、昔は高層ビルは住友三角ビルを含む数本しかなかった。今は霜柱のように林立している。そんなにビルがないときに福永さんはこの句を詠みました。自分がまさかそんな近くへ行き亡くなるとは思ってない。「新宿ははるかなる」という措辞は、千葉から見ているということです。自分が額田病院での誤診があって、それでちょっとこれは治りがおかしいよということになって、新宿の女子医大へ移動することになった。そしていくらもしないうちに亡くなったということを後で知るにつけ、自分の死を予見している、予知しているような句と思えてみな背中が寒くなったと言います。それを知っている人は、「新宿ははるかなる」は単なるビル=墓碑の見立てではなくて、自分がそこに行くという未来を見通している怖さのある句だと思うんですね。

一行詩白南風に立つ燈台は　『散木』

この句は「白南風」の「白」と「立つ燈台」の「白」との暗黙のうちに、了解させられている。見立てに過ぎないという人もいるかもしれない。まっすぐ一本に立っている灯台、後は青空と海。岬の突端にある。だから、夾雑なものはないわけで、そういう構造的な潔さみたいなのを書いている。それで私はここに感化されたというか、後になって思えばなんだけど、忘れていたんですが、「一行詩」という言葉が出てきて、私は〈蠅取リボン蠅のかきたる一行詩〉の句を作っている。ここが源泉かどうかわからないけど、灯台の見立てとしては似てるのかなとも思う。

天網の篩ひこぼせし風花か　『散木』

まず、「天網恢恢疎にして漏らさず」という言葉があります。天に網があるというのは〈虚〉。だけど、飯島晴子にも〈天網は冬の菫の匂かな〉の句がありま

す。それで福永さんは天網というのを使いたかったかどうか分からないけど、そんな天網というのは密度の濃い網じゃないと。ですが、風花ぐらいだったらひょろりと落ちてくるんじゃなかろうかと。これも見立てから生まれた句かと。

還らざる旅は人にも草の絮　『散木』

これは単なる青春性と、それから芭蕉の〈旅に病で夢は枯野をかけ廻る〉の句を想起し、私はもうここには帰って来られないという気分。出たところの起点が分からないし、最後はどこで死ぬかも分からない。だから人生の覚悟は〈いつ〉〈どこで〉するのかなという感じ。福永さんはこの頃から「新宿ははるかなる墓碑」の伏線として持っていたのですね。死の匂いがするとは言わない。でも人間はいつかは死ぬんだから、今いる世界をちゃんと見ておかないともう二度と見られないかもしれないという諦念、そういうのは俳人の資質としては大事なことじゃないですかね。福永さんは三十代で既に獲得してるんだから。久々に福永耕二の心に会った感じがしました（笑）。

福永耕二が後世に遺したもの

さっき言ったように福永耕二のことに非常に憧れているというか、「あなたは初学のときにそういう抒情が横溢している俳人に出会ったことがあなたの根っこのところに遅効性の肥料なのか、速効性の肥料なのか知らないけど、要するに最初からいい養分を吸ったんじゃないか」と言われたことがあります。お米を研ぐ時と同じ様に、最初はミネラルウォーターで研ぎなさい。後は水道水で流しても良い。要するに最初は一番いい水を吸収させて頂いたという人は私以外にも多いと思います。もし福永耕二が生きていたらどうか、今になって思えば勿体なくも亡くしてしまったと思う人も多い筈。同時に福永耕二のあの三十代の抒情性が今の四十年とか五十年後にあのままでいけるかと言われると「ちょっと」という気分もある。相半ばをするんじゃないでしょうか。

だから、口の悪い人はあの時点で亡くなって良かったよという人もいる。むごい言い方ですけど。今の若い人にとって、例えば、岩田奎君みたいな人たちがそういうのをいち早く青春の抒情性というか、まだ手垢のついていない、あまり大人の世界に汚されていない、こういうところから多分汲み取ってきているのではないかと思います。だから、ある意味で言えば青春俳句のバイブルというか、ここで勉強して、ちょっと土台固めをして、それから自分の木に違う果物を実らせるというか。当然師系にもよります。やはり師は持つべきだと思う。もちろんいろいろインターネットでやれる時代だから、師匠は要らない、結社に入らなくていいと言う人もいる。そういう意味で言えばやはり最初にそういう師と言えるような人を探すというか、句を見て最初に入ってくるものが基準となることが多い。スタンダードというのは作者名ではなく作品です。古典になるというのはそういうことでしょ。自分の句は古典になるなんておこがましいことは勿論言えませんが、やはり古典になるということは、時代の要請でもありますが、なるべくしてなるものはなるし、そうじゃなくて淘汰されて消えゆくものは消えて行く。だから俳句の人生でこれはと思うものが、例えば私の

「滝壺の」句でもいいけれど、誰かが覚えていて、「これは誰が作ったんだっけ」とかって句だけが覚えられて、一人歩きして作者なんか忘れられてもいいということ。そんな思いは福永さんの句にどこか感じる、通じるものがあると思う。「誰が作ったんだっけ、作者は？」とちょっと探してみるという、それが本当のスタンダードではないかと思う。だからスタンダードというのはイコール青春の出発点で出会う、距離的に近ければ近いほど、いいんじゃなかろうかなと思います。

（引用句は水原春郎・能村登四郎監修・安楽城出版、平成元年、『福永耕二　俳句・評論・随筆・紀行』を踏まえた）

おわりに

言語と視覚表象との関係を語る時、詩と絵画との密接な関係が論点の一つとして挙げられると言われる。美術大学出身の中原氏はアートディレクターとして就職。社内の俳句同好会で俳句を始め、福永耕二の指導を受けた。「俳句（詩）をやるつもりは全くなかったが、瓢箪から駒と言っていいほどの俳句入門です」との語り口はとても楽しい。氏は俳句を始めてすぐ、第一回俳句研究賞は逃したけれど注目を浴びた。続いて俳人協会新人賞、俳人協会賞を相次いで受賞。現在、新潟日報俳句欄選者、「俳句研究」読者俳句欄選者、BS俳句王国選者、日本文藝家協会会員、俳人協会名誉会員等を務めておられるが、どこにいてもユーモラスな性格は注目の的になるだろう。氏と初めて接した時、博識且つ大らかな印象を受けたが、実はとても繊細である。今回の取材において、四十年前の福永氏との交流を記憶正しくかつ丁寧に語り、そして、原稿を決定版にするまで四回の修正のやりとりを行った。氏の学問を修める謹厳な態度に敬服した。

董振華

中原道夫の福永耕二20句選

いわし雲空港百の硝子照り　『鳥語』
娶るまで曲折もあらむ蜷のみち　『〃』
飛ぶ意ある雲を繋ぎて枯木立　『〃』
阿蘭陀坂打水の斑を重ね会ふ　『〃』
レグホンの白が混みあふ花曇　『〃』
湯豆腐の崩れぬはなく深酔す　『〃』
雲影をいくたびくぐる野蒜摘　『踏歌』
雲青嶺母あるかぎりわが故郷　『〃』
燕が切る空の十字はみづみづし　『〃』
凧揚げて空の深井を汲むごとし　『〃』
落葉松を駈けのぼる火の蔦一縷　『踏歌』
橙やうすれうすれし隼人の血　『〃』
白魚の黒目二粒づつあはれ　『〃』
新宿ははるかなる墓碑鳥渡る　『〃』
荒縄を浸けしままなる初氷　『〃』
蛾も人もおのれ焼く火を恋ひゆけり　『散木』
一行詩白南風に立つ燈台は　『〃』
天網の篩ひこぼせし風花か　『〃』
肉を焼くあぶらの音の油蟬　『〃』
還らざる旅は人にも草の絮　『〃』

福永耕二（ふくなが　こうじ）略年譜

昭和13（一九三八）　鹿児島県川辺町生まれ。

昭和28（一九五三）　私立ラ・サール高校に入学。在学中より「馬酔木」に投句。

昭和31（一九五六）　鹿児島大学文理学部入学。鹿児島の俳誌「ざぼん」の編集。

昭和33（一九五八）　二十歳で「馬酔木」巻頭を得る。

昭和35（一九六〇）　鹿児島大学国文学科を卒業。純心女子高校に赴任。

昭和40（一九六五）　能村登四郎の推薦により上京、千葉県私立市川学園・市川高校に勤務。

昭和44（一九六九）　「馬酔木」同人。

昭和45（一九七〇）　「沖」創刊に参加。「馬酔木」編集長。

昭和46（一九七一）　共著『俳句鑑賞辞典』水原秋櫻子編（東京堂出版）。

昭和47（一九七二）　第一句集『鳥語』（牧羊社）。馬酔木賞、沖賞を受賞。

昭和53（一九七八）　共著『現代俳句歳時記』水原秋櫻子編（大泉書店）。

昭和55（一九八〇）　第二句集『踏歌』（東京美術）で第四回俳人協会新人賞受賞。十二月四日、敗血症に心内膜炎を併発して急逝、享年四十二。

昭和56（一九八一）　共著『俳句創作の世界』（有斐閣）。

昭和57（一九八二）　第三句集『散木』（東京美術）美智子未亡人による上梓。

中原道夫（なかはらみちお）略年譜

昭和26（一九五一）　新潟生まれ。

昭和49（一九七四）　多摩美術大学卒業後、アートディレクターとして博報堂に就職。

昭和55（一九八〇）　社内の俳句同好会で俳句を始める。

昭和56（一九八一）　「馬酔木」編集長の福永耕二に指導を受ける。

昭和57（一九八二）　「沖」入会、能村登四郎に師事。

昭和59（一九八四）　第十二回沖新人賞受賞。

昭和61（一九八六）　第一回俳句研究賞で、上田五千石、藤田湘子の推挙を得て俳壇の注目を浴びる。

平成1（一九八九）　第一句集『蕩児』（富士見書房）、第13回俳人協会新人賞受賞。

平成5（一九九三）　第二句集『顱頂』（角川書店）、第33回俳人協会賞受賞。

平成8（一九九六）　第三句集『アルデンテ』（ふらんす堂）。

平成10（一九九八）　第四句集『銀化』（花神社）。同年、俳句結社「銀化」創刊、主宰。

平成11（一九九九）　『中原道夫1008句』（ふらんす堂）。

平成12（二〇〇〇）　第五句集『歴草』（角川書店）。

平成13（二〇〇一）　『中原道夫俳句日記』（ふらんす堂）、『食意地―ぬ日記』（邑書林）。

平成15（二〇〇三）　第六句集『不覚』（角川書店）。同年、『中原道夫作品集成2』（ふらんす堂）。

平成19（二〇〇七）　第七句集『巴芹』（ふらんす堂）。同年、第八句集『緑廊（パーゴラ）』（角川学芸出版）。

平成20（二〇〇八）　『セレクション俳人中原道夫集』（邑書林）。

平成21（二〇〇九）　『蝶意和英對譯句集』ジェイムズ・カーカップ、玉城周譯（邑書林）。

平成23（二〇一一）　第九句集『天鼠』（沖積舎）。『比奈夫百句』(百句他解シリーズ後藤比奈夫共著（ふらんす堂）。

平成25（二〇一三）　第十句集『百卉』（角川書店）。『百句百話』（ふらんす堂）。

平成28（二〇一六）　第十一句集『一夜劇』（ふらんす堂）。

令和1（二〇一九）　第十二句集『彷徨』（ふらんす堂）。

令和2（二〇二〇）　『ブキミ文字小辞典』（喜怒哀楽書房）。

令和4（二〇二二）　第十三句集『橋』（書肆アルス）。

令和5（二〇二三）　第十四句集『九竅』（エデュプレス）。


現在、新潟日報俳句欄選者、「俳句研究」読者俳句欄選者、BS俳句王国選者、日本文藝家協会会員、俳人協会名誉会員等。

第2章

仁平勝が語る
攝津幸彦

（二〇二四年七月二十五日十三時　仁平氏宅にて）

はじめに

仁平勝氏のお名前は『語りたい兜太…』での橋本榮治氏の話から伺った。二〇一五年七月三日、東京新聞「平和の俳句」を企画した金子兜太・いとうせいこうの二氏一法人の志に賛同し、お二人への「みなづき賞」の贈賞式で飯田多恵子さん、橋本廣子さんと仁平勝夫人の由花里さんがプレゼンターとして花束を渡す役を担った。また俳誌「件」でも氏の俳句と文章を拝読していた。二〇二四年三月に橋本榮治氏の俳人協会賞受賞の個人祝賀会で初めて仁平氏とお目にかかり、言葉を交わすことが出来た。にこやかな風貌に話し方がユーモラスに富み、すぐに親近感を覚えた。本書の攝津幸彦について語って戴く取材の依頼を差し上げたら、快諾を頂いた。なお取材へ行く前に、氏からご著書『露地裏の散歩者——俳人攝津幸彦』などを送っていただいた。それをじっくり拝読し、準備に備えてから、宮原にある氏のご自宅にて、お話を伺うことができた。

董振華

攝津幸彦との出会い

攝津幸彦と出会うのは、僕が最初の句集を出したことがきっかけです。二十代が終わったとき、なにか本を出したいと思い、そのころ俳句に興味を持つようになっていたので、見よう見まねで俳句を作り『花盗人』という句集にしました。一九八〇年のことです。のちに『現代俳句文庫75・仁平勝句集』（ふらんす堂）の解説で宇多喜代子が、「まだ俳人になる前にはやばやと句集のほうを出してしまうという、おもしろい出現の仕方で現れた」と書いてくれました。

句集といっても、知り合いの印刷屋で作ってもらった素朴な体裁ですが、三十一歳の記念として三十一部作りました（そのあと同人誌に入ったりして俳人の知り合いが増えたので、半年後に六十九部増刷して合計百部になる）。それをまず、当時愛読していた高柳重信、加藤郁乎、永田耕衣、金子兜太など、住所が分かる俳人に送り、それから大井恒行のところに持参しました。

大井とは、共通の友人を介して知り合ったのですが、その時点で面識のある唯一の俳人でした。僕は東京の吉祥寺の生まれですが、彼は吉祥寺の弘栄堂書店という本屋に勤めていました。その職場を訪ねて句集を進呈し、それから、句集をどんな俳人に送ったらいいかと訊いて、攝津幸彦、澤好摩、藤原月彦（現・龍一郎）などの住所を教えてもらったのです。

仁平（左）と攝津（右） 1983年3月20日
写真提供：仁平勝

彼らの名前は、そのころ読んでいた坪内稔典編集の「現代俳句」（この雑誌についてはのちほど詳述）の誌上で知っていました。それで、その人たちに句集を送ると、攝津幸彦から「豈」という同人誌が送られてきました。「豈」は一九八〇年の創刊なので、ちょうど刊行したばかりだったわけです。大井恒行もその同人で、読んでみたら面白く、攝津幸彦という俳人に興味を持ちました。それで彼に直接電話をして（たぶん大井から電話番号を聞いたのだと思う）、ぜひ一度会いたいと言ったのです。

彼は、新橋にある旭通信社（現・ADKホールディングス）という広告代理店に勤めていたので、新橋駅のSLの前で待ち合わせることになりました。彼が「僕は眼鏡をかけて髭を生やしています」と言うので、こっちは「僕は眼鏡をかけないで髭を生やしています」と言って、初対面で無事に会うことができました。一九八一年の二月頃だったと思います。彼は僕より二つ上で、出会ったときは三十三歳でした。すなわち、世間から団塊の世代とか全共闘世代などと呼ばれた世代です。

連れて行ってもらったのは、おでんが名物の「お多幸」という店でした。彼が「ここはよく川島雄三が飲みに来たんだ」と言うので、僕が川島雄三の映画を何本か挙げると、そこからすぐ映画の話になりました。彼は、映画監督になりたかったというほどの映画好きで、僕のほうも、学生時代に八ミリ映画を撮ったことがあり、かつての映画青年同士で意気投合したのです。

好きな監督は、とくにフェデリコ・フェリーニと鈴木清順ということで意見が一致しました。そうなると映画ファンの会話は、決まってその監督の最高作は何かという話になるのですが、僕が『フェリーニのアマルコルド』を挙げると、彼からは「フェリーニはやはり『道』だよ」という答えが返ってきました。清順のほうは、当時『ツィゴイネルワイゼン』が封切られて間もない頃だったので、まず清順の復活を歓迎する話になりました。それまで清順は、一般大衆に分からない映画を撮るという理由で、十年以上も日活から干されていたのです。そして最高作の話になると、彼は『けんかえれじい』を挙げ、僕はそれに対抗して『東京流れ者』を挙げました。

『ツィゴイネルワイゼン』のスチール写真は荒木経惟が撮っていて、『荒木経惟の偽日記』(白夜書房)にその作品が収録されています。僕が、それを古本屋で見つけて手に入れたことを話すと、彼は「俺も買ったよ。荒木の写真集はエロ本屋にしかないから恥ずかしいんだよな」と言いました。アラーキーは、当時まだそういう扱いだったのです。

映画の話題は、それから日活ロマンポルノに移り、神代辰巳がスゴイということでこれも意見が一致しました。デビュー作ともいうべき『一条さゆり　濡れた欲情』を二人で絶賛し、『四畳半襖の裏張り』や『赫い髪の女』といった傑作について話がはずみました。彼がもし映画監督になっていたら、きっと『四畳半襖の裏張り』のような映画を撮りたかったのではないかと思います。のちに資子夫人から、「自分のやりたいことは神代辰巳と荒木経惟がほとんどやってしまった」と彼が言っていたという話を聞いて、なるほどと納得したものです。

ちなみに、彼の死後に仲間たちで編集・刊行した『俳句幻景　攝津幸彦全文集』（南風の会）では、その巻頭に〈南国に死して御恩のみなみかぜ〉〈露地裏を夜汽車と思ふ金魚かな〉〈南浦和のダリヤを仮りのあはれとす〉〈幾千代も散るは美し明日は三越〉〈階段を濡らして昼が来てゐたり〉という攝津の代表句を掲げて、それぞれの句にいわば口絵として荒木経惟の写真が付いています。攝津は生前、自分の俳句と荒木の写真のコラボを実現したいという希望を語っていたので、会社の同僚が掛け合ってくれたのです。そして荒木氏は、その写真の掲載を無料で許可してくれました。

左から仁平勝、攝津幸彦、大井恒行、三橋敏雄
1980年代
写真提供：仁平勝

攝津幸彦との思い出

攝津と会った目的は、「豈」に入ることでした。その年の三月に「豈」の第2号が出ていますが、その「あとがき」にさっそく「3号から同人参加する仁平勝が『花盗人』という句集を出した」と書いてあります。そして第3号では、いきなり「『鳥子』と『與野情話』」という題で文章を依頼されました。つまり彼の第一句集と第二句集について論じろということです。僕にとっては、これが雑誌に発表した最初の文章になります。

この年の七月に長野のペンションで「豈」の同人会

があり、攝津幸彦、白木忠、城貴代美、大井恒行、中烏健二、そして僕の六人が参加しました。ここで攝津が、「三十一日会」をやろうという提案をします。つまり、三十一日に同人が集まろうということです。別名は「うの会」。当時、澤好摩が「亜《あ》の会」という句会をやっていて、また、五十句競作でデビューした俳人たちの「いの会」というのがあったので、アイウエオ順で「うの会」がいいというわけです。そこには、「烏合の衆」の意味も含まれている。

三十一日に集まるということは、三十日までしかない月は集まらないので、つまりほぼ隔月で集まるということになる。そして、十二月三十一日の大晦日にも集まる。攝津としてはそれが狙いだった。ところが、大晦日の忙しいときに出てくるようなヒマ人はいなくて、けっきょく攝津のほかは大井恒行と僕しか集まらなかった。なので翌年の十二月三十一日は、もう実施しませんでした。場所は新橋なので、東京とその近郊の同人が対象ですが、ほかに山崎十死生（現・十生）、藤原月彦、大屋達治、長岡裕一郎、小海四夏夫、塚越徹といった面々がそのメンバーでした。

新橋駅から近い三井アーバンホテルに集まるんですが、べつに句会をやるわけではなく、ホテルの高いコーヒーを飲みながら話をするだけです。そしてみんなが集まって一段落したころ、攝津が「じゃあ蕎麦屋に行こう」と言う。彼にはいわばカリスマ性があって、次はどこへ行こうかという相談にはならず、蕎麦屋に行くと言えば、誰もそれに反対しない。いつも同じ蕎麦屋で、ビールを飲んで蕎麦を食べる。そういう会でした。

一九八三年の五月には、攝津、山崎、小海、中烏と僕の五人で、伊豆の稲取に「豈」の一泊旅行をしました。句会をした記憶はありませんが、珍しく「豈」に載せるための座談会をしました。それを攝津がテープ起こしをして、「伊豆稲取紀——五月二十八、二十九日——」というタイトルで「豈」第7号に載りました。『俳句幻景』にも収録されていますが、勝手気ままに書いた自由なエッセイで、ほとんど報告記にはなっていない。ちなみにタイトルの「紀」は、「記」の誤植ではありません。こういう漢字の使い方も彼のレトリックなのです。

右から攝津幸彦、仁平勝　1980年代
写真提供：仁平勝

いつだったか覚えていませんが、資子夫人の実家である信貴山の寺に泊まったことがあります。関西でなにか俳句のイベントがあって、当初は攝津の実家に泊めてもらう予定でしたが、当日来客があるということで、「じゃあ、女房の実家に行こう」ということになった。夫人のお兄さんが寺を継いでいるのですが、そこへ向かうタクシーの中で、「着いたら兄貴との酒に付き合ってもらうけど、宗教の話なんかしちゃ駄目だよ。翌朝のお勤めに突き合わせられるから」という忠告を受けた。ところがその場になると、「仁平君は宗教に興味があって、朝のお勤めに出てみたいらしい」と言い出したのです。おかげで翌朝、朝の五時に若い坊さんが来て、「お時間です」と起こされました。攝津は気持ちよさそうに寝ていて起きませんでしたけど。彼にはそういう茶目っ気がありました。

攝津との長い付き合いのなかで、彼から受けたもっとも強い印象は、自身の通俗さに対してつねに肯定的だったということです。とてもシャイだけれども、たとえば性的な興味については照れたりせず、ごく普通に話をする。その頃、のぞき部屋という風俗店が流行っていましたが、そこに誘われて二人で行ったことがあります。そういうことは、まったく恥ずかしがらない。

そういえば彼が亡くなるすこし前、荒木経惟の『東京性』（コアマガジン）という写真集が出ました。風俗営業の店内を撮影したもので、女性の裸よりもむしろ、性的なサービスを求める男たちにスポットを当てている。僕は本屋で立ち読みして、パンツ姿の男たちが哀しくて買わなかったんですが、彼の家に行ったら、本棚にその本が大事そうに収められていました。

彼が神代辰巳と荒木経惟に魅かれていたのは、そこに人間の通俗性を謳歌する表現があったからだと思います。そして攝津自身もしばしば、いわゆる下ネタの破礼句を好んで作った。今回選んだ二十句の中にも、その一つを入れておきました。

往生のつひでに紙を貰ひうく

「往生」とは、つまりセックスのことです。攝津はこういう隠語を使うのが好きでしたが、その行為を露骨に詠んだのでは俳句にならない。ここでは、コトが済んでみせた。「紙を貰ひうく」と詠んで身体を紙で拭く場面を、「つひでに」というところがなんとも可笑しい。

彼のような才能は、少し時代がずれれば、俳句という形式には関わらなかったかもしれません。逆にいえば、攝津幸彦という俳人の登場はじつに時代的な現象なのです。彼はあるインタビュー（「『恒信風』インタビュー」『俳句幻景』所収）で、次のように語っています。

僕は一九七〇年に学校を卒業したわけですよ。あらゆるものにエネルギーがあったみたいなあの時代っていうのは、今までもこれからもないね。今から思えば非常に素人っぽいわけだけれど、暗黒舞踏とか、寺山修司の天井桟敷とか、唐十郎とか、あるいは映画もいろいろ、ヌーベルバーグですか、吉田喜重とか大島渚とか、そういう人が活躍していた時代で、（中略）そういうところから俳句をはじめたわけです。

僕は唐十郎が好きで、状況劇場の赤テントに何度か足を運び、また暗黒舞踏は、土方巽、大野一雄、笠井叡、それと麿赤児が立ち上げた大駱駝館などの舞台を観ていました。そこには、伝統的な型にとらわれない自由な「エネルギー」があったわけです。そしてそれらの新しい芸術表現を、攝津は「素人っぽい」と言ってみせる。それはそのまま、「そういうところから俳句をはじめた」自身もまた、「素人っぽい」俳句を作ってきたということなのです。

　彼はジャズが好きでした。二人で新宿のジャズ喫茶ＤＵＧに行ったこともあります。当時はコルトレーンの全盛期で、晩年の〈コルトレーン只管秋桜乱れ咲く〉（未完句集『四五一句』）という句にそのへんが反映されています。また、漫画雑誌「ガロ」を愛読し、林静一の「赤色エレジー」やつげ義春の作品についてよく語り合いました。〈のうキクチサヨコ眠れよ幕下りぬ〉（『四五一句』）という句は、つげ義春の「紅い花」に出てくるセリフの本歌取りです。つまり彼は、映画やジャズや漫画と同じように、俳句にも興味を持ったのです。だから俳句を作るのに、師が必要だとは思わなかった。

五十句競作と同人誌の時代

そもそも俳句の出発点は、関西学院大学の三年生のとき同学年に伊丹啓子がいて、彼女から俳句会を作ろうという誘いを受けたことです。なぜ彼が誘われたかというと、母親の摂津よし子さんが、伊丹三樹彦主宰の「青玄」に所属していたからです。伊丹啓子は三樹彦の娘ですから、彼女はそれを知っていて攝津に目をつけたのでしょう。

　摂津よし子はその後、桂信子の「草苑」の創刊同人になっているので、僕は宇多喜代子からいろいろと話を聞きました。よし子さんは息子が俳句を始めたことについて、「映画など作られるよりは、俳句を作ってもらったほうが安心する」と言っていたそうです。ちなみに攝津の俳句は、母親の俳句から全く影響を受けていない。

のちに「詩人＝仁衛砂久子」（『俳句幻景』所収）という文章で、そのときの心境を次のように語っています。

> 伊丹啓子と名乗る女性から自宅に電話があり、俳句を作りませんか、そして関学に俳句会を作りませんかと言うのである。クラブ活動は半ば停止状態にあり何となくぶらぶらしていた私にハイクという言

葉が妙に新鮮味を帯びて届けられたのである。折しも右手に平凡パンチ、左手に朝日ジャーナル、小脇に吉本隆明と言われる世代の正しい見本の如き恰好をしていた私に、何故かこれはオモシロイかもしれぬと思わせるものがあった。

彼はそれまで映画研究部に所属していたのですが、部員が学生運動のために次々と退部して「クラブ活動は半ば停止状態」だったのです。彼は学生運動に関わることはありませんでしたが、「小脇に吉本隆明」という程度には時代の波の中にいたわけです。

当時、全国学生俳句連盟というのがあって、そこで坪内稔典、澤好摩と知り合います。坪内も澤も「青玄」に所属していたので、攝津も「青玄」の句会に出るようになる。「青玄」の所属でなくても参加できるオープンな句会があったようです。けっきょく「青玄」には入りませんでしたが、坪内と澤に出会ったことは大きな転機で、彼らと共に同人誌「日時計」を刊行し、そこに俳句を発表するようになります。

のちに、「青玄」の俳句は肌に合わなかったと言っていましたが、先の「詩人＝仁衛砂久子」では、さらにこういう記述があります。

坪内稔典から金子兜太や赤尾兜子を、立岡正幸からは高柳重信や加藤郁乎の存在を知らされて、徐々に映像から最短詩型の言葉の虜へとなっていくのであった。

とくに大きな影響を受けたのは、加藤郁乎の俳句でしょう。その存在を知って『球體感覺』という句集に出会わなければ、「最短詩型の言葉の虜」にはならなかったかもしれません。

俳人として頭角を現すのは、一九七三年に高柳重信が「俳句研究」で企画した第一回五十句競作で佳作第一席に選ばれ、その後第二回、第三回と三年続けて佳作第一席になったことです。それは当時、澤好摩が「俳句研究」の版元である俳句研究社に勤めていて、その新しい企画を知った澤が、攝津に応募するように勧めたのです。五十句競作がなければ、今日我々が知っている攝津幸彦は存在していません。

この五十句競作は、今日では忘れられつつあるので、この機会にすこし詳しく述べておきたいと思います。

まずきっかけとして、一九七二年から七三年にかけて、三一書房から全12巻の『現代短歌大系』が出ます。

長野県ペンションにて開催する同人会
左から攝津幸彦、中島健司、白木忠、大井恒行、城喜代美、仁平勝
1981年7月
写真提供：仁平勝

第1巻は『斎藤茂吉・釋迢空・會津八一』で、以下の各巻に重要な歌人の作品が収められるわけですが、第11巻が『夭折歌人集・現代新鋭集・現代短歌体系新人賞作品』となっていて、その新人賞作品を一般から募集したのです。これは画期的な試みでした。

　このシリーズは、大岡信・塚本邦雄・中井英夫の責任編集ですが、高柳重信はこの企画を事前に大岡信から聞いて興味を持ち、同じような新人賞の募集を「俳句研究」誌上でもやってみようと思ったわけです。重信の単独選で、俳壇の外側から新しい才能を見出すという狙いです。

　「現代短歌体系新人賞作品」では、結果として受賞作一篇、次席二篇、入選五篇が掲載されています。五十句競作はそれにならって、入賞、佳作第一席、佳作第二席という三段階のランクで、入賞は五十句、佳作第一席は三十句、佳作第二席は十五句が誌上に掲載されます（第三回からは佳作第三席の八句まで掲載）。ちなみに第一回では、入賞が一篇、佳作第一席が八篇、佳作第二席が十二篇でした。

　入賞は、結社にも同人誌にも所属していない郡山淳一という大学二年生でした。佳作第一席には、澤好摩も選ばれ、のちに「豈」の同人になるしょうり大、長岡裕一郎、宮入聖も入っています。また、佳作第二席の小海四夏夫、藤原月彦も、のちの「豈」同人です。

ここで興味深いのは、佳作第一席になった長岡裕一郎が、じつは現代短歌体系新人賞の次席にもなっていることです。また藤原月彦は、やはり現代短歌体系新人賞に応募して、落選だったそうです。藤原は、のちに龍一郎の名で歌人としても活躍しますが、短歌の新人賞と俳句の新人賞の両方に応募するというスタンスに、五十句競作の斬新さがあったといえます。

第一回五十句競作の翌年、同人誌の「日時計」が十三号で終刊となり、攝津は坪内らと新しく同人誌「黄金海岸」を創刊します。ここで澤好摩は「黄金海岸」には入らず、独自に「天敵」を創刊。そのあと「黄金海岸」は、編集方針の対立で分裂して四号で終刊となり、同じころ澤も「天敵」をやめて、新しく「未定」を創刊。そして攝津は、一時期その「未定」に籍を置いたあと、「黄金海岸」のいわば後継誌として「豈」を創刊します。このように当時の同人誌は、頻繁に終刊と創刊を繰り返しますが、ちなみに「豈」の創刊号には、表紙の左下に「FIRST OR LAST」と書いてあり、それ以降の号もずっと「OR LAST」が付いていた。攝津らしい諧謔です。

いっぽう坪内は、同人誌に見切りを付けて、「現代俳句」（一九七六年創刊）という俳句誌を興します。この「現代俳句」は、一九八五年まで季刊くらいのペースで二十集まで刊行されました。若手に俳句や文章の発表の場を与え、原稿料は無しですが、いわば準総合誌として、この時代の俳句界に重要な役割を果たします。高柳重信も「俳句研究」で、若手を（やはり原稿料無しで）積極的に登用していたので、「俳句研究」の弟分のような存在であり、攝津や澤を始め五十句競作の新人たちは、「現代俳句」誌上の常連でした。

じつは僕も、『花盗人』に収めた俳句の一部を「現代俳句」の新人作品欄に投句して、二度ほど掲載されました。また坪内は、その「現代俳句」を基盤にして毎年「現代俳句シンポジウム」を開催していて、僕はその広告を見て、大阪の池田市で行われた第三回現代俳句シンポジウムに出掛けて行きました。高柳重信と鈴木六林男の講演があるというので、それを聴きたかったのです。一九八一年の三月のことで、シンポジウムの場で知っている俳人は、「お多幸」で会っていた攝津だけでした。僕は講演とパネルディスカッションを聞いて帰るつもりでしたが、成り行きでその後の懇親会にも出て一泊することになり、そこで高柳重信、鈴木六林男、坪内稔典、宇多喜代子などと出会い、「豈」の同人とも知り合うことができました。そして帰りの新幹線で、澤好摩から「未定」に誘われ、その同人になります。

私事を含めて「現代俳句」のことを長く語りましたが、それは攝津幸彦が登場した時代の状況を、あらためて知ってほしいからです。攝津の俳句は、いわゆる俳壇では難解とされていますが、当時の同人誌や「現代俳句」の読者にとっては難解でもなんでもなく、彼は若手の間でスター的な存在でした。僕が俳句を始めてからしばらくして、角川書店の「俳句」が「結社の時代」という標語を用いるようになりましたが、その裏を返せば、それ以前はまさに同人誌の時代だったのです。

句集『鳥子』と皇国前衛歌

攝津幸彦は、五十句競作の第四回で佳作第二席になり、それを機に五十句競作への応募をやめます。そのときの作品は「阿部定の空」というタイトルで、阿部定をテーマにした連作でしたが、のちに「ちょっと事実にこだわり過ぎて失敗した」と言っていました。ただ、三回連続の佳作第一席は、攝津自身の大きな契機となり、一九七六年の四月に、五十句競作の第三回までの作品を中心に第一句集『鳥子』を上梓します。

じつは『鳥子』に先行して、日時計俳句叢書第四巻『姉にアネモネ』(一九七三年、青銅社刊)という句集があり、『攝津幸彦全句集』ではこれを第一句集としてカウントしています。けれども、『姉にアネモネ』は製本されていない五十句の書き下しであり、攝津はそこから四十句を抜粋(一部改変)して『鳥子』に再録している。したがって僕は、『鳥子』を実質的な第一句集と考えています。

攝津幸彦の発見者ともいうべき高柳重信は、『鳥子』の序文に、次のように書いています。

それにしても、このような作品に現実に出会うまでは、これほど俳句的な俳句が、こんな非俳句的な環境と思われたところに存在し得るなどとは、よもや誰も想像しなかったに違いない。

しかし、本当にすぐれた俳人は、ただ一人の例外もなく、そのときどきの俳句形式にとって予想外のところから、まさに新しく俳句を発見することによって、いつも突然に登場してきたのである。

新人にとっては最大の賛辞です。そして、重信をもっとも驚かせたと思われる作品は、『鳥子』の第五章に収められた「幻景」と題する五十句です。この一連の作品は「皇国前衛歌《こうこくぜんえいか》」と呼ばれ、初期攝津の代表作とされています。

「皇国前衛歌」という呼称はどこから来たのかというと、第一回五十句競作の翌年に「俳句研究」二月号で攝津は作品二十句を発表しますが、そのタイトルが「皇国前衛歌」だったのです。軍歌などを題材に、かつての「皇国」をモチーフにした画期的な連作で、ここれが同人誌を中心とした若手たちの間で評判になった。「皇国前衛歌」とは攝津の造語ですが、作品の新鮮さと合わせてタイトルのセンスが、同世代の共感を得たといえます。攝津自身も手応えを感じたようで、その年の第二回五十句競作（十一月号で発表）に、「皇国前衛歌」と同じモチーフの連作を「鳥子幻景」というタイトルで応募し、それが二度目の佳作第一席になりました。

『鳥子』の「幻景」の章には、五十句競作で選ばれた三十句に自選五句を足して、さらに「皇国前衛歌」のうち十五句を加えた五十句が収録されています。興味深いのは、そこで「皇国前衛歌」と「鳥子幻景」の句がシャッフルされてアトランダムに並んでいることです。ここで代表的な句を読みながら、それぞれ初出を示しておきます。

送る万歳死ぬる万歳夜も円舞曲《ワルツ》

「鳥子幻景」の句。「送る万歳」は、出征時に日の丸の小旗を振って叫ぶ万歳で、「死ぬる万歳」は、兵士が戦場で死ぬときに叫ぶ「天皇陛下万歳」のことです。この二つの「万歳」を重ねることで、いわゆる「皇国」の思想をアイロニカルに表現した。「夜も円舞曲」は、満州の大連あたりのイメージでしょうか。

若ざくら濡れつつありぬ八紘《あめのした》

「鳥子幻景」の句。「若ざくら」には、軍歌「同期の桜」が下敷にあり、つまり靖国神社の桜が「濡れ」ているのです。「八紘」とは、大東亜戦争の標語になった「八紘一宇」のことですが、「八紘」という言葉は日本書紀に「あめのした」という訓読みで出てくる。そこに目を付けたところが攝津らしい。

満蒙や死とかけ解けぬ春の雪

「鳥子幻景」の句。「何々と掛けて何々と解く。その心は……」という謎掛けの遊びがありますが、これはそのパロディです。「解けぬ春の雪」とは、なぜ満蒙で死ななければならなかったのか、その謎が未だ解けないという「心」でしょう。

丈夫《ますらお》やマニラに遠き波枕

「皇国前衛歌」の句。「丈夫」と「波枕」という言葉を使いたかったわけです。波枕とは水辺で旅寝をすることで、新古今集に出てくる言葉ですが、軍歌「海行く日本」に「波を枕に嵐を歌に」という歌詞もあります。「マニラ」というのはフィリピン戦線のことです。

幾千代も散るは美し明日は三越

「鳥子幻景」の句。「幾千代」というおめでたい言葉を、戦死を意味する「散る」と結びつけ、そのあとに脚韻を踏んで「明日は三越」を持ってきた。大正初期の帝劇のプログラムに、「今日は帝劇、明日は三越」という広告文があったのです。帝劇や三越に通う当時の上流・中流階級の婦人たちを、戦死していく兵士と取り合わせた秀作です。

皇国《みくに》花火の夜も英霊前を向き

「鳥子幻景」の句。この「皇国花火」とは何なのか。調べてみたら、福井県に三国《みくに》花火という有名な花火大会があるんです。そこから語呂合わせで、「皇国」を持ってきたのかもしれません。そして「英霊」たちは、夜空の花火を見上げたりせず、戦場で行進していたように前を向いているのです。

南国に死して御恩のみなみかぜ

「鳥子幻景」の句。南方で戦死した兵士への追悼句といえます。澤好摩がある文章で、高柳重信がこの句の載った「俳句研究」を校正しながら、「この御恩の一語の発見は大したものだ」と呟いたと書いています。重信に褒められたこともあって、これは攝津自身にとっても自信作でした。「俺が死んだら、忌日の名前は南国忌か南風《なんぷう》忌がいいな」などとよく言っていたものです。

皇国《こうこく》や左手《ゆんで》のごとく旗すすき

「皇国前衛歌」の句。左手は、弓を持つ手という意味で「ゆんで」という。その言葉を一句に使ってみたかったのでしょう。「旗すすき」とは、旗のように穂が風になびいている芒のことですが、ここでは先に挙げた「送る万歳」の句と同じ場面を想定して、日の丸の小旗が芒のようになびいているのです。

はるばると死すチチハルに大夕陽

「鳥子幻景」の句。「チチハル」は旧満州の都市です。ここで「はるばると死す」と「大夕陽」は、軍歌「戦友」の「離れて遠き満州の赤い夕日に照らされて戦友《とも》は野末の石の下」という歌詞と呼応しています。

モチーフが分かりやすい句を引いてみました。この「皇国前衛歌」と呼ばれる一連の作品は、攝津幸彦を論じるときによく取り上げられますが、これを反戦の句というふうに論じた評論がありました。けれども、それは間違った解釈で、いま読んできたような句に反戦というテーマはありません。

攝津によれば、子供の頃から父親がレコードでよく軍歌を聞いていて、自然と軍歌を覚えたそうです。戦中派の男たちは軍歌が好きで、兵隊として戦場を体験した人も例外ではない。それは戦争を憎みながらも、軍歌というフィクションによって、その体験を美化しているように思える。そして攝津は、そこに戦中派の男たちの哀しみを見ているのです。「皇国前衛歌」は、軍歌に代表される戦意高揚の言葉に対するアイロニーではあっても、反戦の主張とは無縁です。攝津は何よりも、俳句に社会性など取り込むことを嫌いました。

彼自身も軍歌が好きで、「広瀬中佐」の「杉野は何処、杉野は居ずや」という歌詞を口ずさんだりしていました。また、戦前の修身の教科書に載っていた「木口小平は死んでもラッパを離しませんでした」という話も好きでした。さらに会社の忘年会の余興か何かで、肉弾三勇士の寸劇を演じたそうで、そこで彼が兵隊の恰好をした写真を見せてくれました。それは、通俗さを肯定するという彼の姿勢にも通じているのです。

先のところで「重信をもっとも驚かせたと思われる作品」と述べましたが、それは重信がその後、「皇国前衛歌」にヒントを得たように、「日本軍歌集」十句(『山海集』収録)と句集『日本海軍』を発表するからです。そのことについて攝津は、「『日本海軍』はもう重信の独自な世界だけど、『日本軍歌集』には俺の影響があるな」と言っていました。

句集上梓の経緯

攝津は五十句競作の作品とは別に、一九七四年の「日時計」第十三号(終刊号)から発表する作品に「与野情話」というタイトルを付け、以後「黄金海岸」や「現代俳句」にも同じタイトルで作品を発表します。そして『鳥子』の翌年、その作品を句集『與野情話』(沖積舎)として上梓します。ちなみに、その表紙は林静一の絵でした。

「与野情話」というタイトルは、句集では『與野情話』という表記になり、つまり「与」が「與」という本字に変わります。そしてこの時点で、自身の名字の表記も「摂津」から「攝津」に変わる。澁澤龍彦の表記を真似て、略字より本字のほうがカッコいいと思ったわけです。

その次の句集は、十年後の一九八六年に、『鳥屋』(冨岡書房)と『鸚母集』(書肆麒麟)を同時に上梓します。奥付を見ても、出版日は一ヶ月も違いません。『鳥屋』には、『與野情話』以降の作品が収められていますが、『鸚母集』のほうは、「鸚母」というタイトルで短期間に書き下したものです。まず宮入聖の個人誌「季刊俳句」の企画で一度に二百句を発表し、その時点で一冊の句集にまとめる計画でした。

『鸚母集』の版元である書肆麒麟というのは、澤好摩が個人でやっていた出版社です。澤は、高柳重信の死後に「俳句研究」が角川書店に買収された時点で会社(俳句研究新社)を辞め、自ら書肆麒麟という出版社を立ち上げて「俳句空間」という総合誌を出していました。攝津は澤を支援するために、自身の句集をそこから出したわけです。

ところでその「俳句空間」は、第五号まで出た段階で資金的に発行が困難になり、第六号(一九八八年刊)からは弘栄堂書店に引き継がれます。弘栄堂書店は、先に述べたように大井恒行の勤務先でしたが、大井はこの時点で、会社に対して出版業務を始めるように働きかけたのです。大井がいた吉祥寺店は、弘栄堂書店のなかで最も売り上げを伸ばしていた店舗ですが、当時その店舗がある駅ビルが全面的な改修工事をすることになり、ほぼ一年間営業が出来なくなった。つまり会社の売上が落ちるその機会に、大井は「俳句空間」を引き継ぐために、出版を始めてはどうかと会社に持ちかけたわけです。

大井は会社でずっと労働組合の幹部だった(そのときは書記長か)。僕が吉祥寺に住んでいた頃、弘栄堂書店はよくストライキをしていて、労働組合が強かった印象がある。そこで会社側は大井が吉祥寺店から柏の営業所に転勤し、一人で出版業務に当たるという条件でその提案を受け入れた。ようするに組合の弱体化を図ったわけだが、彼は「俳句空間」を出すために、その条件を受け入れたのです。彼はそのとき、「俺がいなくて駄目になるような組合なら仕方ない」と言っていました。

話が脇道にそれましたが、次の句集『陸々集』は、その弘栄堂書店から出すことになります。ここにも攝津なりに、出版部門が利益を上げないと大井の面目が立たない、といった思惑が働いたように思います。

そして彼はこの句集に全句評釈という別冊を付けることを考えた。その発想はどこから来たかというと、加藤郁乎の第一句集『球體感覺』は、俳句評論社から出した版とは別に、三百五十部限定の冥草舎版があり、それには松山俊太郎の『球體感覺御開帳』という全句評釈が付いている。郁乎を敬愛する攝津はそのスタイルを真似たかったのです。そして全句評釈の書き手に僕を指名してきました。

但し、その全句評釈は実現しなかった。それは句集の打ち合わせのときに大井が「全句評釈を付けたら、誰も句集のほうを読まないんじゃないの？」と言って、一同爆笑のうちにボツになったわけです。そして代わりに僕は『『陸々集』を読むための現代俳句入門』という別冊を書くことになります。

最後の句集は『鹿々集』（ふらんす堂）です。この句集で攝津が初めてやったことが二つある。一つは、「第七句集」というふうに序数句集としてのナンバーを示したことです。僕のカウントでは、先述した理由で第六句集になりますが、じつは攝津はそれまでの句集に、一度も「第〇句集」という言葉を入れたことがありません。逆にいえば、もともと句集の順番などにこだわっていなかったのです。『鹿々集』の場合は、「二一世紀俳人シリーズ」という十七巻のうちの一巻なので、そこには出版社の意図があったかもしれません。

もう一つは、句集のタイトルの読み方を明記したことです。中表紙と奥付に「ろくろくしふ」とルビがふってあり、あとがきでこんなことを書いている。

さて、この句集は、前句集と同じく、ロクロクシュウ、と読むのだが、とりたてて深い意味があるわけではない。（中略）／「陸々」も「鹿々」も語意は、ほぼ同じ。どちらも平凡なさまを表す。／やがて巷で、「〈ロクロクシュウ〉を読んだかい。」「〈陸《りく》〉の方かね、それとも〈鹿《しか》〉の方？」という会話が成されれば占めたものであるのだが。

ようするに、こういうことを言いたかったわけで、ここはどうしてもタイトルにルビが必要だったのです。

攝津俳句の手法

攝津幸彦の俳句は、いわゆる伝統派の人たちから

「難解」といわれてきました。思うにその理由は、彼らが「俳句的」だとするパラダイムから外れているからで、言い換えれば、写生をセオリーとする俳句ではないからです。

サーカスの子等横浜の雲となる

たとえばこういう句を難解だという人がいる。サーカスの子等が横浜の雲になるという、そのままの意味で理解すればいいのに、なぜ難解なのか。それはその人が、サーカスの子等は横浜の雲などにならないと思っているからです。でもこれは当たり前のことだが、写生ではなく作者の空想なのです。「サーカスの子等」はサーカス団の子供でしょう。旅から旅へ渡り歩いていく彼らがやがて「横浜の雲になる」と想像するところに一句のロマンがあるのです。

攝津の俳句は、先に採り上げた「皇国前衛歌」に顕著なように一言でいえば言葉の取合せです。「惣別、発句は取合せ物と知るべし」という芭蕉の言葉（許六「宇陀法師」）は、今日の俳人たちによく引用されますが、攝津の俳句は、俳諧のセオリーに則っているのです。取合せといっても、「二物衝撃」といった近代俳句の手法ではない。五七五という音数律が散文の文法を崩すところで、取合せはどのようにでも成立する。彼はそう考えていた。では、攝津一流の取合せとはどういうものか。

露地裏を夜汽車と思ふ金魚かな

写生という物差しで俳句を読む人たちには、こういう句は難解ということになりますが、これは「露地裏」と「夜汽車」と「金魚」の取合せです。どれも攝津の原風景というべき題材ですが、「露地裏」と「夜汽車」を「を…と思ふ」という助詞と動詞で結び、「金魚」に「かな」を付けて五七五の音数律に仕上げた。そこに作者の少年時代の風景が、俳句的表現として成立しています。

前掛の母の万歳花かつを

この句を取合せというと、二物衝撃のようなものが取合せだと思っている人は納得しないでしょう。でも攝津の手法からすれば、これは「前掛」と「母」と

「万歳」の取合せなのです。「前掛の母」は、かつての普遍的な母のイメージであり、「母の万歳」は、すなわち戦時中に出征する息子を見送った母です。つまり一句は、前掛をして家事にいそしむ母が、そのまま「銃後の母」になった歴史を表現しています。「皇国前衛歌」のリメイクともいえる。さらに「花かつを」との取合せは、戦争は日常生活の中で進行するのだということです。

野を帰る父のひとりは化粧して

これは「父」と「化粧」の取合せです。「野を帰る」というのは仕事帰りの比喩ですが、「化粧」はべつに比喩でない。ゲイバーに勤める男でもいいし、チンドン屋でもいい。すなわち「父」は、一家を支えるために化粧もするということです。「父」と「化粧」という一見意外な取合せによって、先の「前掛の母」と同様、いわば逆説的に「父」の普遍性を表現しているのです。

俳句を一物仕立てと取合せの二種類に分けたがる人や、取合せというのは二句一章の形だと思い込んでいる人は、やはりこれが取合せといっても納得しません。けれども俳諧の取合せは、取りはやしとセットであり、攝津もまた、取合せが一つの場面として成り立つように取りはやしている。今日では疎かにされている取りはやしを、攝津はまさに復権させているのです。

攝津の俳句は、ある言葉に興味を持つところから始まります。その言葉を、どう一句に採り込むかというモチーフから、言葉の取合せがスタートするともいえます。

日の丸をたゝむ茶店を畳むごと

会社や店舗を閉じることを「たたむ」という。攝津はそういう言葉の使い方を面白いと思い、それを本来の意味の「たたむ」と並べてみせた。その並べ方に彼の本領があり、閉店する店を「茶店」にして、もう一方に「日の丸」を持ってきた。さらにそれを「ごと」という言葉で直喩の形に仕立ててみせる。そのレトリックによって、「日の丸をたゝむ」ことは、国家を店じまいするようなものだという句意が生まれてくる。

頬被りしてそれぞれの昼にする

きちんと食事の時間が決まっていない場合に、自分の都合で昼飯を食べることを「昼にする」という。その言葉に攝津のアンテナが反応した。それともう一つ、「頬被り」という季語に興味を引かれて、それを「昼」と取り合わせたといえる。そして出来上がった一句は、たんに頬被りをして弁当を食べているのではない。そういう表向きの場面を仕立てながら、「それぞれの昼」は他の人に邪魔されない自分だけの昼の時間でもある。一句はここで誰もが抱える孤独を表現しているのです。

叩かれて川になりきる春の水

「叩く」という言葉は、「叩かれて一人前になる」などと使われたりする。一句はそこから発想されたものだ。「なる」ではなくて、「なりきる」といったところにアイロニーがある。雪解けの激しい水が、いまは川の形に従って従順に流れている。かつて全共闘世代と呼ばれた世代が、サラリーマンになっている姿を重ね合わせることもできる。これまで見てきたように、攝津の俳句に季語を詠み込むというセオリーはないが、これは有季の句としても傑作だと思う。

攝津の俳句については、邑書林から出した『露地裏の散歩者――俳人攝津幸彦』で自分なりに論じています。先に触れた『陸々集』を読むための現代俳句入門』も収録してあるので、興味のある方はそれを読んでいただきたい。

癌との静かな戦い

攝津幸彦は、一九九六年に四十九歳でこの世を去りました。夭折と言っていいでしょう。死因は肝臓癌。彼は酒が好きだったので、酒で肝臓をやられたのかと思っていたら、そうではなくて、C型肝炎から癌になったのです。つまり、子供の頃に受けた予防注射で、注射器から感染した肝炎が原因でした。そのへんはとても残念です。

順天堂大学病院に検査入院して、癌が見つかったのは一九九二年のことです。資子夫人の回想録『幸彦幻景』（スタジオエッヂ）によれば、そこで医師から告げられたのは、「余命はおそらく二～三年という、死の宣告そのもの」でした。そして資子夫人は、それを本人には告げず、彼の両親にも隠し通しました。その一方で、夫婦二人だけで旅行をしたり、できるだけ彼が両親と会う機会を作ったりしたそうです。のちに、攝津幸彦を偲ぶ会のときだったか、摂津よし子さんが、「嫁がよく騙してくれました」と言われたのを憶えています。

亡くなるまで合計五度の入院を繰り返すことになりますが、三度目の入院で資子夫人は、Mワクチンの投与を医者に申し出て了承されます。効果については評価が分かれるそうですが、それは本人への癌告知を必要としない唯一の療法でした。そして結果的に、「おそらく二～三年」と言われた寿命は、それより一年ほど伸びたわけです。

けれども、『幸彦幻景』にも書かれているように、本人はうすうす感づいていたと思います。あるとき僕に、「仁平君は癌になったら告知してもらったほうがいいいか？　俺は、知らないままのほうがいいな」と言ったことがあります。そのときは、一般論として話を聞いていましたが、あとで思えば、自分のことだったのです。先に述べた「南風忌か南国忌がいいな」という話も、もう自分なりに死を見つめていたわけで、彼なりの遺言だったのです。

いつごろだったかはっきり覚えていませんが、彼が急にゴルフを始めて、打ちっ放しの練習場に通うようになりました。あまり彼には似つかわしくないので、その心境の変化について訊くと、「最近、酒が飲めなくなったんで、ゴルフで接待するしかないんだよ」という答えでした。でもそのとき、癌がだいぶ進行していることまでは気づきませんでした。僕がニブイせいもありますが、彼はそういう話をするときも、いつも明るかったのです。いうならばそれは癌との静かな戦いでした。

彼が亡くなったのは十月十三日ですが、その三日前に、僕は大井恒行、筑紫磐井、酒巻英一郎と共に、順天堂病院に入院中の攝津を見舞いました。あとで知ったのは、資子夫人が酒巻に、「もう長くないから見舞いに行ってほしい」と言ったそうですが、僕はそういう状況に気づきませんでした。彼はそのときも、明るく対応してくれたのです。

ちょうど僕の『俳句が文学になるとき』（五柳書院）が出た直後で、彼はそれを読んで面白いと言ってくれました。その本の序章に、折口信夫を援用しながら「俳句を『隠者文学』的であるといってみたい」云々と書いているのですが、彼はそのくだりを採り上げて、「そうだよな。俳人は隠者なんだよな」と言っていたのが印象的でした。

「中原道夫の句が読めて、どうして俺の句が読めないんだ。アイツら、読む気がないんだよ」と言ったことも憶えています。語気が強い言葉でしたが、「アイツら」とはつまり、攝津の俳句を評価しない保守的な俳壇のことです。最後は、僕たちをエレベーターまで見送ってくれましたが、別れ際に「あと五年は生きたいな」と言ったことは、彼の無念な思いとして忘れられません。

おわりに

仁平勝氏は坪内稔典編『現代俳句』を読んで俳句に興味を持ち、まもなく私家版句集『花盗人』を出した。同時に俳句評論も積極的に執筆されている。評論『俳句が文学になるとき』でサントリー学芸賞、『俳句のモダン』で山本健吉文学賞評論部門、『俳句の射程』で加藤郁乎賞及び俳人協会評論賞などをそれぞれ受賞している。二〇一四年に評論『露地裏の散歩者――俳人攝津幸彦』を刊行した。中では攝津氏との出会いと交流、各句集の特徴、俳句の手法などについて論を展開されている。

この度の取材にあたり、氏から送って頂いた資料や俳人協会のユーチューブで氏の攝津についての講演などをじっくり拝見してから取材に臨んだため、順調に行うことができた。「攝津幸彦は四十九歳でこの世を去りました。夭折と言っていいでしょう。『あと五年は生きたいな』と言ったことは、彼の無念な思いとして忘れられません」との一言の、攝津幸彦に対する愛惜の情に込み上げるものがあった。

董振華

仁平勝の攝津幸彦20句選

浦和のダリヤを仮のあはれとす　『鳥子』

満蒙や死とかけ解けぬ春の雪　『〃』

幾千代も散るは美し明日は三越　『〃』

南国に死して御恩のみなみかぜ　『〃』

物干しに美しき知事垂れてをり　『與野情話』

菊月夜君はライトを守りけり　『〃』

往生のついでに紙を貰ひうく　『〃』

階段を濡らして昼が来てゐたり　『鳥屋』

ダリヤ焼く明日も水野鉄工所　『〃』

サーカスの子等横浜の雲となる　『〃』

塩の手で触る納戸の日章旗　『〃』

日輪のわけても行進曲《マーチ》淋しけれ　『鸚母集』

野を帰る父のひとりは化粧して　『〃』

国家よりワタクシ大事さくらんぼ　『陸々集』

前掛の母の万歳花かつを　『〃』

露地裏を夜汽車と思ふ金魚かな　『〃』

頬被りしてそれぞれの昼にする　『〃』

赤絵鉢せいぜい雪の幕末まで　『鹿々集』

万愚節顔を洗ふは手を洗ふ　『〃』

叩かれて川になりきる春の水　『〃』

攝津幸彦（せっつ　ゆきひこ）略年譜

昭和22（一九四七）　兵庫県養父郡八鹿町に生まれる。

昭和41（一九六六）　大学進学。大学在学中、映画研究会に所属。また伊丹啓子（「青玄」主幹伊丹三樹彦の娘）を知り、「関学俳句会」創立、機関誌「あばんせ」を創刊。また学生俳句会のつながりで、他大学の坪内稔典、澤好摩らと交流、大学を超えた同人誌「日時計」創刊に参加。

昭和45（一九七〇）　東京旭通信社（現・ADKホールディングス）に入社。

昭和47（一九七二）　田中資子と結婚。

昭和48（一九七三）　第一句集『姉にアネモネ』（澤好摩方青銅社）。

昭和49（一九七四）　大本善幸、坪内稔典らと「黄金海岸」創刊。同年、「鳥子幻影」で俳句研究「第二回五十句競作」で佳作第一席となり、高柳重信に見出され一躍注目される。

昭和51（一九七六）　第二句集『鳥子』（ぬ書房）。

昭和52（一九七七）　第三句集『輿野情話』（沖積舎）。

昭和55（一九八〇）　俳誌「豈」を創刊。

昭和61（一九八六）　第四句集『鸚母集』（書肆麒麟）。同年、第五句集『鳥屋』（冨岡書房）。

平成4（一九九二）　肝炎で入退院を繰り返す。第六句集『陸々集』（弘栄堂書店）。

平成6（一九九四）　『攝津幸彦集』（ふらんす堂）。

平成8（一九九六）　第七句集『鹿鹿集』（ふらんす堂）。順天堂病院で死去、享年四十九。

平成9（一九九七）　『攝津幸彦全句集』（沖積舎・二〇〇六年改版）。

平成11（一九九九）　『俳句幻景』（南風の会）。

平成18（二〇〇六）　『攝津幸彦選集』（邑書林）。

仁平　勝（にひら　まさる）略年譜

昭和24（一九四九）　東京都吉祥寺生まれ。

昭和47（一九七二）　中央大学法学部政治学科卒業。

昭和54（一九七九）　坪内稔典編『現代俳句』（南方社）を読んで俳句に興味を抱く。

昭和55（一九八〇）　俳句を開始、第一句集『花盗人』（私家版）。

昭和56（一九八一）　「豈」に参加（一九九九年退会）。「未定」に参加（一九九一年退会）。

昭和61（一九八六）　評論『詩的ナショナリズム』（冨岡書房）。

平成1（一九八九）　評論『虚子の近代』（弘栄堂書店）。評論『江川卓の抵抗と挑戦「正義」に克つ』（北宋社）。

平成3（一九九一）　評論『秋の暮』（沖積舎）。

平成5（一九九三）　第二句集『東京物語』（弘栄堂書店）。

平成8（一九九六）　評論『俳句が文学になるとき』（五柳書院）。翌年、第十九回サントリー学芸賞受賞。

平成12（二〇〇〇）　評論『俳句をつくろう』（講談社現代新書）。

平成14（二〇〇二）　評論『俳句のモダン』（五柳書院）。翌年、第三回山本健吉文学賞評論部門受賞。同年、共著『日本の四季旬の一句』坪内稔典・細谷亮太共著（講談社）。

平成15（二〇〇三）　「件」に参加。同年、「魚座」に入会。評論『加藤郁乎論』（沖積舎）。

平成16（二〇〇四）　『仁平勝集』（邑書林・セレクション俳人）。

平成18（二〇〇六）　評論『俳句の射程』（富士見書房）。

平成20（二〇〇八）　『俳句の射程』により第九回加藤郁乎賞及び第二十一回俳人協会評論賞受賞。

平成22（二〇一〇）　第三句集『黄金の街』（ふらんす堂）。同年、評論『虚子の読み方』（沖積舎）。

平成26（二〇一四）　評論『露地裏の散歩者　俳人攝津幸彦』（邑書林）。同年、『仁平勝句集』（ふらんす堂・現代俳句文庫）。

平成30（二〇一八）　『シリーズ自句自解　ベスト一〇〇　仁平勝』（ふらんす堂）。

令和4（二〇二二）　『永田耕衣の百句』（ふらんす堂）。「トイ」に参加。

令和5（二〇二三）　第四句集『デルボーの人』（ふらんす堂）。

第3章

松尾隆信が語る上田五千石

はじめに

（二〇二四年九月十二日十四時　「松の花」事務所にて）

松尾隆信氏に本書の依頼状を送り、しばらく経ってから電話でご都合をうかがおうと思っていた矢先に、氏から電話がかかってきて、了諾をいただいた。かつて北京と上海を訪問し、現地の詩人と交流した思い出話を話してくださり、たちまち親しみを覚えた。そして、ご都合に合わせて取材日を九月十三日（金）に決定した。ところが、その後、山梨文学館から九月十三日に行われる「金子兜太展」開幕式の招待状が送られてきた。氏との先約があって開幕式に欠席するつもりでいたが、その直前に兜太師の長男眞土氏ご夫妻も出席されるとのことで、久々にお目にかかれるため、自分も出席したいと考えを改めた。松尾氏に日程変更希望の電話を差し上げたら、「ぜひ出席してください」とおっしゃって、取材日を繰り上げて変更して下さったことを大変感謝している。さらに、取材の前に氏からご著書『上田五千石私論』と主宰誌「松の花」などを送ってくださったこともありがたい。

董振華

俳句を始めるきっかけ

小学二年の夏休みに、俳句をいくつか作った記憶があります。病床の父が一字か二字を直すと、私の句の中の蛙が生き生きと動き出すように感じられました。その後、父は三年を生きましたが、その間に俳句の話をした記憶はありません。父の病室の裏には青田が拡がり、その中にぽつんと一軒家がありました。そのはるかな一軒家の灯を眺めながら、病状の良い時には短時間の父との会話もありました。その頃の父の日記の中に私が表現した一軒家の灯の言葉を引いた後に「俳句を知る幸せもあるが、知らない幸せもある」と記されています。私が成人するまで父が生きていることはないとの思いで見る、彼の世の灯とも此の世の灯ともつかぬ一軒家の灯だったのですけど、父との短時間の会話がただただ嬉しかったのです。〈田の中の一戸の秋をともしけり〉は二十五年後の作品ですが、故郷播磨の無くなった思い出の景と近江の眼前の景が瞬時に重なって成ったもの。「眼前」＋αの何かが感じられたでしょうか…。私の俳句の師だった上田五千石の「眼前直覚」が一九八〇年に発表されたのですが、その二年後の作です。私も歩いて「眼前直覚」の句作りをひたすらに実践して行っていた頃です。

「さねさしのつどい」吟行会　城ヶ島にて
前列左端 上田五千石、後列左から３番目 松尾隆信
1993年　写真提供：横山節子

父が亡くなって五年後の十五歳から私の俳句は始まります。高校に入学してから、胸部検診の結果、六月から一年三ヶ月ぐらいサナトリウム（結核療養所）に入っていました。そこで、向山（旧姓吉田）文子看護師（「青玄」を経て「暁」同人）の手ほどきを受けて、九月から俳句を始めました。この療養に入る直前の学習雑誌で、両腕を失しくし、足に筆を挟んで書いている女性の記事を読みました。その女性の言葉の中に「運命を愛し、活かす」とあり、強く心に残りました。二十歳まで生きられないかもしれないとの不安から始まった療養生活での多くの出会い。その出会いの一つの俳句が、私の人生の「運命愛」の核として残り、いま、このわれの生き様を詠み切る「眼前即興」、「眼前微笑」、「眼前挨拶」へと繋がってきています。

療養とその後の十代の作句と読書三昧の中で、私の念持仏とも言うべき句が固まっていきました。

芋の露連山影を正うす　飯田蛇笏
炎天の遠き帆やわがこころの帆　山口誓子
金剛の露ひとつぶや石の上　川端茅舎

玫瑰や今も沖には未来あり　中村草田男

この四句には、自分自身の絶望、孤絶を肯定し出発する運命愛的な逞しさがあり、どん底の私に生きる勇気を与えてくれる、どん底体験者の俳句、と私には感じられたのです。これらの一句にでも対峙し、屹立する句が出来れば、それだけで大変なことなのです。そのためには何が必要なのでしょう。必要なのは私自身にとっての私自身のための作句方法であり、俳句認識であります。当時、流行の前衛や社会性などは、生死、命の前では枝葉に過ぎない。〈青春の病む胸飾るぼたん雪〉に始まった私の十代の俳句は二十歳の富士登山の〈高くはるかに雪渓ひかる二十代〉で念持仏の名句と響き合う一句を得ることができたように感じました。

これらの句に共通するものがあります。それは宮柊二の次の短歌と共通のものです。私の十代の時は短歌にも少し興味がありました。

吾れのみか淋しき虫ら森にゐて営み生きぬ土に這ひつつ　宮柊二

という短歌です。「我のみか寂しき虫ら」って自分だけではなく、虫らもみんな寂しいんだ。だけどちゃんと一生懸命に生きているじゃないかと、こういう感じの歌です。この歌は私しか知らないくらいの歌のようですが、宮柊二は有名な歌人です。

療養所では全くいきなり一人という感じになります。孤独というより孤絶です。その中で周りの生き物達と同じように自分も生きているんだということをしみじみ感じました。このような眼前挨拶、眼前微笑に通じる淋しさと喜びの交響が創作感情の原点です。一年三ヶ月を過ごした療養所でのこの思いが私の句作の原点になっています。

上田五千石と俳句

五千石の令嬢の上田日差子さんが『脚注名句シリーズⅡ—15　上田五千石集』（上田日差子編・俳人協会刊）の最後の解説と評伝の中に五千石の生い立ちについて詳しく書かれていますので、それを参照しながら話していきます。

上田五千石は一九三三年十月二十四日東京都渋谷区代々木に生まれました。当時父傳八は五十九歳、ものごころつくころには、いつか父を失うという予感に怯えながら育っていたという。「人の死の確実さ、物の滅びの確実さ、を戦争によって知ったことも私の小さい生をおびやかし、ゆさぶるに足りた。無常の感覚というべきものは、いつしか私の意識の底に染みついていた」（『春の雁』）と述べています。「すなわち、実生活には幸福感をもちながら、終生常に生きるという無常を心底に抱き、それが五千石俳句の詩精神の核をなしていた」と日差子さんが説明しています。

五千石の父は古笠《こりゅう》と号して明治時代から句作、二人の兄も俳句を嗜んでいました。そのため、五千石も幼い頃から自ずと俳句に親しむことになったのです。

一九四四年に長野県上伊那郡小野に縁故疎開。か弱い「東京っぺ」だったのですが、いつしか逞しくなりスガレ追いという地蜂採りで山野や谷を駆け回るようになりました。

一九四五年の東京大空襲で代々木の生家が焼失。五千石は長野県立松本中学校（現松本本深志高校）に入学したものの、一九四六年の年末には父に従い転居、静岡県立清水中学校を経て、一九四七年四月より静岡県立富士中学校（現富士高校）二年に再転入学。校内文芸誌「若鮎」に〈青嵐渡るや加島五千石〉を発表。加島五千石とは江戸時代に富士川のデルタ地帯に造成された新田・五千石のこと。たまたま富士宮浅間大社で水原秋櫻子を選者に招いた句会があり、校内で評判の良かったこの句を持って参じたが、日の目を見ることなく終わった。ただ、秋櫻子の目をくぐったことを縁に、「以後汝の俳号を五千石にせよ」という父親の一言により、俳号「五千石」が命名されたという。

一九四八年四月、父が七十五歳で亡くなりました。父の死を受け止め、「人の前でものを言えるようになりなさい」という母親の言葉に従い、文芸部より転じて弁論部に加わったのです。この頃、友人の影響で読書に没頭し、詩作を試み、一九五〇年手作りの詩文集に始まり、以後小冊子を幾冊か編みます。

一九五二年十八歳の時、国立大学の受験に失敗、浪人生活に入るも、ゲーテに傾倒し、『ファウスト』耽読。翌年も国立大学受験は失敗、父親の知人の助言で上智大学文学部新聞学科に入学します。大学二年の晩春より神経を病み、夏に母の許に帰ります。母から勧められて作句を始めると、草花や雨風にも耳目を配らなければならず、心が外へ拡散していき楽になりました。七月十七日夜、地元で「氷海」吉原支部発足の句会があり出席、〈星一つ田の面に落ちて遠囃子〉が秋元不死男選人位に入る。句会後に不死男は五千石の質問に応えて「ものをとおさないと俳句は崩れてしまう」など、現代俳句の作法を熱く説いたのです。その夜を限りに神経症が消え去った。そして「俳句をやっていれば命がある。生きていける」という喜びが俳句執心の根源になったという。

直ちに不死男に入門し、俳句に生きる決意を決めました。不死男五十三歳、五千石二十歳、師弟道の始まりです。当時の「氷海」は「天狼」の衛星誌でもあり、同時に投句をすることになります。また関東学生俳句連盟句会や同人誌「子午線」に参加し、有馬朗人、岡田日郎、深見けん二らと面識を得ることになります。

一九五六年十二月、鷹羽狩行、堀井春一郎らと「氷海新人会」を結成します。一九五七年に大学を卒業。卒業論文は「新聞俳壇の発生」。家業の温炙「上田テルミン」を継ぐために東京高等鍼灸学校三年課程に入校。東洋医学を学ぶことで、人間観や自然観が培われ俳句論の形成に繋がっていく。

一九六〇年西井霞と結婚。不死男から「幼な友達と結婚せし五千石に」の前書つきで〈爽やかに投げる枕を受けて寝よ〉の祝句を贈られました。一九六八年、三十五歳の誕生日に第一句集『田園』(春日書房)を刊行。第八回俳人協会賞となった。「さびしさに引き出され、やがて静けさに深まってゆく句づくりが、もし俳句固有の詩法だとすれば、五千石俳句はその詩法を身に付けている」は不死男の序の言葉です。

受賞した後、句づくりに混迷を来たし、数年悶々と過ごします。思い立って甲斐の山中を一人で歩き回り、無心になったことで俳句が降りてきたのです。〈竹の声晶々と寒明くるべし〉は急な竹のさやぎをふりかむってハッとした瞬間に成ったという。すでに一九七五年、四十二歳。その後、「眼前直覚」・「いま・ここ・われ」という持論の元になったことは確かです。

その二年前には「畦」創刊、主宰となっていました。一九七七年六月に母が、七月に不死男が亡くなりました。すぐに悼む句はできず、のちに〈こゑにせず母呼びてみる秋の暮〉〈啄木鳥の柝を遠音に師匠なし〉と詠みました。一九八三年、長年住み馴れた富士市から東京練馬区に転居、翌年成城に転居します。執筆や講演活動は一気に増え、日本各地へ、またドイツ、イタリア、大連など海外の旅も続きました。

一九九七年九月二日夜、自宅で原稿執筆のあとに倒れそのまま亡くなりました。六十三歳。「畦」三百号記念祝賀会を翌年に控え、公私ともに充実していた時です。俳句に救われた命は、俳句に生かされ、生き抜いたのです。

五千石との出会い

私は療養所で向山文子看護師から俳句の手ほどきを受けてから、一九六一年「閃光」に入会し、「七曜」・「天狼」「氷海」を経て、一九七六年に上田五千石に師事しました。それまでの俳句の先生は山口誓子と秋元不死男先生で、五千石と同じでした。私はかつて第一句集『雪渓』のあとがきで「私の俳句は（山口）誓子先生を父とし、（秋元）不死男先生を母としている」と書いています。これについては後に、「誓子からは表現の節度を晩年の不死男からは諧謔を学んだか」と正鵠を得た評を詩人・評論家の大岡信から朝日新聞（平成九年四月一日）の「折々のうた」で得ました。

私は上田五千石の第一句集『田園』（春日書房刊・一九六八年）にも収録された〈もがり笛風の又三郎やあーい〉を「俳句」二月号（後出）で読んで深く感銘し、この句で五千石を深く記憶することになりました。実際に会って話をしたのはそれから八年後の一九七六年です。秋元不死男主宰の「氷海」の飛騨高山での夏季鍛錬会という合宿吟行で、この鍛錬会は秋元不死男先生が出席した最後の吟行会でした。ここで五千石先生と出会ったのです。そして直ちに五千石主宰の「畦」に入会し、五千石門となったんです。この発心とも言える一歩を踏み出す決心をしたのは、鍛錬会の一回目の句会が終った後、三田己乗との数分の会話からでした。「点はかなり入ったけれど、特選がなかった。」

「何かが足りなかったんだね。何だろうね」等々。今思えば、足らざる自己の自覚だったのでしょうか。翌朝の句会では私の句が何人かの特選に入った。その勢いで「畦」の入会も申し出たのでしょう。己乗はほどなく亡くなりましたが、爽と俠を合わせ持った人物との強烈な印象が今もあります。「十二月一日　三田己乗急逝」との前書が付された〈あたたかき佛となりし師走かな〉の句が五千石の第二句集『森林』に収められています。さらに不死男の句集『甘露集』には、三句もの己乗の追悼句が収められています。

句集『田園』と俳人協会賞

第一句集『田園』は五千石の青春の句集であり、恋、結婚、子、父母といった事象を通して純然たる個人の自立、自律を描いたものと言えます。この句集は第八回俳人協会賞を受賞しました。三十五歳での受賞は、同門の先輩・鷹羽狩行と並ぶ最年少。別に俳人協会新人賞が設けられている現在では、この記録が更新されることはまずない。同賞を受賞した句集の中でも、とりわけ青春句集としての特質を持つのが鷹羽狩行の『誕生』と上田五千石の『田園』でしょう。

当時の選考委員による評を一部引用します。「未だ壮齢であるし、句歴も相当に永く、充実した作品を揃えている。(中略) 近い将来においては、今回の二百五十句の倍量に達するくらいの重量のある句集を以て、更に鮮やかに「第二の御目見え」を実行してもらいたい」(中村草田男)。

「上田五千石の受賞はその作品もさることながら、彼の未来への期待値に比重を置いたものと解する。伝統俳句に新人の乏しいことを憂うる委員たちの視線が、自然にこの人の若さに集まったのでしょう。他の有力候補加倉井秋をが既成大家、森総彦が故人であることもこの人に幸した。もとより『田園』は悪くないが、小粒にまとまり過ぎて、同門先輩鷹羽狩行が登場した時のような新鮮な驚きに乏しい。今後の精進を望む」と草間時彦が指摘しているように、「伝統俳句に新人の乏しいことを憂うる委員達」の存在が背景としてあったこともあります。同賞発表の記事が載った角川「俳句」昭和四十四年二月号の誌面には、当時の俳壇の状況がはっきりと表れています。

この号の巻頭は飯田龍太と能村登四郎の近詠各三十句。龍太の三十句の中には彼の代表句となる〈一月の川一月の谷の中〉も見え、「俳誌月評」欄の匿名子評も「龍太の茲二三年の句は最高頂点を極めつつあるのではないか」と評している。時代は飯田龍太、森澄雄が俳壇の頂点へと歩を進めている頃でした。この二人はともに俳人協会に属しておらず、現代俳句協会にとどまった「雲母」、「寒雷」の作家。俳人協会としては、彼らに対抗できる大型新人を輩出したい時機でした。そのような背景もあり、第五回の狩行、第八回の五千石と最年少の俳人協会賞作家が誕生したのです。

鷹羽狩行と上田五千石

草間時彦の「もとより『田園』は悪くないが、小粒にまとまり過ぎて、同門の先輩鷹羽狩行が登場したときのような新鮮な驚きに乏しい。今後の精進を望む」という見解について検討してみました。

誓子が序文に記しているように『誕生』が面白くなるのは、結婚の年からそれまでの作は、いわゆる「天狼」の優等生の句で、〈舷梯をはづされ船の蛾となれり〉(昭31)などがある。狩行の句は〈スケートの濡れ刃携へ人妻よ〉(昭33)あたりから一気に個性豊かになってゆく。四百五十句を収めたこの句集と比べると、五千石の『田園』の収録句は半数余りに過ぎない。ただし、その一句目からインパクトがあり面白い。

『誕生』は「天狼」の誓子選に入選した句を制作順に並べた超優等生の句集。五千石にしてみれば同じ体裁にしてしまうと、狩行や堀井春一郎といった先輩の後塵を拝することが明らかです。成功は『誕生』の前半にあるような句をすっぽり削ったことによります。量についての批判などは充分覚悟の上でやったことでしょう。

狩行との関係について、五千石は「鷹羽狩行との初対面は私の『氷海』入会時の出会いから始まった。俳句界で生涯のライバルと見なされることは私の光栄であるが、この兄弟子には迷惑なことであろう。が、ともかく常に私の歩む前を確かな足取りで、ラッセルをし、リードして標高を稼いでくれたこの人がいなければ、私のような怠け者はいまごろどうなっていたことか。比喩をつないで言えば、私はこの人の背中の見えるところを四十年もの間歩いてきただけだということになる。『氷海』新人会は狩行さんの結婚で、つぎつぎと仲間が連れ婚するようになって崩壊した。しかし、新婚によって句境を新たにひらいて、俳句に新鮮な視覚をもたらした作家はただ狩行一人のみであった。〈スケートの濡れ刃携へ人妻よ〉〈妻へ帰るまで木枯の四面楚歌〉、ことに新婚俳句は斬新で世の評判になった。」（『春の雁』より）と自伝に記している。若き日には狩行への競争心を隠さない五千石でしたが、還暦頃には客観視したもの言いとなっている。

狩行が〈スケートの濡れ刃携へ人妻よ〉を詠んだ一九五八年、五千石には〈断髪の生まの襟足卒業す〉、〈ハンカチに滲む臀型うまごやし〉などの女性を生々しく詠んだ句が見えはじめる。ここには少なからず狩行の影響があったのではないかと。

「氷海」新人会とは

五千石が直接学んだのは、まず秋元不死男、そして不死男の義妹・清水径子の指導により「天狼」へも投句するようになる。「天狼」に入会した後は、堀井春一郎の手ほどきを受け、春一郎をリーダーとする「氷海」新人会が鍛錬の場となった。ここでの鷹羽狩行らとの交流は、五千石初期の代表作が生み出されるために不可欠なものだったと思います。五千石自身は「昭和三十一年（一九五六）九月、西東三鬼東上のことがあり、天狼賞作家堀井春一郎の「氷海」同人参加を一つの気運として、私は鷹羽狩行などと相図って、その暮れに「氷海新人会」を発足させた。妻帯者は指導者格の春一郎こと「春ちゃん」だけで、他はみな二十代前半の若い男たちばかりであった。「馬酔木」に藤田湘子指揮下の「青の会」があり、俊秀が育っていた。これを仮想敵としての旗揚げで、いわば「天狼」か「馬酔木」かの若手対決の意気込みであった」（『春の雁』より）と記しています。

この三人の他に不死男が桂馬将棋の風と評したしかい良通（「松の花」副主宰を経て現在顧問）や諸岡直子等もいました。昭和三十三年後半に狩行、翌年に良通などと次々に結婚、昭和三十五年には五千石が結婚して、この新人会の活動は終わります。

五千石はこの会を含め、堀井春一郎に「句を見せ、批評をこうことで、文字通り兄事」した。堀井が始めて○をつけた句が〈もがり笛風の又三郎やあーい〉で、「これだ、これが君だ。君がはじめて君の句を作ったと言って喜んでくれた」のだという。

狩行が次々と新婚俳句を発表した昭和三十三年から三十四年、五千石も〈萬緑や死は一弾を以て足る〉〈もがり笛風の又三郎やあーい〉などの句を得ている。五千石自身もまた男として成長しつつある充実と同時期に、春一郎、狩行、良通といった「氷海」新人会の仲間とともに俳句に情熱を燃やす中で得られた成果です。

五千石先生との思い出
――「さねさしのつどい」

五千石主宰の「畦」は一九七三年に創刊しましたが、私は三年後の一九七六年に入会しました。その後五千石先生が亡くなる一九九七までずっと「畦」で先生と行動を共にしてきました。思い出としてのエピソードが色々ありますので、幾つかを紹介してみたいと思います。まずは「さねさしのつどい」があります。

「さねさしのつどい」の命名者は五千石です。一九八一年六月七日に風薫る大磯の丘の中腹にある高田保公園の緑蔭において第一回の句会が始まる前に命名されました。「さねさしは」相模にかかる枕詞で、「さね」はさ嶺、「さし」は山が峙つの意とする説があり、弟橘姫の詠んだとされる〈さねさし相模の小野に燃ゆる火の火中に立ちて問ひし君はも〉（『古事記』）があります。

「さねさしのつどい」は隔月に神奈川県下の各地を吟行する集まりです。この会は次の三つの目的を持って生まれました。まずは「眼前直覚」を作句の基底とする「畦」俳句実践のための集まりである。歩いて頭が空になった時感興起こって句となる。五千石主宰の言葉の実践である。次に日曜日を定例とすることにより、勤務多忙の男性等平日の会に参加できない人に五千石の直接指導を受ける機会を提供する。第三に神奈川県下での「畦」俳人の定期的会合の場を持つことにより、神奈川県下の「畦」俳人の質量を充実してゆく。この三つの目的を持って発足した「さねさしのつどい」の特徴は、五千石の直接指導する唯一の定例吟行会であり、唯一の日曜日に行われる定例句会であると言えます。

会の活動状況については、一九八一年六月七日に第一回を大磯の高田保公園と鴫立庵に実施して以来、偶数月の第一日曜日を定例句会日として、大雄山最乗寺(南足柄市、八月)、中津渓谷(愛川町清川村、十月)、鎌倉の円覚寺塔中白雲庵(十二月)、以下神奈川県下の吟行がその後も続く。また参加人員は第一回の十五人から増加し続けて、一年後の箱根湿生花園では二十九人となりました。

「さねさしのつどい」の発足から六年間、五千石先生はこの神奈川県下を隔月で吟行する会に毎回出席されていたが、NHKのテレビ趣味講座「俳句入門」の講師を務めることとなった一九八七年四月以降の十年は、年一回程度の出席となり、年末であることが多かった。

ある時、十二月の句会後に二次会でカラオケに行きました。ソファーに陣取った面々はカラオケで大いに盛り上がっていた。「畦」の連中十数人での貸切状態。その横のカウンター席で私は、五千石と二人で話が弾んでいた。

「結局、俺は『田園』を超えられないのか…悔しい。世の中は『田園』しか見ていないんだ…」と五千石先生は涙をこぼしながら言いました。唐突でした。泣き上戸を初めて見たことに驚きました。俳人は第一句集を超える句集を出すことがなかなかできないもの、といった趣旨の発言は弟子たちの句集出版の折などに一般論として度々聞かされてはいましたが、この時に五千石自身のこととして、強烈なこだわりを持っていると知り、更に驚いたのです。

その頃の五千石は若い頃のような暴飲はしなくなっていました。五千石と飲むと私が倍以上飲む、いや飲まされる（笑）。或いは代理で飲んでいるという感じでした。六十代に入ると、五千石は早く酔ってしまうようになった。今思うと、それは加齢と過労の重なりによるものだったのかも知れない。いつもの前向きで

「畦」の「さねさしのつどい」10周年記念信州安曇野乗鞍高原吟行会
一ノ瀬牧場にて
前列左から６番目 上田五千石、最後列６人中左から４人目 松尾隆信
1988年7月31日　撮影　晏甚　写真提供：松尾隆信

明るい五千石ではなく、素の姿、心のみだれといったものを目にしたことが私にとってこの夜を印象深いものとしています。

他の弟子の何人かによれば、『田園』の句の話をしていると、五千石が急に怒り出したので驚いたとの話もありました。現在の自分の俳句に蹤いてきているはずの弟子までも、『田園』の句しかまともに読んでいないのか、との思いがあったのではないでしょうか。

探鳥行吟行会

「畦」の吟行で印象深かったのは、一九八二年夏に行われた「探鳥行」です。これについて私が同年の「畦」八月号に「富士と郭公と」を題にして書いた文がありますので、ここに引いてみます。

「三島駅の改札の前で青木謙二さんがにこにこと迎えて来れた。わざわざ案内役として富士から来ていただいたのです。

謙二さんの車とタクシーとに分乗し、いよいよ探

鳥行への出発。あいにく富士の姿は見えないが、明るい曇りの空の下で、卯木の花の咲く愛鷹山の裾を走り、第一の目的地の十里木に着く。明るいブナの若葉の林の中に、頼朝の井戸は手が届くばかりの近くに豊かな水を湛えて、歯朶の若葉数枚を着けて、時の移りを楽しんでいるようです。すぐ近くの少し高くなった、風通しのよいところに、ブナの若葉に映えて、秋櫻子の句碑〈ほととぎす朝は童女も草を負ふ〉があります。少し奥の小さな八幡神社の社の前の杉の大樹でほととぎすが鳴いていました。すぐ木の下に近付いても、一心に鳴き続けていました。十里木で昼食の後は一路、会場へ向かう。日本ランドを抜け、余花の並木を抜って富士急ホテルに着く。車を出ると、さすがに高度も高く、雨催でもあり、ひんやりとした肌寒さを感じる。稜子さん、ゆう子さんに探鳥会場の自然休養林を案内していただく。郭公と老鶯の声があちこちから聞こえる。

夕食後の阿部先生の鳥の講演は、鳥への深い愛情を基にした楽しいものでした。私は如何に鳥に無関心かつ鳥音痴であるかを知らされました。その後の恒例の主宰の部屋での夜の部では、種々の俳論などを聴き、且つ語りました。五千石主宰と鼎三編集長、山川安人さんと私の四人が最初から最終までのメンバーで、女流陣は今回は途切れ途切れの入れ替わりで、珍しく男性上位の夜の部でした。いよいよ本番の五月二十三日の朝。暁紅の刻々と拡がる中に富士山が雄々と裾野を拡げ、雲一つない上空の闇が刻々と薄れゆく。郭公の声がしきりに朝を呼び、雉子の声が裾野の闇を払ってゆく。ようやく青くなった空の下、次々と聴く鳥の声、小瑠璃、駒鳥、便追、青葉木菟、筒鳥、目細、閑古鳥、老鶯等々の囀りを夏霜を踏んで、若葉から漏れる朝日の中に聴く、心の澄む、素晴らしい一刻でした。雲一つない富士のふところの名鳥の囀りを聞きながら、鳥の勉強もしなくてはの思いを深くしました。この素晴らしい一刻を作って頂いた仁藤さんご夫妻はじめ幹事の方々、本当にありがとうございました。」

この頃の五千石の俳句としては、第四句集『琥珀』の巻頭の〈白扇のゆゑの翳りをひろげたり〉〈業平忌

水辺の言葉水に消え〉があります。私の句としては
〈郭公の鳴けばなくほど富士孤峯〉がある。

1993年「畦」全国俳句大会　金沢東急ホテルにて
前列左８松尾隆信　左12上田五千石　1993年4月17日
写真提供：松尾隆信

「畦」金沢全国大会

一九九三年四月十七日、「畦」の全国大会は金沢市で開催されました。私はその前日の昼から夜、翌日の早朝から昼過ぎまで金沢市内をひたすら歩いた。兼六園、犀川畔、浅野川とそれぞれ三回歩き、それぞれの昼と夜と朝を満開の桜の中でゆっくりと味わった。兼六園内の成巽閣の二階から、そして一階の縁に座して満開の桜の散りはじめのひとひらが地上へゆっくりと散ってゆくのを眺め、〈ひとひらのはなちりてより散りはじむ〉などと手帳に記しました。

地元の俳人で大会の唯一人の来賓であった井上雪「雪垣」編集人の「一期一会の『畦』の大会」（「畦」一九九三年七月号）の文中に「開花は四月二日だったのに、連日の低温で満開が四月十七日、兼六園の花見無料開放がこの間に二度延長更新、こんな年は始めてである」とある。十六日夕方から無料開放の夜桜に出会えたのです。兼六園は宏大、幽邃など六勝を兼ね備えているとしての松平定信の命名で知られるが、桜満開時

の華麗、幽艶は格別。多くの人とすれ違っているのですが、桜の精に惹かれて静寂の中をさまよっている心地でした。桜で心惹かれたのが一本の糸桜。昼には瓢池の畔の茶店から治部煮を食しながら、夜の照明、朝の澄んだ空気の中に見上げ続けたが、中七に納得し確定するものが出来なかった。犀川も堤の桜はほのぼのと満開。昼は児らの声が湧き、夕は散歩の人と日常の生活の懐かしさの中にあった早朝のしっとりした桜はことさらでした。室生犀星の碑のあたりだけでなく、ぶらんこに腰を置いて揺られつつ〈ぶらんこに聴く犀川の堰の音〉とメモをしました。なお、この時の五千石の句には、兼六園の前書のある〈花びらの流れて春の水と知る〉〈代の田に海の鳥くる越の春〉などがある。私の句には〈ゆらゆらと地球へしだれ桜かな〉などがあります。

句集『雪渓』の五千石の序文

一九八六年に第一句集『雪渓』を出しました。刊行にあたり、五千石先生が序文を書いてくださったのです。ここに抜粋して引用したい。

「松尾隆信君と吟行を共にするたびに注視しているが、彼は実によくノートを付けている。一度もそれを覗いたことはないが、おそらく行く先々で出会う事物の名辞や状態、季物のいろいろがメモされ、時にそれらに関わって閃いた詩的言語の断片などが書き留められているであろう。

　そこまでは俳人の誰もがすることで驚くことではないが、私が感心もし、あきれもするのは、そこに記された、いわば句の素材というべき「言葉」の全てを何とかエスキース（習作）として十七音にしなくてはすまないという意欲を常に持ち歩いている、そのことである。

　ノートされた「言葉」を全て動員しなくては、彼のその日の吟行は完結しない、ということは、例えば吟行会嘱目五句出句などといった句会の場には不向きというほかない。エスキースの十七音の多くは、そこに何があった、こうであったという、いわば俳

句以前、詩以前であることをかくせない。「言葉」の連なりで終わって、現場報告になってしまっているからである。(中略)

このことは即興を尊ぶ俳句の生理と必ずしも背馳するものではない。俳句が詩になるまで、どれほどのエスキースを重ねようとも、その時の「いま」、その場の「ここ」、その際の「われ」の感動の在り様を刻印できていれば、なんの不都合もありはしない。要はポエジーのある一句を得るということに尽きる。

句集『雪渓』は十代、二十代、三十代の松尾隆信の青春を刻み得た詩業であるが、一句と言えども、エスキースの残をとどめてはいないのは見事である。松尾君もようやく「不惑」になるというが、実は俳句は不惑からの文学といってもいい。人生の「惑」いは死ぬまで絶えないかもしれないが、生きるということが際やかになる、そういう眺めを得るのが、いわば「不惑」の意味するところではないか。

人生の深化が、俳句のそれにつながるか、どうか。「不惑」からの問題である。『雪渓』が「万年雪」になって高峰に輝く日を期して待ちたい。」

この序文はその後の自分の作句方法を再確認するきっかけとなったと言えます。

五千石華甲の祝い相州大山松鈴庵にて
前列右2上田五千石、左2松尾隆信
1993年12月　写真提供：佐藤公子

「松の花」の創刊

一九九八年一月一日「松の花」が創刊しました。誌名の由来についてはエピソードがあります。

五千石先生が亡くなるちょうど二か月前の七月二日、成城の先生宅へ伺ったのです。七月五日からの伊香保での「畦」の全国大会の決算報告などの打ち合わせのためでした。先生の話は例によって最近の先生の執筆内容や、座談会の様子などから、来年の三百号記念大会の開催日、場所や内容、記念の出版物などの話に及び本題にはなかなか入れない（笑）。俳句のことが楽しくて仕方がない。正に五千石を中心に俳句が廻っている感じがあり、二ヶ月後に逝かれるなど夢にも思わない元気ぶりでした。

そんなお話の中で、突然「そうだ、あの〈みんなみはしらなみいくへ松の花〉の色紙を松尾君にやろう。君の住んでいる平塚の、湘南のイメージにぴったりだ。白波幾重はこれから良いことがつぎつぎ寄せて来る感じで縁起のいい句だろう。かあさん、あの色紙は、松尾君にあげることにしたから、送って」とおっしゃったんです。後日知ったのですが、NHK学園洋上スクーリングの船上を飾っていた特別額装の大型色紙。我が家には過分のもの。

〈もがり笛風の又三郎やあーい〉の句で繋がってきた先生との縁でしたが、「松の花」の一句を以て、笑ってさようならを言われたような思いがします。この句の「松の花」を誌名として、一誌を同志と創刊することとなった。九月三十日、ご霊前にご報告をしました。

五千石俳句鑑賞

今回のインタビューに応じて五千石の生涯の五句集から二十句を選んでみました。次にいくつかを鑑賞してみたいと思います。

ゆびさして寒星一つづつ生かす　『田園』

五千石は一九六八年に第一句集『田園』を上梓。同句集により俳人協会賞を受賞した。掲句は句集の巻頭の句。青春期の思いを俳句の方法ときっちり結びつけ

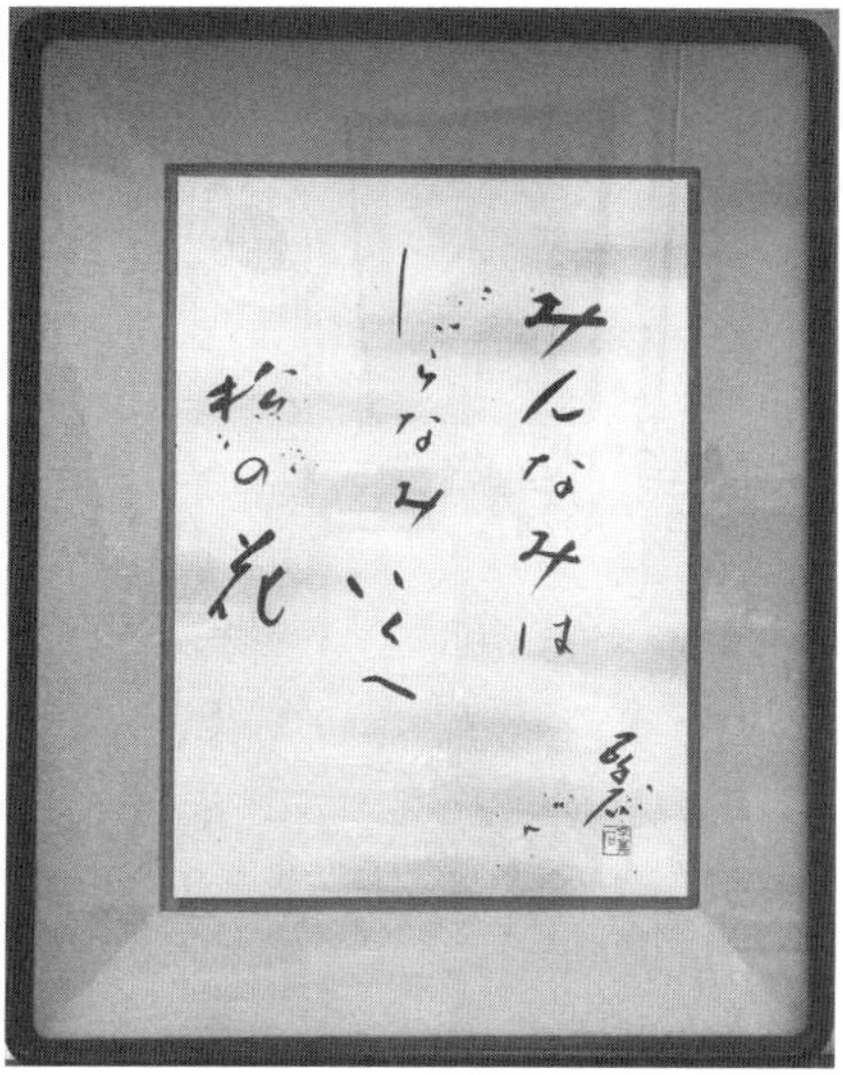

松尾隆信主宰誌「松の花」創刊時五千石の題字句〈みんなみはしらなみいくへ松の花・五千石〉1998年　写真撮影：鄒彬

てなった句。一九七八年に俳人協会から刊行された『自注現代俳句シリーズ・1期15　上田五千石集』に「俳句によって、自分という存在がはっきりしてきた。そうなると自分を中心に宇宙の全てがいきいきしはじめた」とある。俳句をはじめて種々の季語を覚え、その一つ一つから季節を感じる時、自分を中心に宇宙の全てが生き生きと感じられるようになる。これも多くの人が知る感覚でしょう。そうした時期を経て俳人は初期の代表作になるような句を詠むことができる。この句もそのような過程で詠まれたもので、青春俳句の一典型としての位置を占めている。この句の「寒星」は幼年期に見た東京の夜空であって、少年期を過ごした信州の厳寒の空の星でもあり、俳人となった富士の天空に輝く星でもあります。

もがり笛風の又三郎やあーい　『田園』

掲句は五千石が二十五歳の正月の時に詠まれている。私がこの句と「萬緑や」の句に出会ったのは一九六九年の角川「俳句」二月号（この号では飯田龍太の〈一月の川一月の谷の中〉も発表）の誌面でした。『田園』の第八回俳人協会賞受賞を伝える記事にあった五十句抄中の二句。この句については無条件によい句だと言う人（山本健吉、堀井春一郎など）がいる反面、風の又三郎の話は夏なのに何故冬の季語である虎落笛なのか、と否定的な人もいる。写生句でもなく、説明的なところの一切ないこの句は分からない人には全く分からない句のようです。〈みちのくの性根を据ゑし寒さかな〉〈息せきて来る雪女郎にはあらず〉、この二句の後に〈もがり笛風の又三郎やあーい〉の句は詠まれています。

「みちのくの」の句の「性根」は生涯をともに歩む相手をはっきり認識したこと、春になれば鍼灸学校を卒業して生活者となること、そして俳句への並々ならぬ思い、正に性根を据えてかかる二十歳代の後半が始まったことの表明です。「息せきて来る」のは、生涯の伴侶となる相手。「雪女郎」でないこの女性もまた、活き活きと性根を据えている。虎落笛には通常、暗く、冷たいイメージがつき纏うが、その暗闇に対して配合された「風の又三郎やあーい」は、甘く、切なく響いてくる。「もがり笛」と「風」はここでは重複ではなく、一体感として感じられる。それは「これからは二人で生きてゆける人ができた」というナイーブなこころの叫びなのです。

竹の声晶々と寒明くるべし　『森林』
開けたてのならぬ北窓ひらきけり　『〃』
和紙買うて荷嵩に足すよ鰯雲　『〃』

一九七八年第二句集『森林』は牧羊社から刊行。収載された作品を句が詠まれた年毎に数えてみると、一九六九年が十一句、七〇年が八句、七一年が十六句、七二年が十六句、七三年が二十四句、七四年二十一句、七五年が四十七句、七六年四十二句、七七年が五十五句となっている。掲出の二句を詠んだ一九七五年から倍増しているのが分かります。こうした推移からも「眼前直覚」の作句方法、即ち歩いて、足で句を作る方法による自信を得たうえで、七八年に第二句集『森林』を刊行したことが見えて来る（もっとも五千石自身は「方法」とも「態度」とも呼ばずに「俳句の在り様」としている）。この句集の後記に、五千石は「『森林』はまぎれもなく私自身である」と記している。この言葉からも五千石が「眼前直覚」という新たな作句法を会得し、スランプを脱したことへの確信が見て取れる。前の二句は「身延の裏山を歩いていた。眼前俄かに竹の声が起こった」「事実のままを叙し得て、既に山国にものっぴきならない春が来ていることを即座に言い止めた」ものである。歩いて空白となった心が捉えた眼前が瞬時に句となったのが分かる。三句目は一九七六年に飛騨高山での作。この和紙は美濃紙。筒状に丸めた和紙をリュックの紐で丁寧に結んでいた。俳句の外に和紙を得て、充実の吟行会。この際の出会いから私は五千石門となったのです。

早蕨や若狭を出でぬ仏たち　『風景』

第三句集『風景』は一九八二年牧羊社から出しました。七八年から八二年までの作品三二六句収録。この期間は五千石の年齢で言うと四十四歳から四十八歳にあたる。この間、五千石と私との間に第二の出会いとも言える新たな関係が生じている。一九八一年六月に「さねさしのつどい」が発足。隔月で神奈川県下を五千石と吟行することとなったのです。「眼前直覚」の理論を実践するための集団です。これについては先に触れました。「早蕨や」の句は句集『風景』を代表する句であり、「眼前直覚」を代表する句の一つでもある。一九七五年に〈竹の声晶々と寒明くるべし〉〈開けたてのならぬ北窓ひらきけり〉で感得した「眼前直覚」の方法は、一九七九年の〈母の忌を旅に在りけり閑古鳥〉〈みづうみに雨がふるなり洗鯉〉のように、その時に事実としての眼前に見えていない物をも詠み得る「眼前直覚」へと拡張されました。掲句では訪れた土地や旅程全体についての思い、さらには俳句観や人生観といった思いを詠みこむまでに深化し、眼前の早蕨と出会うことで成立したのがこの一句です。「若狭料峭」と題された三十句の冒頭に配されたこの句は実際には他の多くの眼前の句を作った後、多くの仏を見た後で作られた作品だったでしょう。「若狭を出でぬ仏たち」との思いはこの旅の主題に対して五千石が導き出した答えだったと思います。

まぼろしの花湧く花のさかりかな　『琥珀』

第四句集『琥珀』は一九九二年に角川書店から刊行。集中には五千石の四十九歳から五十八歳までの三九二句を収録。一九八三年二月、五千石一家は東京都練馬区貫井に転居。翌年四月には都内世田谷区成城四丁目に転居している。この頃より俳壇的には一気に多忙となる。「静岡では仕事を頼みにくいと某総合誌の編集長に上京を促された」との言は貫井で聞いたと記憶していますが、貫井の五千石宅へは二度、夜に行ったのを覚えているが、要件ははっきり思い出せない。この頃から私は「畦」の会計に関与し始めたものと思います。一九八七年四月、五千石はNHKテレビ趣味講座「俳句入門」講師となる。この頃から「畦」は爆発的に会員を増やす。高度成長の極みからバブル経済へと時代が移行していくのと同時進行だった。以降、五千石の「さねさしのつどい」への出席は年に一、二回となる。掲出句について注目すべき次の自解があります。

「これはこれはとばかり花の吉野山という古句がありますが、「花の盛り」を前にすると誰しも絶句してしまうものです。私も「花」のむこうから「花」がましたた。「湧」いてくる眼前の景にしばし沈黙を強いられていました。こういうとき芭蕉の「よく見れば」という言葉が生きてきます。我慢して「よく見」ていれば何かが発見できるものです。「まぼろしの花」が見えてきたのはそのお蔭です。現実の花も「湧」きつぎ「まぼろしの花」も「湧」きついで咲き加わっているのが見えてきたのです。

この自解で五千石は、この句が虚実の混交の句であること、そして虚（まぼろし）は現実の眼前を我慢してよく見ていると見えてきたのだと書いています。

もがりぶえ初めに叫びありきとぞ　『天路』

『天路』は五千石没後に「第五句集」として一九九八年に朝日新聞社から出版されたものですが、時を経て読み返すと、急逝への無念の思いから編まれたことがひしひしと伝わって来る。五千石の五十代は「眼前直覚」に「美意識」が意識的に加えられた時代でもあった。その美意識は日頃から意識して磨かれていたものでした。「美意識」の時代があった後に、「行きつく先は宗教だろうな」と話していたことなども自ずと思い出される。掲出句は五千石が六十代になった時に作られた作品。「初めに叫びありきとぞ」は新約聖書の「初めに言葉ありき」に通ずる。こうした宗教的モチーフと取り組んだ句は、掲句の他に〈かくて主の如く枯野を追はれけり〉〈寒暮光わが降架図に母よ在れ〉〈身から出てあまり清らに盆の汗〉〈道元の寺出て月の芋の花〉といった句も詠んでいます。

句集名は当初『天路』ではなく『愛語』という書名で、一九九六年一月号「朝日俳句」に発表した特別作品百句の「自照――秋から冬へ」を巻末に据えたかたちで刊行される予定になっていた。この集名を良寛ゆかりの仏教用語である『愛語』とする構想は「自照――秋から冬へ」への評価が本人の期待していたほどではなかったことにより、機が熟していないとして断念された。その結果、第五句集は「天路歴程」を踏まえての「天路」と決定されたようです。ノアの方舟を思わせる〈有明は破船の形《なり》にもがりぶえ〉は、そのような傷心の姿とも思えてきます。宗教用語の多い句集は、第一句集『田園』と第五句集『天路』です。

句集『田園』では、〈春月の暈も円かに聖受胎〉と〈柚子湯出て慈母観音のごとく立つ〉を境にキリスト教と仏教の用語にほぼはっきりと分かれています。一方の『天路』では、両方が入り混じって使われています。人物的に言えば、ゲーテ的なものと良寛的なものを自在に詠んでいます。それは、〈もがり笛風に又三郎やあーい〉の生涯の伴侶を得ての青春の頂点での叫びから、〈もがり笛初めに叫びありきとぞ〉の叫び、すなわち、宗教以前とも言える宇宙の根源、存在の根源からの叫びへと大きく深化しています。

五千石が後世に遺したもの

後世に遺した第一のものは、その第一級の作品群です。第二にその俳句論も自身の作品の実践と一体となっている説得力ある一級のもの。そして、第三は女性を中心とした多くの後継者を育てました。突然の若すぎる逝去で主宰する「畦」は終了しましたが、若い弟子たちへの逆に起爆力となって、九誌が生まれ、現在も次の七誌が活動し続けています。「甘藍」（いのうえかつこを経て渡井恵子）、「春塘」（山田諒子を経て清水和代）、「松の花」（松尾隆信）、「萌」（本宮鼎三を経て三田きえ子）、「歴路」（向田貴子）、「月の匣」（水内慶太）。他に百瀬美津、平沢陽子の俳誌もありました。高度成長期の子育て後の時間を「レジャーブーム」そして「カルチャーブーム」の中で俳句に目覚めた女性の最も多くの支持を得た俳人の一人が上田五千石でした。それは後継誌の主宰、代表がほぼ女性である結果となって今日に残っています。今日では女性の俳人や主宰も当たり前の時代。そのさきがけの指導者の意味では、紀貫之的な役割を果たし、弟子たちを残していったとも言えます。

みずみずしい青春俳句と模様論、そして「眼前直覚」「いま・ここ・われ」の句の実践に、東西の美意識を融合し、雅な句をも極め、最後には東西の宗教の奥の存在の叫びまで詠み切っています。

もがり笛風の又三郎やあーい
もがり笛はじめに叫びありきとぞ
渡り鳥みるみるわれの小さくなり

最後の句は、五千石の青春が去る思いが込められた句ですが、魂が昇天する感じの句でもあります。ゲーテの「ファウスト」のヒロインの昇天（二部）と主人公の昇天（二部）に重なっていくものがあり、これに五千石の青春と人生の二つを重ねて終わりといたします。

おわりに

九月十二日十二時新宿発の湘南新宿ラインに乗って松尾氏のご自宅のある平塚へ向かった。到着後、秘書の方が車で迎えに来てくださった。氏は俳人であるとともに、まだ現役の税理士でもあることが分かり感心した。ご自宅の建物の一階は税理士事務所と主宰誌「松の花」の発行所、二階は奥様の司法書士事務所、三階はお住まいとのことも羨ましい。

この度、インタビューの場所として「松の花」の事務所を指定したのは、目を見張るほど、そこに様々な資料が整っているうえ、必要な紙資料もすぐコピーできるからであった。「五千石はみずみずしい青春俳句と模様論、そして『眼前直覚――いま・ここ・われ』の句の実践に、東西の美意識を融合し、雅な句をも極め、最後には東西の宗教の奥の存在の叫びまで詠み切っています。さらに、女性を中心とした多くの後継者を育てました」と、五千石に関する氏のお話も十分に聞かせてくださり、大変感激するとともに、「松の花」誌の底力を改めて知る機会ともなった。　董振華

松尾隆信の上田五千石20句選

ゆびさして寒星一つづつ生かす　『田園』

萬緑や死は一弾を以って足る　『〃』

もがり笛風の又三郎やあーい　『〃』

柚子湯出て慈母観音のごとく立つ　『〃』

あけぼのや泰山木は蠟の花　『〃』

渡り鳥みるみるわれの小さくなり　『〃』

水鏡してあぢさゐのけふの色　『〃』

竹の声晶々と寒明くるべし　『森林』

和紙買うて荷嵩に足すよ鰯雲　『〃』

みづうみに雨がふるなり洗鯉　『風景』

太郎に見えて次郎に見えぬ狐火や　『〃』

早蕨や若狭を出でぬ仏たち　『〃』

火の鳥の羽毛降りくる大焚火　『琥珀』

まぼろしの花湧く花のさかりかな　『〃』

あたたかき雪がふるふる兎の目　『〃』

貝の名に鳥やさくらや光悦忌　『〃』

もがり笛洗ひたてなる星ばかり　『〃』

もがりぶえ初めに叫びありきとぞ　『天路』

色鳥や刻美しと呆けゐて　『〃』

安心のいちにちあらぬ茶立虫　『〃』

上田五千石（うえだ　ごせんごく）略年譜

昭和8（一九三三）　東京都渋谷区代々木山谷町に生まれた。法相宗東京出張所長の三男。父は古笠の号を持つ俳人で、幼少時より父と兄から俳句を教わる。

昭和20（一九四五）　空襲で代々木の自宅を失う。

昭和21（一九四六）　静岡県富士郡岩松村（現在の富士市）に転居。

昭和22（一九四七）　一月に静岡県立清水中学校に三学期のみ編入学した後、静岡県立富士中学校二年に転入し、校内文芸誌「若鮎」の制作に加わる。そこで発表した加島五千石を詠んだ句〈青嵐渡るや加島五千石〉が校内で評判となり、「五千石」を俳号とする。

昭和28（一九五三）　上智大学文学部新聞学科に入学。

昭和29（一九五四）　極度の神経症に悩むが、同年秋元不死男に師事、「氷海」に入会してのち快癒。在学中は「子午線」や関東学生俳句連盟にも参加。有馬朗人、深見けん二、寺山修司など交流し「天狼」にも投句。

昭和31（一九五六）　「氷海」同人。

昭和32（一九五七）　大学卒業。卒論「新聞俳壇の発生」は、西東三鬼の推薦で角川書店『俳句』に要約掲載。同年堀井春一郎、鷹羽狩行らと「氷海新人会」結成。俳句専念のためマスコミへの就職は断念し、父の発明した温灸「上田テルミン」製造販売・施療の経営に携わる。また鍼灸学校に三年間通学し資格取得。

昭和43（一九六八）　第一句集『田園』（春日書房）。句集『田園』により第八回俳人協会賞受賞。

昭和48（一九七三）　俳誌「畦」創刊・主宰。

昭和53（一九七八）　第二句集『森林』（牧羊社）。

昭和57（一九八二）　第三句集『風景』（牧洋社）。

昭和58（一九八三）　富士市より東京都練馬区に転居。

昭和62（一九八七）　趣味講座 NHK俳句入門（一九八九年三月まで）。

平成2（一九九〇）　『上田五千石 生きることをうたう』（日本放送協会出版）。

平成4（一九九二）　第四句集『琥珀』（角川書店）。同年、『俳句塾』（邑書林）。六月二十九日、テレビ生紀行「踊り子の歩いた道〜伊豆・天城路」1 旅立ち〜修善寺、六月三十日、テレビ生紀行「踊り子の歩いた道〜伊豆・天城路」2 出会い〜天城湯ヶ島。

平成5（一九九三）　『春の雁』（邑書林）。

平成7（一九九五）　六月、BS俳句王国（九七年八月まで）。

平成9（一九九七）　九月二日解離性動脈瘤により杏林大学付属病院で死去。享年六十三。同年十二月「畦」終刊。翌年、娘の上田日差子が「ランブル」、松尾隆信が「松の花」など後継九誌が創刊。

平成10（一九九八）　第五句集『天路』（朝日新聞社）。

平成15（二〇〇三）　『上田五千石全句集』（富士見書房）。

平成21（二〇〇九）　『俳句に大事な五つのこと 五千石俳句入門』（角川学芸出版）。

松尾隆信（まつお　たかのぶ）略年譜

昭和21（一九四六）　姫路市生まれ。

高校入学直後に発病し、サナトリウムにて俳句を始める。

昭和36（一九六一）　「閃光」に入会。以後「七曜」を経て、「天狼」、「氷海」に所属。

昭和51（一九七六）　「畦」に入会、上田五千石に師事。

昭和53（一九七八）　「畦」同人。

昭和57（一九八二）　「畦」新人賞。

昭和61（一九八六）　第一句集『雪渓』（牧羊社）。

平成4（一九九二）　第二句集『滝』（牧羊社）。

平成7（一九九五）　第三句集『おにをこぜ』（本阿弥書店）。

平成10（一九九八）　「松の花」創刊主宰。

平成14（二〇〇二）　第四句集『菊白し』（本阿弥書店）。

平成18（二〇〇六）　第五句集『はりま』（本阿弥書店）。

平成20（二〇〇八）　第六句集『松の花』（角川学芸出版）。

平成21（二〇〇九）　新版『雪渓』（ウェップ）。

平成24（二〇一二）　第七句集『美雪』（本阿弥書店）。

平成25（二〇一三）　『松尾隆信句集』（現代俳句文庫・ふらんす堂）。

平成27（二〇一五）　『松尾隆信集』（自註現代俳句シリーズ・俳人協会）。

平成28（二〇一六）　第八句集『弾み玉』（角川文化振興財団）。

平成29（二〇一七）　『上田五千石私論』（東京四季出版）。同年、『季語別松尾隆信句集』（ふらんす堂）。

令和4（二〇二二）　第九句集『星々』（ふらんす堂）。


現在「松の花」主宰、俳人協会評議員、俳人協会神奈川県支部長、日本文藝家協会会員、国際俳句交流協会会員、横浜俳話会顧問、神奈川新聞俳壇選者、ＮＨＫ文化センター青山講師。

第4章

西村和子が語る清崎敏郎

（二〇二四年七月四日十四時　「知音」事務所にて）

はじめに

私が早稲田大学修士課程の時、アルバイトで中国語を教えたことがある。生徒は早稲田の大先輩の門馬清子氏。私が俳句を作ることを知り、門馬氏は「私も俳句をやっています。私の俳句の先生は西村和子です」と幾度なく誇らしくおっしゃっていた。その時西村和子という名前を深く脳裏に刻んだ。その後、ときどきテレビや総合誌でお姿や文章を拝見しているが、お目にかかる機会はなかった。しかし、氏は慶應大学文学部出身なので、在学時期は違えど、私にとって先輩であることに親しみを覚えた。二〇二四年三月、共通した友人である橋本榮治氏の俳人協会賞受賞式後の個人祝賀会が新宿の京王プラザホテルの四階で開かれた。そこで初めて西村氏にお目にかかり、言葉を交わすことができた。挨拶もうまく素敵な方という印象を受けた。今回、取材依頼のお手紙と電話でご都合をうかがったとき、二つ返事でご快諾をいただき感激した。

董振華

師・清崎敏郎との出会い

私は中学生の頃、優しい語り口だった石川啄木の短歌に興味を持ち、こういうものだったら私にもできるかもしれないと思い、図書館に行って啄木の歌集を借りて写したりしていました。高校生の頃には、詩や短歌や俳句などを自分で作り、学校から薦められた文芸誌に投稿しました。一番よく入選したのが俳句でした。それで自分は俳句の才能があるのかもしれないなと勘違いしたのです（笑）。その頃の高校生で俳句を毎月投稿する人は珍しかった。自分の作品が毎月活字になって載るという喜びを味わいました。

一九六六（昭和41）年、慶應義塾大学に入学した時、短歌クラブか俳句クラブがないかなと思って探してみたら、短歌クラブはなく、「慶大俳句」に入りました。そこには同じ慶應大学出身の清崎敏郎先生がいました。当時、清崎先生は日吉の慶應高校の国語の先生でしたが、私達の大学生の句会にも時々指導に来てくださいました。今差し上げた「知音」は行方克巳さんと二人でやっているんですが、三年上の先輩です。「清崎先輩のところに持っていくといくらでも見てもらえるよ」と教えてくれた。

清崎先生は句会で選んでくださった句について、いつも「これはちょっと面白いね」とか、「ちょっと感じが摑めている」とか、そういう程度にしか認めてくれなかった。「上手い」とか言われたことはまったく無かったのです。「これはいいよ」と取ってくださった地味な句でも、のちにもう一回全ての作品をまとめて見て頂いた時にも、選が全くぶれないんです。若い時はやはり先生から「俳句のセンスがある」とか、「才能がある」と褒めてもらいたいでしょ。だけど、清崎先生はそういうことを一切おっしゃらなかった。

ある時、私は先生に「私の句を見ていただけますか」と聞いたら、「いいよ、百句作って持っといで」と言われました。百句を作らないと見てくれない。先輩たちを見習って小筆で半紙一枚に十句ずつ清書するんですが大体失敗します。そうするとまた最初から書き直さなければならない。書き直しているうちにここの「で」は「に」の方がいいかなとか、自分で推敲することもありました。毎回清崎先生の教員室へ句を持って行くわけ。いつも「おう、持ってきたか、そこに座りなさい」と言って、その場で見てくれます。しかし百句を作って持って行っても十句ぐらいしか「○」はつかない。あとは俳句になっているのに「✓」をつけてくれる。一生懸命作って今日の一番の自信作だと思った句は全く「✓」も付かなかったこともある。私はただ隣で黙って先生が見てくださるのを待つ。見終わったら「はい」と返してくれる。「また作って持っておいで」という、そういう指導の仕方でした。今から思えば、一対一で見てもらえて凄く幸せでした(笑)。でも、最初は「どうしてこの句がいいのか、どうしてこの句を選んでくれないのか」と怖くて聞けなかった。だけど、大学四年間ずっと毎回「作ったら持っといで」と言ってくださったので、見ていただいているうちに、「今日の私の自信作はこれなんですけど、どうして取っていただけなかったんでしょうか」と聞けるようになりました。そしたら、「まあ、これは分らないから駄目だ」と言われるだけでした。毎回百句を作らないといけないのだから、最後の九十八句目はもう数あればいいんだと思って、私にとってはいい加減なつもりで作った句は逆に「〇」をつけてくれたのです（笑）。「こんなのは数合わせて作ったものなんですけど」と言ったら、「あ、こういうのがいいんだよ、見たままの素直なのがいい」ということを教えられました。

その頃はなんで一生懸命に作った句に「〇」が付かないで、こんな数合わせの句がいいんだろうと、納得がいかなかった。のちに自分が指導者になって始めて分かりました。要するに最初の頃は見たままを素直に詠んでいくべきです。あれもこれもと欲張らないで、一つの単純なことを的確に見て取って、描いている句を認めて伸ばしてあげる。最初から欲張って、言いたいことはこれなんだよねというような句を選んでしまうと、その人は伸びないです。清崎先生は教育者だから、いつも長い目で見てくれて、初学のうちに大事に育てていただいたなと今にして思いますね。

最初に出会った人が生涯の先生になるとは限らなく、最初はただのご縁で指導してもらっても、自分がある程度俳句観が出来上がってきて、二度目につく先生が生涯の先生になる場合が多いですね。でも、私は最初についた俳句の先生が生涯の先生になったので、それはとても幸せなことだとよく皆さんから言われます。

それから二年生になる時に文学部でも専攻科目が分かれるわけですよ。その頃、清崎先生はご両親の二子玉川の家で国文科の学生と大学院生の五、六人で月に一回読書会をやっていました。先生が「お前はどこに行くんだ」と聞かれたから、私は「国文科に行きたいと思います」と言ったら、「国文科に行くんだったら二子玉川の読書会にもおいで」と誘っていただいて、大学二年の時、毎月二子玉川の読書会に参加しました。

読書会というより輪読会と言った方がよいかもしれない。私が入った頃はちょうど『古今集』をやっていて、参加者がここからここまでと、順番に次の課題を決められるとその和歌について調べて発表します。先生がそれを聞いていて、「誰が何と言っているか、この本を調べた方がいいよ」などといったようなアドバイスをしてくださいました。当時、『古今集』を読んでいても、目次は春夏秋冬になっているわけだし、季節のものに自分の思いを託して歌を詠んだりすることが初期の日本文学にあることを知らず知らずのうちに教えていただいた気がします。『古今集』の次は『源氏物語』をやってくださいました。

清崎先生は学問の師は折口信夫でしたけれど、折口先生の死後、自分は俳句の道を進もうと決めたと語っていました。俳句は高浜虚子の最晩年のお弟子さんでしたので、虚子の俳句観を私達にもいろいろ伝えてくれました。

毎月句会と吟行会に参加

学生時代毎月清崎先生が郵政会館で指導する句会に参加しました。郵政会館とは港区芝公園にある複合施設であるメルパルク東京（旧称：東京郵便貯金会館）で、昭和四十年代は三階建ての建物でした。本当に地味な句会で、とにかく十句を作って持って行く。それから当日には席題が出るんです。その席題を使ってまた三句を作らなければならない。普通の持ち寄りの十句の句会が終わると、すぐ席題の句会をやって、とても鍛えられました。

全部終わってから解散します。男の人達は二次会に行って、飲んだり食べたりしたのですが、当時、女子学生はそういうところに同席する雰囲気ではなかったのです。だから私はそのまま家に帰りました。今から思うとつまらないですよね（笑）。ただ年に一回は旅行をしてくださったし、数ヶ月に一度は吟行もしてくださった。当時は若い学生が多かったが、社会人もいました。日曜日に吟行しましょうと言って、清崎先生がご多忙の中でわざわざ来てくださいます。参加する人が少なく、清崎先生と杉本零（虚子最晩年の弟子の一人）さんと私の三人しかいない時もありました（笑）。ほかの先輩が来ないから、今日はやめて帰りたいなと思っていたら、清崎先生は淡々と、「今日はこれだけか、じゃ始めようか」と言うのです。吟行ですから、歩いたり、どこかで昼食を食べたりして、いつものように一人十句を出し合って句会をして、そのあと席題で三句の句会をしてから、それぞれ家へ帰ります。今から思うと指導者は参加人数が多いから頑張るとか、今日は少ないから、適当でいいとか、清崎先生はそういうことが全くなかった。俳句を作り続けることの根本姿勢を教えてもらいました。
私も指導する立場になってみて分かるんだけど、みんなが出てきてくれれば指導者も嬉しいし、たった二人しか来なかったら、ちょっとがっかりするじゃないですか、自分だって忙しい盛りなのにね（笑）。ご存知でしょうけど、俳句の収入は微々たるものですから、男の方はみんな自分の子供の教育費がかかるうちはちゃんと収入のある職業に就いていますね。清崎先生はその頃四十代でしたが、実生活がどんなに忙しくても、俳句に真剣に立ち向かう姿勢を学びました。

第一句集『夏帽子』上梓

一九八三（昭和58）年に私は第一句集『夏帽子』を出しましたが、句集のタイトルは先生の句から頂いています。「湘南若葉」という三十人か四十人の「若葉」の句会があって、先生が毎月千葉の船橋から茅ヶ崎まで来てくださったのです。その時私は戸塚に住んでいました。子供もある程度大きくなって、私もだんだん句会に参加できるようになりました。

ただ夏休みには子供を連れて行ったり子供が学校に行っている間に投句だけで帰ったりして、そういうような形で参加しました。ある年の夏休みに子供二人を連れて吟行に行ったのですが、男の子だからおとなしく待ってることができないので、投句だけして帰ってしまったのです。そのときに清崎先生が〈母と子の母の大きな夏帽子〉と、私のことを詠んでくださったのです。その句がとても嬉しかったので、将来句集を作ることがあったら「夏帽子」というタイトルにしたいなと思いました。それから第一句集『夏帽子』の清崎先生の序文を抜粋して、ここに再録したいと思います。

降り立ちてまたセーターをはをりけり　和子
シクラメンうたふごとくに並びをり　〃

作句年次から見て、作者と句会——慶大俳句——を共にするようになって、間もない時分のものであることが察せられる。（中略）上掲の二句の両面が綯いまぜになっているように思われる。（後略）

泣きやみておたまじくしのやうな眼よ　和子
春を待つ子のクレヨンは海を生み　〃

大学を卒業し、ＯＬ時代を経て、作者は結婚し、間もなく子宝に恵まれた。この時分からは子育てに専念せねばならず、句会や吟行に参ずる余裕は無くなったが、作句を休むことはなかった。そういう環境であったから、以前とは違って、家庭の内外がその題材になって来たのだが、頭の転換のはやい作者はそれを十分にこなしている。（後略）

第一句集『夏帽子』　牧羊社刊　1983年

つなぐ手をくぐりてゆきし蝶々かな　和子
物の影拒まず水の澄めりけり　〃
冬を待つ静けさにあり今朝の海　〃

このところ、子育ても一段落というところか、句会や吟行会にも参加する余裕が出来てきたようである。それと同時に、作品が一層単純化し、深さが感じられるようになったことも事実である。（中略）

こうした沈潜はその作家歴、あるいは年齢から来るところもあるであろうが、常に前進を求めてやまない、作者の希求のあらわれと言ってもよいだろう。

（後略）

句を作る時は窓を開けよう

俳句を始めて数年経ち、何でも句になる面白さを覚えた頃、清崎先生から「句を作る時は必ず窓を開けて作るんだよ」と言われました。

一九八六（昭和61）年に出した第二句集『窓』の「あとがき」です。

「窓が閉まっていても見える物は同じなのにと思いつつ、窓を開けてみた。すると、それまで聞こえなかった鳥の声が、風の音が、遠い町のざわめきが聞こえて来た。土の匂い、草の香がしてきた。雨上がりの大気の潤いも伝わって来た。先生が私に教えて下さろうとしたことがその時少し分かりかけてきた。」

つまり、俳句は五感を働かせて作るのだと教えてくださったのです。

花鳥諷詠の本意

清崎先生は富安風生から「若葉」を受け継いだのですが、俳句の根本精神は虚子から叩き込まれたとおっしゃっていました。虚子も八十代の最晩年になって、清崎敏郎や深見けん二などの人たちを育てるのにものすごく情熱を傾けたのです。自分は虚子が言う「花鳥諷詠」を叩き込まれた。もちろん最初は反発したり疑問を持ったりしたこともあったと聞きました。

私も最初は花鳥諷詠という言葉を聞いた時には、単なる自然詠や日本画で言う花鳥画とか、そういう狭い範囲のことだと思っていたのですが、実はそうではなくて、虚子は「有季定型」のことを花鳥諷詠と言ったのです。つまり花鳥は季題で、諷詠は定型だということです。だから自然詠だけではなくて、人間も自然界の中で生かされている存在の一つであるので、人事句も花鳥諷詠だという。虚子は花鳥諷詠という旗印を掲げましたが、実はそういうものに縛られてないで不思議な句をいっぱい作っているじゃないですか。そういう意味で花鳥諷詠はとても懐の深く広いものだよということを教えていただきました。

西村和子の俳人協会新人賞授賞式にて
清崎先生と西村　京王プラザホテルにて　1984年
写真提供：西村和子

俳句の明日を考える俳人であれ

それには写生が大事だということです。今から思うと初心の頃、先生に教え込まれたことは一生私の中には大事に残っているんだけど、それに縛られていたら、作家としては成長しないなと思うようになりました。又、先生の言うことは弟子の状況によって違ってくるわけです。だから一筋縄ではいかない。見たものを見たままに素直に詠むのがいいんだよというのは初心者だけのことであって、そのうちに見たままの句を取ってくれなかったこともあります。

その人の成長に応じて指導する言葉が違ってきました。一番ショックだったのは、「上手くなろうと思うな、地道に見たままを素直に詠めばいい」と言われたことです。しかし、ある時期になったら、「上手くならなければ俳人にはなれない」と言いました。やはり私の成長に応じてアドバイスする言葉も変わってくるんだなと思いました（笑）。今お会いしたら何と言われるか分からないけれど、「俳句ってうまくなきゃいけないんですか」と聞いたこともありますが、「うまくなくていいんだ、プロになるんだったら別だよ」と。俳句は稼げないし、作品が売れるわけでもないでしょ。「プロとは何ですか」と聞いたら、「プロとは俳句の明日を考える人だ」と言われた。それは自分の俳句の明日ではなく、俳句全体の明日でしょうね。

この頃、あと何年活躍できるかなと思うと、「俳句の明日を考える」という先生の言葉をよく思い出します。高野ムツオや私はかつて若手と言われたんですが、気がついてみたら私達が最年長だという場があるんですよ。それで、はっとして、上の人がいなくなった今、やっぱり俳句の明日を考えなければならない。そう思うのは私が俳句のお陰で、精神的に豊かに人生を送ることができたという実感があるからです。いろいろとつらいこともありましたが、そういう時に俳句に救われた。だから私の人生を豊かにしてくれた俳句に私が何かできることがあったら、やはり俳句の明日を考えることではないかと思います。

「知音」の創刊

「ひこばえ」という俳誌がありました。先生の最晩年にそれを行方克巳さんに指導を譲られる時に、克巳さんが「西村和子さんと一緒だったらやります。しかも名前を『知音』にしたい」と清崎先生に申し入れました。「知音」は克巳さんの句集名です。その時に私は先生宅に行って「克巳さんと一緒に『知音』をやっても宜しいですか」と聞きました。そしたら、先生は「おう、いいよ。そのうちに『若葉』よりも『知音』の方が注目されるようになるよ」と先生がおっしゃった。要するに「人を育てる結社にしなさい」ということです。一つの課題を頂いたような気がして心を固めました。ここに「知音」創刊時の清崎先生の祝辞を記しておきたい。

「知音」創刊によせて

私が、朝日カルチャーの俳句講座を担当するようになってから、二十数年になります。あの講座は初心者を対象にしたものですが、三年で卒業というルールがあります。それで卒業生のために、別の講座を設けねばならなくて出来たのが、「ひこばえ」です。そして、こちらの方は、私の手が廻らないので、指導者として行方克巳君をお願いしたという次第です。その「ひこばえ」が受講生の数も、一小誌を発刊するに足る人数となったため、西村和子さんと共に小俳誌を出すに到ったということは、まことに結構だと言ってよいだろうと思います。ここで、本道に俳句を愛して、それに一生を捧げようという人が出てくることを期待しています。「知音」という句集の題名を誌名としたということも、克巳君の意気込みが感じられて、まことにたのもしいと思います。ただ、花鳥諷詠、客観写生という大道からは、はずれないようにということを、老婆心から申しておきます。

西村和子の俳人協会新人賞授賞式にて
清崎先生と和子　京王プラザホテルにて
1984年　写真提供：西村和子

私は俳誌は一代だと思います。清崎先生が「若葉」を継承した時の苦労を見てよく分かりました。私はあの時に「『知音』でやっていっていいよ」と言って下さったのは本当にありがたい。先生のようになりたいけど、なかなか先生には追い付かないですね。

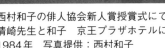

清崎敏郎俳句の句集別鑑賞
一九四〇年〜一九五三年――『安房上総』

東京府立第一中学校（現在日比谷高校）に通っていた少年の敏郎が、一九四六（昭和21）年の二学期に体調を崩し、診察検査を受けた結果、結核性股関節炎と宣告されました。それから半年間ギプス、ベッドの生活を余儀なくされ、辛い時期は廊下を人が通っても痛みが襲ったと後に語ったことがあります。ようやく松葉杖をついてそこらを散歩できるようになった頃、父親の勧めで俳句を作り始めました。作るはしから新聞や雑誌に投稿していると、読売新聞俳壇の富安風生選の「天」に入選しました。

梅が散るはうれん草の畑かな　『安房上総』

「そして、俳句を本格的にやろうというならば、主宰誌『若葉』に投句するようにすすめられて、直ちに購読、投句するようになった」と自筆年譜で語っています。

後年、風生の後を継ぎ、「若葉」の主宰となり、読売俳壇の選者にもなったことを思い合わせると、正に天の配剤を感ぜずにはいられないし、しかも十八歳にして運命の声を聞き、迷いなくその声に従ったのです。

句集の序文で風生は、初心の頃の作者が当時の世界情勢や思想の荒浪の中で「こんなに真直に、自分の航路を押し切ってきてゐるのをまことに頼もしい」と述べ、「静謐の詩」を讃え、「正しい写生が俳句本来の道であることを作品に実證してゐる」と信頼を寄せています。初心の頃から右顧左眄せず、戦中戦後の世の混乱の中でも静を守った姿勢は少年期の病が大いに影響しているに違いないと思います。

俳句作品から伝わってくる静けさと、そこに注がれる一筋のあたたかな光は作者の生涯を貫いた境地ではあるが、句集の跋文からは、意外な顔も覗けます。

「うっかり、純粋な愛情などを持ち続けると、すぐ足を掬はれてしまふやうな現在の世間である。せめても俳句に対してだけは純粋な愛情を持ち続けることが、又、私にとっては、救ひでもあるわけである」と。

このニヒルな一面もまた、見逃してはならないと思います。十四歳にして体験した人生の挫折。そこに一条の光をもたらしたのが俳句でした。第一句集の題字は高浜虚子、口絵写真は卒業の折の恩師折口信夫の色紙です。

卒業といふ美しき別かな　『安房上総』

さっきお話した慶大俳句の日吉の部室に先輩が作った名句として壁に貼ってあったんです。十代の私は「こんな句がいいの?」と驚きました(笑)。地味な句だなと思いました。でも人生でいろんな別れをした後に味わってみると卒業は確かに美しい別れですね。非常に抑制の利いた作品です。句会ではよく「ここが技の見せ所だ」とか、「ここに苦労した」とか、「私が言いたいことはここなのよ」というのがすぐに分かる句は駄目なんだと言われました。良い句はよくできた刺繍みたいなものだ。刺繍っていうのは表はとても綺麗にできてるけど、裏を見たらものすごい苦労してるんだって、糸があっちこっち行ったりそれから結び目があったり、切ったりして、裏を見たら非常に苦労はわかるんだけれど、表にはその苦労は一切見せないだろうと、そういうのが上等な俳句なんだと教えられました。

　南風の浪渚大きく濡らしたる　『安房上総』

この句は「たり」ではなく、「たる」で言い止めている。連体形の「たる」でまだ濡らしているという形で完了の存続の意味を表すことを教えられた句で、「たり」、「けり」、「をり」など、そういう助動詞の使い方を一番教えられた句です。でもそれは先生からはこういう意図で作った句だよというようなことは一度も聞いたことがないんです。ただ作品を示すことによって、自分が表現する苦労を重ねた上で、分かる人には分かるだろうと、そういう指導の仕方でした。

第二句集『窓』　牧羊社刊　1986年

一九五三年〜一九六三年――『鳥人』

学問の師と仰いだ折口信夫が急逝したのは昭和二十八年。その頃、高浜虚子・星野立子・上野泰・湯浅桃邑、深見けん二と「玉藻」の研究座談会が始まった。

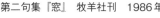

毎月虚子のもとに通ううち、徹底的に花鳥諷詠と客観写生をたたきこまれました。又「ホトトギス」新入会に入り、「虚子選という、無言の叱咤激励の鞭を刺激にのみ作句しておった日頃だった」（句集あとがき）。

学問に対する情熱を失い、俳句一筋にエネルギーを注ぐことになった人生の転機でした。とは言え、教職にあった日常生活の中で、俳句への情熱を持続させることは並大抵のことではなかった。昭和三十年、星野由紀子と結婚、その新婚旅行にも句稿を携えて行った、というエピソードが伝わっています。

又、休暇と言えば湯浅桃邑と島廻り。八丈島に遊んだのがきっかけとなり、伊豆七島、飛島、粟島、佐渡ヶ島、舳倉島、隠岐ノ島、壱岐、対馬、五島列島へと数年間にわたって足を運んでいます。島という別天地の、異質な気候風土は大いに作句意欲を刺激しました。第二句集の題名もこれに因むものです。

この句集には「〇〇に遊ぶ」という前書きが頻繁に見られます。それは日常生活と生業から遮断された心の勇躍を楽しみ、確かめているかのようです。教職を離れてからの句集には、そうした前書は消えていることからも、様々な地に「遊ぶ」時間は、三十代の働き盛りにとって、貴重で大切なものでした。この時期の作品は旅に俳句に真剣に遊んだ証しと言えます。

人生の師と仰いだ高浜虚子が他界したのは昭和三十四年。その年「ホトトギス」同人に推挙されたばかりでした。深い虚無感と同時に、「花鳥諷詠・客観写生ということを実践し、唱導してゆこうと決意した」三十七歳の時です。俳句は花鳥諷詠だという虚子のゆるぎない信念は、初めから若い世代に受け入れられたものではなかった。理解したような面持ちで虚子の言葉にうなずいていると、「ほんとうに、そう思っていますか」と眼光厳しく見つめ返された、とのちに述懐しています。

一九六四年〜一九七五年――『東葛飾』

私が清崎先生に出会ったのは昭和四十一年の初夏、「慶大俳句」の先輩として部室の句会に来られた時でした。四十四歳にして既に大人《たいじん》の風格がありました。慶應高等学校で教鞭をとりつつ、大学、大学院の講座も担当していました。昭和四十九年朝日カルチャー開設と同時に俳句講座の夜の部の講師にもなります。そして休日は吟行に旅行に、生涯でもっとも多忙を極めた時期でした。

清崎敏郎と西村和子　1987年
写真提供：西村和子

そんな中にあって、「俳句は足でかせぐものだ」と私たち学生を、まめに吟行に連れ出した。病の後遺症で歩調はゆっくりでしたが、歩くことを厭われたことは一度もありませんでした。気儘な若者たちを地道に辛抱づよく導く姿勢は、今にして省みても頭がさがります。旅行の車中から句会、食事の後は席題と袋回し、夜更けの話題も俳句以外の事は無かったのです。

この時期句材として執心していたのは雪と海でした。私が『清崎敏郎の百句』での鑑賞した以外にも越後湯沢、小千谷、瀬波温泉、会津、北軽井沢などで詠まれた雪の句が多く見られます。

一灯につのりきたりし粉雪かな　『東葛飾』
行商の雪の荷を置き土間濡らす　『〃』
濤頭あらはれてくる雪の中　『〃』
雪に置く樹影は蒼し午過ぎても　『〃』
白樺を雪片掠め掠め飛ぶ　『〃』

又、この頃の志向のあらわれを海及び濤を詠んだ作品に見ることができます。

冬濤の暮れたる音をくりかへし　『東葛飾』
夜光虫をりし礁に今朝の波　『〃』
日が落ちし波に泳げる島の子等　『〃』
横走りては春の波打ち返す　『〃』
秋の日の俄かに照りし濤頭　『〃』

聴覚で捉えた濤声の変化、前夜の光の記憶と眼前の波との重層、島なればこその子供の情景、目まぐるしい波の動き、日射による一瞬の変化。これらを言葉で描写しようとする気迫が伝わって来ます。

一九七七年〜一九八四年――『系譜』

一九七八（昭和53）年、定年を待たず退職して俳業の覚悟を示します。富安風生が他界したのは翌一九七九年でした。「若葉」の継承にあたって、「高浜虚子先生、富安風生先生と受け継がれてきた花鳥諷詠と写生ということを掲げることにした」「この二つの旗じるしはかなり範囲の広いものであって、単純な理論ではその範疇を蔽いきれるものではない。所詮、作品を以て示すよりほかに仕方のないことである」（句集あとがき）。

その言葉通り、以前にも増して行動範囲を広げ、作句に選句に俳句人生をかけた旺盛な活動がなされました。「系譜」という書名にもその志が現れています。「ホトトギス」新入会の頃から仲間の深見けん二はこの句集を「信念に裏うちされた堂々たる花鳥諷詠詩」と評しています。

虚子の言う「花鳥」は自然界を総称したものと受け取れるが、人間もまた造化の主に造られ、生かされる存在であるという認識のもとに成り立っています。その証拠に虚子の作品はいわゆる自然詠のみに収まらない。人事、人情をも自在に描いています。

「諷詠」は五七五の持つ韻律、即ち定型の美です。俳句は韻文であり、散文の切れ端ではない。「切れ」や「間」は言うまでもなく、定型詩のみが持つ音韻を生かした調べや律動を尊重することです。

そのことを頭で理解するのではなく、自らの実作に生かし、俳句を味わうに当たっての信条となるまで、作り込み、迷い、吟味し、価値観を養うことです。虚子、風生から叩き込まれた信念を清崎敏郎は繰り返し、私たちに辛抱づよく説きました。この頃の作に見られる顕著な傾向は繰り返しによる叙法です。

潮浴の子の波を踏み波を踏み　『系譜』
息をつぎ息をつぎては法師蟬　『〃』
ゆらりゆらりかさりかさりと干若布　『〃』
蘆にして荻にして枯れつくすかな　『〃』
滝落したり落したり息もつかず　『〃』

西村和子著『清崎敏郎の百句』
（2017年・ふらんす堂）

動きや音をあるがまま描いた結果の繰り返しであり、余分なことを言わぬための繰り返しでもある。一句を単純化し、自然界のありように肉迫する試みとも言える。滝の句は下五の実感さえのちに省略されました。

また、私が特に好きな句は、

蹤いてくるその足音も落葉踏む　『系譜』

清崎先生はこっちだよと言って優しく手を差し伸べたり、声をかけたりすることのない人でしたので、自分の後ろ姿から学べという感じだった。掲句は自分も孤独に落葉を踏んでいるが、自分についてくる弟子たちも落葉を踏んでいるんだ。そういうことに気がついているけれど、止まって待ってやったり、声をかけたりするでもない、そういう存在でした。特にそこで言葉を尽くして何かを教えてくれたりそういうことはなかったのですが、一緒に俳句を作るときに付き合ってくださった。そんな師弟関係でした。先生亡き今もよく思い出す句です。

山門を掘り出してある深雪かな　『系譜』

この句は先生の言う写生ですね。掘り出してあると描いていることで、雪の深さが分かる。雪掻きをここまで深く写生することを教えられた句。さっきも言ったように清崎先生の句は地味なのです。ここが山場だとかここが技術の見せ所だっていうことを全部消してある。だから本当に深く味わう人にしか分かってもらえないと思うんです。

一九八五年〜一九九六年――『凡』

屠蘇祝ふ古稀には古稀の志　『凡』

ある日しみじみ言われたことは「風生には〈古稀といふ春風にをる齢かな〉の句があるが、自分はその心境からほど遠い。時代のせいもあるかも知れぬ」と。

そんな思いを嚙みしめるように詠いあげた古稀の志。それはどんなものであったか。残された作品から推し量ることができたのは平明で単純化された句の美しさです。あるがままを詠んだ作品は一見して何のはからいもない。意味や内容、主義主張を盛り込むのではなく、省略を尽くした結果は実に軽やかです。

滝落したり落したり落したり

と、さらに単純化しています。これは一つの試みです。「凡」という字は天地間の万物を包括することを意味するという。そこから全ての事象、常のもの、ありあふれたこと、世俗的であることなどといった意味がでてくる」(句集あとがき)。平凡な事象を愛し、そこから句を掬い取り、単純明快に詠いあげることが晩年の志ではなかったたか。

さらに調べてみると、「凡」を含む形声文字には「帆」「汎」「風」「諷」などが見られ、これらは風のように全てにゆきわたるという意味を共有していると言います。

忘らるる年にあらねど年忘れ　『海神』

この年は平成四年。満七十歳にして逆縁という最大の不幸に襲われました。心身の打撃は傍目よりはるかに深刻でした。平成十年、句集『凡』は第三十七回俳人協会賞に輝きましたが、その授賞式には体調不良のため、出席が叶わなかったのです。訃報が齎されたのは翌年のことです。

　師を失った今も、吟行の折にふと目をあげると、彼方に句帳を手にした師の後ろ姿をみることがあります。

京都の句会にて
清崎敏郎と西村和子
1995年10月
写真提供：西村和子

夜更けに稿を書きなずむ時、深い声が聞こえてくる。「花鳥は季題、諷詠は定型だよ」と。

清崎先生の俳業における業績

　虚子から受け継いだ花鳥諷詠を信念として、実作で示し、後進にも伝え、筋の通った俳句観を受け継いだ弟子を育てたことは大きな業績だと思います。本書の語り手名簿の中に名前が挙がっている三村純也さんも関西出身ですが、清崎敏郎がいるというので慶應に来たと言っていました。それから、行方克巳、鈴木貞雄、本井英といった人々。「知音」の副代表の中川純一さんは清崎先生が教えた高校の教え子です。先生は教育者だったから育てることはとても大事に思ってくださいました。

　男性は大学にいる時は俳句をやっていたけれど、就職すると句作を止めてしまう人が多いです。また、女性は結婚して子供が生まれると止めてしまう。大学でそういう先輩たちのことを見ていたので、私もこれから社会に出たり結婚したりしたら、ずっと俳句を作り続けると思わなかったので、卒業する時、私は俳句に向いているんでしょうかと清崎先生に聞いたのです。たとえ向いてなくても、センスがあるくらいは言ってくれるのかなと心の中で思っていたのです。そしたら、清崎先生は「そんなもん十年やってみなきゃわかんねえよ」と言われました（笑）。と言うのは、たった大学四年間だけ一生懸命やっていたからと言って、分からないと言うのです。「ええっ、十年もやっていけるかな」と思いました。今はもう五十年もやっているけど（笑）。清崎先生はそういう単位で見ていてくださいました。大学を卒業して就職してからも夜の句会には出席しました。その頃はまだ句会が楽しかったです。私は二年間しか就職しなかったから、学生気分が抜けないうちに結婚してしまったというような感じでした。一人目の子供が生まれた時は実家が近かったので、月に一度は母に留守番に来てもらったりして、句会を続けました。二人目の子どもが生まれた時に、もう句会には出て来られないなという危機感は覚えました。

先生に言ったら、「それは仕方がない。だけど、細々でもいいから続けなさい。一年休んだら取り戻すために二年かかる、三年休んだら取り戻すのに六年かかるから」と言われましたので、本当に細々とただ投句するだけという形で続けていたんです。その時期は大変だったけど、今にしてみると続けていて良かったなと思いますね。そして行方克巳さんをはじめ、学生時代からずっと一緒にやって来た仲間たちがいてくれたお陰で、続けて来られたんです。

清崎先生が長い目で育ててくださったのは有難かったと思います。私の場合は平凡な人生ですが、男女に関わらず、人生の一大事ってあるじゃないですか、そういう時には俳句どころではないというふうになる人が多いです。でもそういう時に俳句が捨てられなかったら、その人に俳句は寄り添ってくれると思う。辛い思いをしているときに、私に俳句があって良かったと思う人と、もう俳句どころではないわと言う人と、人それぞれにあると思います。俳句は一生をかけてそれぞれが完成させていく文芸だと思います。自他ともに長い目で見ることができるようになったのは清崎先生に育てられたからに違いないんです。

ある時期すごくセンスがあって、キラキラ輝くよう

清崎敏郎　京都相国寺にて
1995年10月
写真提供：西村和子

な面白い句を作っていても、そんなのが五十年間も一生も続く訳がないですよ。一番大事なのは俳句に対する情熱を持続させていくことです。人生の時期に応じて俳句とうまく付き合っていかないと。周りから認められた時は気持ちいいですよ。だけど絶対それも一生は続かないので、必ず谷間も来るんです。そういう時に誰にも認められないから俳句は面白くないというふうになるのは、一番残念なことです。誰に認められなくても、先生だけは見てくれているとか、仲間だけは見てくれているとか、そういう手応えを私は今までコンスタントに与えられていたことは一番幸せでした。世の中で認められようと、何か賞をもらおうと、もらうまいと、今はどんな人生の波があってもやはり俳句だけは捨てないでずっと作り続けていくだろうと思います。

私は清崎先生の選しか受けていないのも一つの誇りでもあるし、思い出でもあります。大学二年生の頃から清崎先生に見てもらった句から選んで「若葉」に投句しました。その時の「若葉」の選者は富安風生でした。その後に清崎先生が「若葉」の主宰になったので、それもラッキーなことです。子育てで休んだ時もありますが、ほぼコンスタントに続けていました。先生から何を教えていただいたかと言えば、俳句は地味なものです。地味ですけど楽しい。生きている手応えを感じる。続けて良かったと思う。あんまり派手に褒めてくれたり、穢されたりしたことはない。

しかし、今から思うと投句時代が一番幸せだったと思います。先生がいらっしゃらなくなったら自分で選をしなきゃいけないし、自分で考えなきゃいけない。でも先生が亡くなっても、いつも先生の目を感じますね。俳句だけではなくて俳句に関わる文章の仕事でも、先生の目は私にとっては一番規範になるものです。

おわりに

西村和子氏は大学入学と同時に「慶大俳句」に入会し、清崎敏郎に師事。その後、俳人協会新人賞、俳人協会評論賞、俳人協会賞、桂信子賞などを相次いで受賞。一九九六年「慶大俳句」からの句友である行方克巳氏と「知音」を創刊、ともに代表となる。現在は俳人協会副会長、毎日俳壇選者などを務めておられる。

今回のインタビューは麻布十番にある「知音」誌の事務所で行った。エピソードを交えながら師を語る氏の話を伺いながら、あたかも春風の中に身を置いているかのような思いだった。

「虚子から受け継いだ花鳥諷詠を信念として、実作で示し、後進にも伝え、筋の通った俳句観を受け継いだ弟子を育てたことは大きな業績だと思います。先生が亡くなったいまでも、常に先生の目を感じますね。俳句だけではなくて俳句に関わる文章の仕事でも、先生の目は私にとっては一番規範になるものです」と語る氏の言葉は清崎敏郎先生への最高の評価だと理解して、長く私の心に響いていた。

董振華

西村和子の清崎敏郎20句選

卒業といふ美しき別かな　『安房上総』
歩をゆるめつゝ秋風の中にあり　『島人』
口曲げしそれがあくびや蝶の昼　『〃』
仰ぎたるところにありし返り花　『〃』
立ち上りくる冬濤を闇に見し　『〃』
光陰や蝕まれゐる落椿　『東葛飾』
南風の浪渚大きく濡らしたる　『〃』
手袋の手を重ねたる別れかな　『〃』
うすうすとしかもさだかに天の川　『〃』
木木芽吹き渓流瀬々をなしにけり　『系譜』

山門を掘り出してある深雪かな　『〃』
高々と引きゆく鶴の声もなし　『〃』
母と子の母の大きな夏帽子　『〃』
枯木立どの幹となく揺れはじむ　『〃』
蛍火と水に映れる蛍火と　『〃』
前山に日の当り来て時雨けり　『〃』
蹤いてくるその足音も落葉踏む　『〃』
松蝉の声珊々とりん〳〵と　『凡』
滝落としたり落としたり落としたり　『〃』
音とてもなく木の葉散る木の葉散る　『〃』

清崎敏郎（きよさき　としお）略年譜

大正11（一九二二）　東京市赤坂区（現・港区赤坂）生まれ。

昭和15（一九四〇）　富安風生に師事し、「若葉」に投句。

昭和17（一九四二）　慶應義塾大学文学部に入学、折口信夫のもとで民俗学を学ぶ。

昭和18（一九四三）　父の知人であった高浜年尾に俳句の指導を受け、年尾を介して高浜虚子に会う。同年「ホトトギス」に投句し初入選。

昭和21（一九四六）　楠本憲吉、大島民郎らとともに慶大俳句研究会設立、会誌として「慶大俳句」を発刊。

昭和22（一九四七）　同年代の深見けん二らとホトトギス新人会を結成。

昭和23（一九四八）　大学を卒業し、同付属中等部（一九五六年より高等学校）の教員となる。のち慶大および同大学院でも教鞭をとった。

昭和27（一九五二）　「玉藻」研究座談会発足と同時に参加、虚子から直接教えを受ける。

昭和29（一九五四）　第一句集『安房上総』（若葉社）。

昭和34（一九五九）　「ホトトギス」同人。

昭和40（一九六五）　『高浜虚子』（俳句シリーズ 人と作品・桜楓社）。

昭和42（一九六七）　『俳諧と民俗学』（民俗民芸双書・岩崎美術社）。

昭和44（一九六九）　第二句集『島人』（あざぶ書房）。

昭和52（一九七七）　『饗宴の文学 日本人の民俗 文学のなかまたち』（実業之日本社）。

昭和53（一九七八）　第三句集『東葛飾』（牧羊社）。『清崎敏郎集』（自註現代俳句シリーズ・俳人協会）。

昭和54（一九七九）　富安風生が死去し、風生の意向に従い「若葉」主宰を継承。同年読売俳壇選者。

昭和60（一九八五）　第四句集『系譜』（角川書店）。

平成2（一九九〇）　『花鳥』（ふらんす堂文庫）。〈既刊四句集より自選〉

平成5（一九九三）　『清崎敏郎 自選三百句』（俳句文庫・春陽堂書店）。

平成6（一九九四）　『清崎敏郎』（花神コレクション俳句・花神社）。

平成9（一九九七）　第五句集『凡』（ふらんす堂）。句集『凡』で俳人協会賞受賞。

平成10（一九九八）　復刻版『島人』（邑書林句集文庫）。同年、『現代俳句鑑賞全集第10巻 清崎敏郎篇』（東京四季出版）。

平成11（一九九九）　五月十二日、逝去。享年七十七。

平成12（二〇〇〇）　『清崎敏郎集 季題別』西村和子・行方克巳編（ふらんす堂）。

平成16（二〇〇四）　第六句集『海神』（ふらんす堂）。

平成19（二〇〇七）　『清崎敏郎集』鈴木貞雄編（脚註名句シリーズ・俳人協会）。

平成29（二〇一七）　『清崎敏郎の百句』西村和子編著（ふらんす堂）。

西村和子（にしむら　かずこ）略年譜

昭和23（一九四八）　横浜市生まれ。

昭和41（一九六六）　「慶大俳句」に入会、清崎敏郎に師事。

昭和42（一九六七）　「若葉」入会。

昭和45（一九七〇）　慶應義塾大学文学部国文科卒業。

昭和56（一九八一）　「若葉」新人賞「艸魚賞」受賞、「若葉」同人。

昭和58（一九八三）　第一句集『夏帽子』（牧羊社）、翌年、俳人協会新人賞。

昭和61（一九八六）　第二句集『窓』（牧羊社）。

平成5（一九九三）　第三句集『かりそめならず』（富士見書房）。

平成8（一九九六）　行方克巳と「知音」創刊、代表。

平成11（一九九九）　句文集『春秋譜』（蝸牛社）。

平成16（二〇〇四）　評論『虚子の京都』（角川学芸出版）、俳人協会評論賞。同年『セレクション俳人西村和子集』（邑書林）。

平成18（二〇〇六）　第四句集『心音』（角川書店）、俳人協会賞。同年、『添削で俳句入門』（日本放送出版協会）。

平成19（二〇〇七）　『季語で読む源氏物語』（飯塚書店）。

平成20（二〇〇八）　『俳句のすすめ—若き母たちへ—』（角川学芸出版）。毎日俳壇選者。

平成22（二〇一〇）　第五句集『鎮魂《たましづめ》』（角川学芸出版）。

平成23（二〇一一）　『気がつけば俳句』（角川学芸出版）。『子どもを詠う』（ＮＨＫ出版）。

平成24（二〇一二）　第三回桂信子賞受賞。『季題別西村和子句集』（ふらんす堂）。

平成25（二〇一三）　『季語で読む枕草子』（飯塚書店）。

平成27（二〇一五）　第六句集『椅子ひとつ』（角川学芸出版）、小野市詩歌文学賞・俳句四季大賞受賞。『自句自解ベスト１００西村和子』（ふらんす堂）。

平成28（二〇一六）　『季語で読む徒然草』（飯塚書店）。

平成29（二〇一七）　『愉しきかな、俳句』（角川書店）。『清崎敏郎の百句』（ふらんす堂）。

平成30（二〇一八）　俳句日記『自由切符』（ふらんす堂）。

令和2（二〇二〇）　第七句集『わが桜』（角川文化振興財団）。

現在、毎日俳壇選者、俳人協会副会長。

第5章

奥坂まやが語る
飯島晴子

（二〇二四年七月二十六日十四時　中野にて）

はじめに

奥坂まやという名前をはじめて伺ったのは二〇二三年『語りたい龍太…』制作時に高柳克弘氏に取材した時だった。高柳氏は、奥坂氏の〈万有引力あり馬鈴薯にくぼみあり〉の句を挙げ二物衝撃の例として説明して下さった。この句は面白いなと思ったと共に奥坂氏の名前もしっかりと覚えた。また、語り手それぞれに俳句を始める理由が様々であることが分かり興味深い。奥坂氏はプロの校正者として、一九八四年から八五年にかけて「朝日文庫」から『現代俳句の世界』全十六巻を出した時、それを全部校正したが、当時はまだ俳句をやる気はなかった。その後、朝日文庫の編集長で、俳句をやっている夫と一緒に旅行に行きたいと思い俳句を始めたとのことも楽しい。

今回の取材に際し、一度体調不良のため日程が変更になり少し曲折はあったものの、内容豊かなインタビューができて幸運だった。

董振華

俳句を始めるきっかけ

一九八四年から八五年にかけて「朝日文庫」から『現代俳句の世界』全十六巻（企画編集・齋藤愼爾）が出ました。私はプロの校正者で、それを全部校正したわけですが、その時は全然俳句をやる気はなかったんです。私の夫は当時朝日文庫の編集長でした。彼も全く俳句を知らなかったんだけれど、編集長として十六冊を読み、俳句に興味を持ち、作句を始めました。

夫はいろんな俳人と知り合いになっていたので、飯田龍太の「雲母」、森澄雄の「杉」、岸田稚魚の「琅玕」など五つぐらいの俳誌に入り、句会に出席しました。たまたま会社の先輩に「鷹」の会員がいて、「僕のところは『鷹』というグループなんだけど、出てみないか」と言われて夫が出たんです。すると句会の活気がすごかったそうです。

例えば、「雲母」の句会だと龍太調の句が出る、「杉」の句会だと澄雄的な句が出る。また「雲母」誌を見ても、珠玉集に選ばれるような句はやはりどうしても蛇笏調や龍太調とか、「杉」誌だったら森澄雄調の句が選ばれる。しかし、「鷹」誌の場合、珠玉集に選ばれる句は藤田湘子の句と全然違うという。その活気が他のどの句会とも違っていて、それで夫は他の俳誌を全部止めて、「鷹」だけになりました。

初めの頃、私は夫に「勝手にやって」と言っていたんですが、夫が吟行旅行にも行くようになった。まだ結婚して二、三年くらいだから、一緒に旅行へ行きたいわけです。例えばゴールデンウィークの時に、夫が吟行に行くと私は俳句をやっていないから留守番をしなければならない。だから夫と一緒に旅行に行きたいと思って俳句を始めました。一九八六（昭和61）年のことです。夫が「鷹」だけになって以後の時期だったので、私も「鷹」に入会しました。

飯島晴子
1990年代初期　　写真提供：奥坂まや

飯島晴子との出会い

その頃、飯島晴子さんが吉祥寺で指導句会をやっていて、私はすぐそばに住んでいたので、とにかく句会に出なければと思って、飯島晴子さんの句会に出たのです。それまでに飯島晴子の名前も知らないし、彼女の句集を読んだこともないです。

でも初めてお会いした時から、大変魅了されました。蛇が鎌首をもたげてこちらを睨んでいるような、すごい存在感がありました。私たちは太古から蛇を神聖なものと感じてきました。神社のご祭神も蛇身の神様がいっぱいいます。例えば諏訪神社の御神体も蛇です。晴子さんは、神々しい蛇のような迫力を持っている方でした。後で知ったのですが、飯島晴子の俳句作品は、蛇関係の季語が一番多いのです。

その句会に行って親しくなってから、私は晴子さんに「あなたの本性は蛇です」とお話したことがあります。晴子さんが吟行に行くと、何故か蛇が出てくるそうです。私は、「蛇は晴子さんにご挨拶のために出てくるんですね」と申し上げました。晴子さんに〈白緑の蛇身にて尚惑ふなり〉という句があるんですけど、正に自画像です。

藤田湘子先生もすごい存在感のある方でした。しかし、お二人の存在感はちょっと違います。湘子先生は、一流の政治家や実業家に通じるような存在感。それに対して晴子さんの場合は世俗的なものは一切ない。

また句会の指導においても湘子先生と違います。晴子さんは教え導こうというような指導ではなく、要するに晴子さんから見て良い句なのかということだけがポイントです。例えば、ある人が箱根へ旅行に行って海賊船に乗りました。それで句会に五句を出した時、そのうちの四句に海賊船という言葉が入っていたんです。そうしたら、晴子さんが「あんな観光的な海賊船なんか、そんなのが詩じゃない。読むに値しないから駄目です」と言って、四句を全部否定されちゃった。そういうふうに良い詩かどうか、良い俳句かどうかだけがポイントで、非常に純粋な指導の仕方です。

それに対して、湘子先生はやはり結社の主宰だし、初心者には初心者なりの分かりやすい指導をしないと分かってもらえないから、段階に応じて懇切丁寧に教えてくださる。そういう意味では湘子先生はとても良い指導者だったんですが、晴子さんは決して良い先生ではないです。でも俳句に対する熱情は凄く、本当によい俳句だと思った時はすごく褒めるし、駄目だったら海賊船のように一言のもとに切り捨てて、「こんなのは駄目です」と言う。それで「こんな厳しい句会はとてもついていけない」と、止めちゃった人もいたと聞きました。

これに関して面白いエピソードがあります。私が入会する前ですけど、湘子先生は国鉄（今のＪＲ）に勤めていて、その頃土曜日は半日だけ仕事でしたから、午後は職場の人を集めて句会を指導なさっていたんです。ある時、出張が入って、晴子さんに代わりに来てもらった。出張から戻って次の回に出たら、会員が半分以下に減っていた。つまり晴子さんが初心の人でも何でも大変厳しくやられるもんだから、これはちょっと駄目だと思って半分ぐらい止めてしまったわけです(笑)。

私個人としては湘子先生と晴子さんと両方に学べて、とても良かったです。湘子先生は、もちろん素晴らしい師でしたが、晴子さんに出会えたことも私の一生の宝物で、魂に響く存在でした。

飯島晴子の生い立ち

一九二一年、晴子さんは京都に生まれました。今でもそうですが、京都の人は礼儀とか立ち振る舞いとかを大事になさる方が多いです。晴子さんの家もそういうお家で、お母様が厳しかったそうです。お箸の持ち方とか、歩き方とかそういうものをとても厳しくしつけられたと伺っています。

お父様は海外でも仕事をしていたので、外国の物をお土産として買ってきてくれたりします。晴子さんは「母の京都の古い伝統的な世界と、父の外国の近代的なハイカラな世界との両方が、私の源になっていま

す」と、よくおっしゃっていました。

日本の小学校では夏休になると大概「日記を書いてください」という宿題が出ます。晴子さんはそれが大嫌いで、日記を提出しなかったこともあったそうです。何を書いたらいいか分からないから作文も嫌いで、とにかく文章を書くのが大嫌いだった。でも本を読むのはお好きでした。

その後、京都府立京都第一高等女学校(現・京都府立鴨沂高等学校)を経て、田中千代服装学院卒。卒業後は服飾関係の仕事に従事しました。

一九四二年、婚約者が兵隊にとられました。一九四六年に無事に帰還して結婚されましたが、一九四八年に結核になり、働けなかったのです。晴子さんは洋裁の学校にいらしたので、洋裁がとても上手です。ご主人が結核で療養している何年かの間は、晴子さんが洋裁で家計を支えました。

俳句との劇的な出会い

ご主人は療養している間に、「俳句をやると気持ち

ものんびりするから、療養に良いですよ」と友人に言われ、作句を始めたそうです。その後、藤沢の「馬酔木」の俳句会に通い始めました。当時、その句会の指導の先生は能村登四郎でした。

一九五九年、ご主人が仕事の関係で藤沢句会に行けないことがあって、晴子さんが代理で俳句を届けに行ったのです。その時、晴子さんは句会に出る気は全くなかったのだけれども、「馬酔木」の人たちに「せっかく来たんだから、ちょっと作ってみませんか」と言われて、そこで初めて俳句を作った。

それをきっかけに晴子さんは、三十八歳の時にご主人と一緒に「馬酔木」で俳句をやるようになり、同じく能村登四郎の指導を受けました。

晴子さんは、文章を書くのが大嫌いだった自分にとって良かったのは、俳句が短かったことと、型があって五七五で作らなきゃいけないことだった。それが浮き輪のような役割を果たしてくれたので、言葉を書くという世界に乗り出せた、とエッセイに記しています。そのうちにご主人は仕事で忙しくなって俳句を止めたのですが、晴子さんは「馬酔木」に五年間在籍されました。

「馬酔木」在籍時代

水原秋櫻子は美意識が強い人でした。美しいものや雅なもの、清らかなものなど、そういうものが良い句であって、それ以外は認めない。一例を挙げれば、秋櫻子は爬虫類が大嫌いだから、蛇とか蜥蜴を詠んだ句は一切取らなかったそうです。「馬酔木」の人たちは皆それを知っているから、そういう句を一切出さなかった。山口誓子が同人として加わってきて、彼は爬虫類が大好きでした。もちろん誓子は無鑑査同人ですから、選を受けずに句を出すわけです。夏になると必ず蛇か蜥蜴の句が出てきて、秋櫻子は眉を顰めて読んでいたと、湘子先生から伺いました。蛇や蜥蜴の字を見るだけでも嫌だったそうです。

晴子さんの「馬酔木」時代の句を全句書き写した、「鷹」の同人の方にコピーさせてもらって読みましたら、全然晴子さんらしくなかった。それで晴子さんに『馬酔木』時代の句って『鷹』の晴子さんの句とまったく違いますが、どうしてですか」と伺ったら、「私らしい句を出しても、秋櫻子先生は採ってくださいませんでした」と。選に合わなかったんです。なにしろ蛇や蜥蜴は駄目だし。

「馬醉木」誌には「新樹賞」というのがあって、年一回応募する二〇句の特別作品です。水原秋櫻子だけではなく、能村登四郎・藤田湘子・石田波郷等の主要同人も選者です。晴子さんは「馬醉木」にいた五年間、そちらの方に力を入れて毎年応募していた。賞は取れなかったけれども、自分の句が良いと認めてくれたのは藤田湘子だったと伺いました。晴子さんが第一句集『蕨手』を出した時に、「馬醉木」の五年間の句は一句も入れていなくて、「鷹」入会後の句ばかりなのは、そのような事情からだと思います。

「鷹」の創刊同人として

藤田湘子は「馬醉木」の編集長を長く務めましたが、一九六四年に傍系誌として始めた同人誌「鷹」について水原秋櫻子から誤解を受け、やむを得ず「馬醉木」を辞めることになったんです。一九六八年、「鷹」は独立誌となり、湘子が主宰となりました。その頃ちょうど前衛俳句の時代だったため、晴子さんも初期の作品は前衛的な句も多くあります。

「鷹」誌は毎月「珠玉集」に三〇句が選ばれるのですが、それを今全部「季語別鷹俳句集」というアプリで見られるのです。これは「鷹」五〇周年記念の時にまとめたものですが、それ以後の「珠玉集」三〇句が毎月追加されます。

例えば飯島晴子だったら、三七四句が選ばれている。「鷹」は同人でも基本的に主宰の選を受けるのですが、数人の同人だけは主宰の選を受けない。晴子さんも一時無鑑査同人つまり選を受けない同人でした。そういう同人はこの「珠玉集」の対象にならなかった時期があったので、後で漏れた良い句を足したのです。私が晴子さんの句を選ばせていただきました。その結果として最初から三〇句に入っている句だけではなくて、それにプラスの句もあって晴子さんは三七四句になったのです。

話は戻ります。鷹賞は「鷹」の最高賞ですが、一年間の「鷹」誌に載った最も素晴らしい作品の作者に与える賞です。一九六六年第一回の受賞者は飯島晴子でした。「馬酔木」時代とは全然違って、まるで水を得た魚のように活き活きと晴子独自の作品を産み出し、それが湘子に評価されるわけです。

晴子さんは「藤田湘子という名伯楽に出会ったことが私の幸運だった」というふうに言ってもいますし、書いてもいるんです。今回の二〇句選の初めての句〈泉の底に一本の匙夏了る〉が鷹賞受賞時の作品で、晴子の代表句の一つとして万人が認めている句です。

「鷹」と俳壇での活躍

晴子さんは第一回鷹賞を皮切りに、様々な総合誌や結社誌から注目されるようになりました。早くから注目して声を掛けた人の一人が「俳句研究」編集長の高柳重信です。まず作品の注目、そして文章も書かせてみようと「俳句研究」から依頼が来た。そうしたら晴子さんが凄い文章を書いたのです。

「女流俳人の抱負」という題の一節、「もし女がユーモアに溢れていれば、赤ん坊などというものは、時々パン粉にまぶしてフライにでもされても仕方のないしろものである」。

高柳重信さんがそれを大変気に入った。それで晴子さんは評論の方でも活躍を始めて、次々と優れた評論を発表しました。

晴子さんは「鷹」での句会指導もしていました。私が入会した一九八六年当時、「鷹」は地域別に句会をやっていて、指導担当者も別々でした。東京の西半分が西支部で、西半分に住んでいる人は吉祥寺の晴子さんの指導の句会に行く。東半分の東支部の句会はまた別の同人が指導している。三多摩の人たちには多摩支部があり、藤田湘子は多摩支部を指導していました。

その他に、「鷹」は東京中央例会があって、毎月百二十人くらいが参加していました。一人で二句投句。湘子主宰は採っても採らなくても投句者の二句の中の一句は必ず講評をします。晴子さんは「鷹」の無鑑査同人ですから一〇句選をして講評もします。だから晴子さんの選評を聞きたければ、西支部に行くか東京の中央例会に行くかです。西支部は五句投句ですが、その代わりに全句講評です。また、西支部の句会には参加者が自分の句選について発言しますけれど、中央例会の場合は人数が多くて時間的に無理なので、湘子先生と無鑑査同人だけが講評をすることになっています。

「鷹」事務所開き　右から小澤實、奥坂まや、飯島晴子、榎本好宏、岩永佐保
1996年　　写真提供：奥坂まや

魂が呼び合う俳人――晴子と完市

阿部完市さんは晴子さんの句に惹かれていて、晴子さんも阿部完市さんの作品が好きだったのです。お二人で同人誌まで作ったのですが、三号までで廃刊となりました。

また、二人で色々な所へ吟行に行きました。晴子さんは熊野に惹かれていて、熊野古道を何年もかけて踏破しました。その時は阿部完市さんと二人だけで行ったのです。詩を追求することにかけては晴子さんはいつもすごいから、他の人に何か言われるかもしれないなんて思ってもいなかったようです。だけど客観的に見たら、男女二人だけで同じ旅館に泊まって何日も一緒に旅するわけですから、やはり変だと思う人もいたかもしれない（笑）。

晴子さんが亡くなった後に、阿部さんと句会でご一緒したことがありました。その時、阿部さんは「吟行に行く時は晴子さんがおにぎりとか飲み物とか全部用意しているんです。『ここで休みましょう』と言ったら、『はい』と休む。『これを食べてください』とおにぎりを出されればそのまま食べる。とにかく自分は晴子さんの後について行くだけです。晴子さんは本当にお姉さんみたいな存在だった。ありがたかったです」とおっしゃっていた。やはりなんか魂が呼び合うという感じだったんだろうなと思いました。

目と足が原点

晴子さんはよく吟行に行きました。月に何回も行きます。しかも一人で行くのがお好きでした。もちろん西支部句会で吟行に行く時は会員たちと一緒に行きますが、基本的には一人吟行です。特に上野原という土地がとてもお好きで、東京から近いし、自然も豊かだし、日帰りも十分できる場所ですので、毎月行かれていました。

晴子さんは「俳句は自分の足で歩いて自分の目で見るところからしか始められない」とよくおっしゃった。しかし面白いことに吟行に行った直後の句はスケッチで終わっていて、ほとんど只事なのだそうです。

「鷹」に後藤綾子さん（故人）という俳人がいました。もともと野見山朱鳥さんの「菜殻火」の同人で、朱鳥さんが亡くなって、湘子先生の句と飯島晴子さんの句がとても好きだったので「鷹」にいらしたのです。

綾子さんはすぐ晴子さんに「一緒に吟行してください」と申し入れて、二人でよく吟行に行ったんです。私は綾子さんから直接聞いたんですけれど、吟行の後すぐ句会をやると、晴子さんは只事の句しか出さないので、とてもびっくりしたと。綾子さんは結構顔に出る方だったから、晴子さんがそれに気がついたらしくて、「あなたは私の句があんまり当たり前の句なんでびっくりしてるんでしょ」と、晴子さんの方からおっしゃったそうです。そして綾子さんも「そうです」と、正直に言ったら、「私はこっからしか始められないのよ」と。

その例の一つが今回選んだ二〇句の中の、

月光の象番にならぬかといふ

の句です。ある時、晴子さんが指導していた西支部の句会が井の頭公園で吟行会を行いました。そこの動物園に「花子」という有名な象がいたんです。吟行会が終って句会をやります。その時も本当に当たり前の句しかできなかったそうです。その前に総合誌からの俳句の原稿依頼が来ていて、その日の夜が締め切りだったんです。だから何が何でも句を作らなくちゃいけないので、昼間に見たことの記憶をたどったら、象を見た時に象の飼育係がそこに来たのを思い出したんです。それでこの句ができたそうです。つまり「象番」は象の飼育係から発想したものです。もし昼間に象の飼育係を見ていなかったら、この句はできなかったわけです。

季語の追究

この句については、解釈が分かれています。一つは月光が作者に対して象番にならないかと言ったという解釈。もう一つは、大いなる何かが「月光の象番」にならないかと呼び掛けたという解釈。私は以前は前者に賛成だったのですが、今は後者です。

月は秋の季節が一番綺麗だから、秋の季語になっているわけですが、月という季語は桜と並んで非常に移ろいやすく、毎日姿が変わっていきます。満月になってどんどん身が細っていって最後は消えて、また生まれてくるという、移ろうものの一つの象徴なわけです。でもこの句は月光という季語を置いていながら、その月の移ろいやすさを逆手に取っています。月光の象番だから昼間にはならない永遠の夜。月の光がずっと照っていて下には象がいるだけです。そういう月光に密閉された世界は「月」という季語の概念に対して正反対のものなのですが、月にはそういう要素もあるというのがこの句で示されました。

象は神話の中でもとても大事なものです。インドの神話だと、四頭の象が円盤のような大地を支えて、更にその下に蛇と亀が一緒になって支えているという。もしこの句が、「月光の獅子番」だったら、誰も良いとは思わないでしょう。獅子だと昼間の世界になってしまう。象を持ってきたので、月光というものが永遠の存在になった。それを頭で作るのではなくて、自分の足で歩いて自分の目で見たものから汲み出してくる。そこが晴子さんの作品の強いところです。

季語を追究していくと、自然に季語の新しい世界を開拓することになります。例えば、

螢とび疑ひぶかき親の箸

の句。螢という季語は日本では『古今集』の頃から魂の象徴でもあり、恋の象徴でもあります。恋心が螢になって飛んでいる。でもその世界にどっぷり浸かってしまっては、新しい空間は生まれません。

この句は現代的な句になっていて、単に「疑ひぶかき親の箸」だったら、何を疑っているかは分からないけれども、「螢飛び」という季語を使うことで、「娘には好きな人ができたんじゃないか」ということを親が疑っていることが分かってくるわけです。食事の場というのは嫌でも親と一緒に食べる。これも「箸」の一語で、食事の場面と理解できるわけですが、娘はこの頃おかしいというのが一番分かる絶妙の場所です。

螢という季語を生かしながら、その季語の世界に埋没するのではなくて、それを現代的な世界に生かして新しい空間になっている作品です。

言葉の深淵へ

もう一つは、

八頭いづこより刃を入るるとも

の句です。八頭は里芋の一種で、親芋を中にしていくつもの子芋が出て、ひと塊に大きくなる。それで名前が八頭と付きました。里芋だから秋の季語になっています。

八頭を俎の上に置いて包丁を入れる時、里芋だったら輪切りにするとか、縦に切るとか分かっているけど、八頭はごちゃごちゃってなって固まっているから、どこから包丁の刃を入れるか戸惑うわけです。

この句は、表面的には八頭という季語に対しての写生句ですが、同時に天照大神の弟の須佐之男命がやっつけた八岐大蛇も登場してきます。八岐大蛇は頭が八つあるので、そういう名前が付いたのです。この句を見てみると、俎も包丁も出ていない。だから、「八頭」は八岐大蛇とも解釈できるわけです。お酒で酔わ

した八岐大蛇を前にして、どの頭から刃を入れるかは、須佐之男命もやはり迷います。この句はそういうダブルメージになっています。

　私は俳句を始めたばかりの頃にこの句が分からなかったのです。この句を読むとうずうずするのですが、どうしてうずうずするのかが分からない。ある時テレビゲームでドラゴンクエストをやったら、画面に八岐大蛇がばっと出て来たんです。私は勇者だから八岐大蛇を退治しなきゃいけないと。武器はどれを選びますかというセレクトが出てきて、刀を選んだ時、不意に晴子さんのあの句はこれだったんだと思いました。それでうずうずする原因が分かりました。

　この句も、万人から認められた名句です。優れた写生句でもあったけれど、もしそれで終わっていたら、そこまで心を打たなかったと思うんです。やはり日本人の心の中に絵本で見たり、話で読んだりした八岐大蛇が居るから、この一句によって、自分が須佐之男命の立場になれるのです。

　私は晴子さんに「この句は実は八岐大蛇なんですね」と言ったら、晴子さんも「そう言われればそうですね。俎も出てこなければ芋とも書いてないし、それから包丁とも書いてないから、確かにそうも読めるんですね」と喜んでくださいました。

　亡くなる直前の、

「鷹」の大会にて
左１奥坂まや、左５飯島晴子
1990年代初期頃　写真提供：奥坂まや

葛の花来るなと言ったではないか

の句にも、神話的世界が拡がります。日本の国を産んだ伊邪那岐命《イザナギノミコト》と伊邪那美命《イザナミノミコト》。女神の伊邪那美命は火の神を産んだときに焼け死んで、黄泉の国に逝ってしまいます。伊邪那岐命は、亡くなった妻が恋しいから黄泉まで降りていき、「もう一度自分のところに戻ってきて一緒に国を作ってくれないか」と頼みました。その時に女神が「私はもう黄泉の国の人間になってしまったけれども、もしかしたら戻れるかもしれないので、ここで待っていて欲しい。この先にある洞窟に絶対に来るな」と言ったわけです。ところが伊邪那岐命は待ち切れなくなって、その洞窟に入ってしまう。そこに伊邪那美命の死体があって、その死体に蛆が湧いてしまっている。伊邪那岐命はその姿を見て、慌てて逃げ帰るんです。

「来るなと言ったではないか」というのは世界的に通じるフレーズだと思います。多くの民族に、そういうタブーを破ったことによって悲劇を招く神話があります。自死を選ばざるを得なかった晴子さんの事実上の辞世の句はこの句だと私は思っています。

引き続き、

天網は冬の菫の匂かな

の句です。「天網恢々疎にして漏らさず」というのは日本人誰でも知ってる諺ですから、天網に対してはみんなある種のイメージを持っています。天網はずっと変わらなく永遠なものであり、まさに正義の元でもある。

反対に、菫は蒲公英なんかと違って、春に咲くんだけれども、とても儚いし、可憐なものです。しかもこの句の菫は春の菫ではなく冬の菫です。たまたま冬でも暖かい時に菫が咲くことはありますけれど、ちょっと寒くなったらすぐ萎んでしまう、春の菫よりもっと儚い、もっと可憐な存在です。天網の匂いが冬の菫の匂いだと言われた時に、天網のイメージがガラッと百八十度回転してしまう。不滅の存在だと感じていた天網が、とても壊れやすいものかもしれないと感じさせられてしまう。これもやはり言葉の凄さ、季語の凄さです。もし天網は向日葵のようだとか言われても全然感動しません。

前にもお話したように、湘子先生は良い指導者で良い教師なので、「この句はこの季語が、こういう理由で駄目だよ」とか、丁寧に言葉で教えてくださるんです。それに対して晴子さんはそうではなくて、例えば「海賊船は駄目、これは詩じゃないです」と断言してもその理由を説明はしないです。そういうところは湘子先生と違います。だけど、晴子さんの捨て身の姿勢や捨て身の作品から、そういう季語の凄みや言葉の深さを切実に感じさせていただきました。

奥坂まや著『飯島晴子の百句』
（2014年・ふらんす堂）

追究の果てに

私は「鷹」の中では晴子先生と呼んでしまうのです。晴子さんの指導を受けていましたから、つい晴子先生と呼んでしまうのです。晴子さんは「それは絶対駄目」と厳しく言われました。「鷹」は藤田湘子が主宰で、藤田湘子に選を委ねているわけだから、「鷹」で先生と呼ばれるのは藤田湘子先生だけです。だから私のことは「晴子さん」と呼んでくださいと、そこはすごく厳しく言われました。

七〇歳の時、晴子さんは脳の動脈瘤が発見されて手術を受けました。手術は成功したけれど、後遺症が残りました。目でものを見る時、ダブって見えてしまうのです。足も七〇歳を過ぎてからだんだん弱くなり、思うように歩けなくなりました。

目と足が心許なくなって、晴子さんとしては自分の満足のいくような俳句は作れなくなったと感じられたのでしょう。「俳句が出来ない」としきりに話されていました。湘子先生にも「もう俳句を止めたい」と訴えてもいるんです。でも先生の目から見れば、ちゃんと良い句を作っているので、当然止めてほしくないわけです。

結局、晴子さんはやはりこのままでは言葉の深淵に向き合うことは不可能だと思い定められて、自裁を選ばれたのだと思います。ご主人が亡くなったのが六月六日だったので、晴子さんも同じ六月六日を選ばれました。

私は晴子さんが自殺をなさったというのを知った時、新宿の喫茶店で五、六人の句会をやっていたところでした。当時の角川「俳句」の編集長が晴子さんが亡くなったことをいち早く知って、また私が晴子さんを慕っているのをご存知だったので、すぐ私の自宅に電話してくださったのです。その時、夫が「今日は新宿の喫茶店で句会をやっている」と伝えて、その喫茶店にまで電話をかけてくださいました。

晴子さんは毎月「鷹」への投句がありましたから、まさか自殺なさるとは思っていなかった。訃報を聞いて動転してしまい、顔が真っ青になっていると、句会の人から言われました。「今日は句会を止めましょう」とおっしゃってくださったんだけれど、私はその時にそんなことしたら晴子さんに怒られると思って、「とんでもないです。晴子さんが亡くなったからには句会をやらなきゃ駄目です。何が何でもやります」と言って、晴子さんに怒られるという思いだけで、とにかく句会を続けたのです。

晴子が後世に遺したもの

晴子さんが後世に遺したものと言えば先ず作品と評論です。初めて女性の俳句評論家として認められたのが晴子さんでした。それまでは素晴らしい女性俳人はいっぱい出ていましたが、評論の方は誰もやらなかった。それが高柳重信に認められて、女性として評論の分野にも進出を果たしました。

晴子さんの一番すごい評論は、岩波書店の「文学」に載った「言葉の現れる時」です。俳句における表現を通じて、言葉というものの本質を抉った評論です。俳句とか短歌とか現代詩とかの区別なく、表現者全員に読んでほしいと思う評論なのです。

作品の方では、詩というものは何なのかについて、晴子さんから教わりました。いや、教わったと言っても言葉で教わったのではなくて、晴子さんの態度や書いたもので教わった。言葉というのがこんなに深く降りて行けるものだということ、言葉の一つの極致が現れるのが俳句だということも晴子さんから学びました。

晴子さんは「俳句は詩でなければいけない」ということを徹底しています。「言葉でありながら、意味を超えて、それまでになかった世界が実現していなければ詩ではない」ということを最初から叩き込まれました。そこにしかない言葉、そこにしかない空間ができてはじめて詩として存在できる。しかも俳句は短いから、一語一語がとても大事です。現代詩なら長くても可能ですが、俳句は本当に短いから、一語一語の勝負になって、調べや響きを含む一行の詩として、それまでに無かった世界を確立しなければいけない。晴子さん自身もそれを常に目指して俳句に取り組んでいました。そのような世界を実現している俳句作品が晴子さんの遺した、最も素晴らしいものです。

おわりに

奥坂まや氏は一九八六年に「鷹」入会、藤田湘子に師事。前後して鷹新人賞、鷹俳句賞、俳人協会新人賞、鷹春秋賞などを受賞している。氏は飯島晴子さんが指導した「鷹」の吉祥寺句会ではじめて出会い、飯島さんのオーラと俳句〈白緑の蛇身にて尚惑ふなり〉に魅了された。今回奥坂氏には、飯島晴子の「馬酔木」時代の俳句活動、藤田湘子という名伯楽との出会い、「鷹」と俳壇での活躍ぶり等について時代ごとに語っていただいた。

氏はまた二〇一四年にふらんす堂のシリーズ企画『飯島晴子の百句』も上梓された。氏の「晴子さんが後世に遺したものと言えば先ず作品と評論です。作品の方では、俳句は詩でなければいけないということを教わり、晴子さん自身もそれを常に目指して俳句に取り組んでいました。評論では初めて女性の俳句評論家として高柳重信に認められ、評論の分野にも進出を果たした」との言葉から飯島晴子さんへの賛美と敬慕の念が伝わってきて、胸を熱くした。

董振華

奥坂まやの飯島晴子20句選

泉の底に一本の匙夏了る　『蕨手』
旅客機閉す秋風のアラブ服が最後　『〃』
螢とび疑ひぶかき親の箸　『〃』
さるすべりしろばな散らす夢違ひ　『朱田』
天網は冬の菫の匂かな　『〃』
百合鷗少年をさし出しにゆく　『〃』
わが末子立つ冬麗のギリシャの市場　『春の蔵』
鶯に蔵をつめたくしておかむ　『〃』
月光の象番にならぬかといふ　『〃』
いつも二階に肌ぬぎの祖母ゐるからは　『八頭』
八頭いづこより刃を入るるとも　『〃』
白緑の蛇身にて尚惑ふなり　『寒晴』
寒晴やあはれ舞妓の背の高き　『〃』
漲りて一塵を待つ冬泉　『〃』
十薬の蘂高くわが荒野なり　『〃』
さつきから夕立の端にゐるらしき　『儚々』
昼顔は誰も来ないでほしくて咲く　『〃』
気がつけば冥土に水を打つてゐし　『平日』
生きものの影入るるたび泉哭く　『〃』
葛の花来るなと言つたではないか　『〃』

飯島晴子（いいじま　はるこ）略年譜

大正10（一九二一）　京都府生まれ。京都府立京都第一高等女学校（現・京都府立鴨沂高等学校）、田中千代服装学院卒。卒業後は服飾関係の仕事に従事。

昭和34（一九五九）　夫の代理で「馬酔木」の俳句会に出席したことをきっかけに三十八歳から句作をはじめる。能村登四郎の指導を受けた。

昭和35（一九六〇）　より「馬酔木」に投句。

昭和39（一九六四）　「鷹」創刊より同人、代表同人の藤田湘子（後主宰）を補佐した。

昭和41（一九六六）　第一回「鷹」俳句賞を受賞。

昭和45（一九七〇）　現代俳句協会会員。

昭和47（一九七二）　第一句集『蕨手』（鷹俳句会）。

昭和49（一九七四）　評論集『葦の中で』（永田書房）。

昭和51（一九七六）　第二句集『朱田』（永田書房）。

昭和55（一九八〇）　第三句集『春の蔵』（永田書房）。同年、評論『俳句発見』永田書房。

昭和60（一九八五）　第四句集『八頭』（永田書房）。

平成2（一九九〇）　第五句集『寒晴』（本阿弥書店）。

平成8（一九九六）　第六句集『儚々《ぼうぼう》』（角川書店）。

平成9（一九九七）　第六句集『儚々』により第三十一回蛇笏賞を受賞。

平成12（二〇〇〇）　六月六日自殺、満七十九。

平成13（二〇〇一）　遺句集『平日』（角川書店）。

平成14（二〇〇二）　『飯島晴子全句集』（富士見書房）。

奥坂まや（おくざか　まや）略年譜

昭和25（一九五〇）　東京都神田生まれ。

昭和47（一九七二）　立教大学（文化人類学専攻）卒。

昭和55（一九八〇）　編集・共著『現代俳句の鑑賞事典』（東京堂出版）。

昭和61（一九八六）　「鷹」入会、藤田湘子に師事。

昭和62（一九八七）　「鷹」新人賞。

昭和64（一九八九）　「鷹」俳句賞。

平成7（一九九五）　第一句集『列柱』（花神社）。

平成8（一九九六）　句集『列柱』で第十八回俳人協会新人賞受賞。

平成15（二〇〇三）　鷹春秋賞受賞。

平成17（二〇〇五）　第二句集『縄文』（ふらんす堂）。

平成20（二〇〇八）　鷹同人会長。

平成23（二〇一一）　第三句集『妣の国』（ふらんす堂）。

平成26（二〇一四）　評論『鳥獣の一句』（ふらんす堂）。同年『飯島晴子の百句』（ふらんす堂）。

令和3（二〇二一）　第四句集『うつろふ』（ふらんす堂）。


現在、「鷹」日光集同人、俳人協会会員、日本文藝家協会会員。

第6章

岸本尚毅が語る田中裕明

（二〇二四年八月十四日十三時　東京・中野にて）

はじめに

岸本尚毅氏の名前は黒田杏子先生から「大変優秀な俳人で、兜太と龍太についても研究をなさっている」とお聞きしていた。また、「兜太ＴＯＴＡ」第四号の特集「龍太と兜太――戦後俳句の総括」に、氏の一文「手に乗る禽」が掲載されている。文中に氏は「龍太はなぜ高柳重信の言うように『手に乗る禽を夢に見て』とは書かず『手に乗る鳥の夢を見て』と書いたか。なぜある句では「禽」と書き、別の句では「鳥」と書いたのか。龍太の句の一語一語は読み手の読みを鋭く問う」と書かれている。私は逆に氏のこのような発見が鋭いと思った。それ以来、氏の俳句と活動に興味と関心を持つようになった。俳人協会のユーチューブで氏の「季語の重みを考える」を何度も視聴し、秋田魁新報で連載されている「岸本尚毅の俳句レッスン」も拝読して、大変勉強になった。この度、本書の取材をきっかけに直に氏とお目にかかることが実現できて嬉しかった。

董振華

中学生の頃に俳句に興味

俳句に興味を持ったのは中学校の国語の教材です。芥川龍之介の〈木枯らしや目刺にのこる海の色〉が心に残りました。中高生の頃は句を作るより先人の作品を読む方が好きでした。

一九七九（昭和54）年、東京大学に進学し、同世代の俳句愛好者と知り合いました。そこで情報を得、いろいろな俳人に興味を持ちました。その中の一人が赤尾兜子です。兜子は当時「伝統回帰」と言われていました。彼は前衛俳句の作家でしたが、単純に前衛、伝統と言うのではなく、作家として自分の作風をどう追求していくかという意味で兜子に興味を持ちました。さっそく兜子主宰の「渦」に投句を始め、同時に小佐田哲男の作句ゼミ、有馬朗人の本郷句会、山口青邨の東大ホトトギス会、東大学生俳句会に参加しました。

一九八一年、兜子の逝去後「渦」を退会します。私自身の若い頃の代表句〈手をつけて海のつめたき桜かな〉は、兜子の提唱した「第三のイメージ」による

「青」句集まつりにて
左から岸本尚毅、和田悟朗、宗田安正、田中裕明
1990年11月25日　写真提供：岸本尚毅

〈さし入れて手足つめたき花野かな〉に、たしかに似ていますね。そのあと、次の師匠や結社を選ぶという課題に直面しました。その頃、立風書房の『現代俳句全集』を読みました。金子兜太、三橋敏雄、飯田龍太、藤田湘子、波多野爽波などの第一線で活躍している俳人の中で、作品的にもっとも興味を持った波多野爽波が主宰する「青」に入会しました。「青」に入会するもう一つの大きな理由は、そこに田中裕明という同世代のすごい作者がいたからです。爽波の作風は、基本は即物的な写生ですが、それとはまったく異質な裕明という弟子がいることも「青」の魅力でした。

一九八三年、大学卒業後は東京電力に勤めながら、古舘曹人、黒田杏子らが参加する句会「木曜会」に毎月出席するなど、俳句の活動を続けました。

裕明との出会い

大学の頃から田中裕明の存在は強く意識していました。角川俳句賞を取ったすごい奴だということで私の方が彼を一方的に知っていました。人を介して知ったわけではなく、俳句のメディアを通して畏敬していたのです。

「青」に入る前はお会いする機会はありませんでした。私は東京近辺に住み、爽波先生と裕明は関西にいました。「青」の句会などの機会に初めて面会して「田中さんですね」「岸本君ですか」というふうに出会ったわけです。その時点で私にとって裕明はスターでした。裕明は私より一学年上です。彼は俳句をやる青年にとって憧れの的だし、「青」という結社の兄弟子です。何と言っても人柄が大人物ですから、「田中さん」「岸本君」の関係。遠方の友人みたいな感じで、プライベートではお互いの家に泊まったり、私の結婚式に来てもらったりしました。

裕明夫人の森賀まりが書いた「裕明の句帖」によれば、〈根釣する尚毅の家は山の上〉という句が裕明の句帖に書いてあったそうです。これは横浜の岸本宅に泊まってもらった時の作品だと思います。たしかに私自身は子供の頃から釣りが好きでした。ただ、それぞれ東京と大阪にいましたから、会うのは年に一、二回ぐらいだったけれども、親しくさせていただきました。

「青」の四百号記念号（一九八八年一月号）に、「青」新人会のメンバー（裕明、鎌田恭輔、山口昭男、中岡毅雄、岸本）で爽波先生を囲んだ座談会が載っています。一九八七年八月十七日に京都の川床で行いました。その中では裕明の発言が少ない。寡黙です。明治以来の作家で誰をあげるかという中岡の質問に答えて「やっぱり蛇笏かな。あまり『青』では賛同者がいないんですが、石田波郷が好きですね。今生きている人ということになると、飯田龍太さんですね」と裕明が答えているのが印象的です。ちなみに私は「高野素十、原石鼎、星野立子」をあげています。

そのおりの爽波の句に〈尚毅居る裕明も居る大文字〉があります。最初に「尚毅居る」とあるのは、東京から駆けつけた私が遠来の客だったから。本来は「青」の若手は第一に裕明であり、そのほかの何人かの中に尚毅も居たのです。

小林恭二著『俳句という遊び』（岩波新書）という本があって、そこに出てくるのが飯田龍太や三橋敏雄などの大先輩。若手は小澤實、裕明と岸本。座談（雑談？）の場面で「若者はどうした」とつっこまれるたびに、大先輩たちに対して誠実に一人で受け答えをしていたのが小澤實でした。裕明はニコニコしながら悠然と黙っている。私も小澤・田中両先輩の陰に隠れて黙っていた。そのうちに、龍太さんが業を煮やして

「さっきから小澤君ばかり話しているけど、田中君、岸本君、狡いぞ」と怒ったことがありました(笑)。

私は若い頃から、客観的に見て裕明の才能には到底敵わないと思っています。そもそも競うという発想はなくて、こんなに豊かな人がいるということを理解した上で、裕明のようなすごい作家から一目置かれるように自分なりの作風を磨いていくためには、やはり愚直で写実的な作り方で頑張るしかない、という前向きの方向感が持てました。その点は裕明に大いに感謝しています。

田中裕明　水無瀬神宮にて　1991年
写真撮影：坂本鉄平、森賀まり所有、ふらんす堂提供

一九九一年、裕明と私は「青」の同人賞の碧鐘賞を受賞しましたが、同年十月に爽波が逝去。十二月号で「青」が終刊。主宰が亡くなったら、有力な弟子が継承していくことも多いのですが、「青」の場合は結局終刊したのです。

一九九二年三月から、裕明は関西地区中心のグループとして「水無瀬野」を創刊。後の「ゆう」につながるもので、二〇〇〇年の「ゆう」創刊まで続きました。同年四月、「爽」という冊子に裕明のほか、岩田由美、岸本、木村定生、中井公士、森賀まり、山口昭男が参加し、一九九五年の六号まで続きました。私は有馬朗人主宰の「天爲」などにも入っていたので、裕明とは元「青」の仲間という感じで付き合っていましたが、裕明が「ゆう」を始めた時、私は投句者として裕明の選を受けました。俳句の読み手としての裕明の胸を借りたのです。

私自身、必ずしも即物的な作品ばかりではなく〈ときじくのいかづち鳴つて冷やややかに〉のような句を作りました。冷ややかが秋の季語です。こういう句は模索しながら作っていますし、まして読者に分かってもらえるかどうか自信がない。それを裕明が受け止めてくれて、「ゆう」二〇〇〇年一月号に「ことさら奇抜な季語や二物衝撃が一句の中にあるわけではありません。日本語としては無理な芸当をさせずに読者に深い感銘を与えるような季語を据えること」と評してくれました。

〈鳥の巣の柔らかにして虚ろなる〉については「鳥の巣を描くのにいろいろと細かくスケッチすることもできるでしょう。また鳥の巣のまわりの景を詠うことによって、鳥の巣をくっきりと浮き立たせることもできます。しかしこの句はどちらの道もとらずに鳥の巣そのものを描くことに成功しました」（二〇〇〇年六月号）。〈秋晴の押し包みたる部屋暗し〉については「認識と表現が一枚岩になっています」（二〇〇〇年十二月号）などと、私の「自信のない自信作」を、裕明は後押ししてくれました。裕明の選を受けた作品を中心にした第四句集の題は『感謝』です。一つには、裕明にお世話になったという意味。もう一つは、悪性リンパ腫を患った私の妻が健康を取り戻したことに対する感謝でした。

裕明の俳句をどう読むか

裕明の句を読んで気付くのは、季語と季語ではない部分との関係がかなり離れていることです。よく引き合いに出される作品に〈雪舟は多くのこらず秋螢〉があります。簡単に読んでしまえば、雪舟の作品はあまり残っていない、秋の螢も夏の螢に比べて数が少ない、という意味では分かり易い句です。そこで鑑賞が止まってしまうと「そういうことか」って納得しておしまいかもしれないが、逆に雪舟と秋螢の関係を理屈で割り切らずに読んでいこうとすると、その説明はなかなか難しい。幽玄な雰囲気を湛えているんだけど、どう鑑賞するか、一筋縄ではいかない。

正直に言うと、私もこの作品がどう素晴らしいか、長きにわたって分からなかった。それは私の能力不足だと自覚しています。自分以外の読者の鑑賞を読まないといけないと思います。まず小澤實の田中裕明論「平安の壺」（『セレクション俳人十一田中裕明集』所収）から引用します。

確証ある雪舟の作品は十点ほどだろうか。厳しい学者だと三点ぐらいしか認めないとも読んだことが記憶にある。生前から高名だったこの画家の作品が

波多野爽波を偲ぶ会にて
手前左から岸本尚毅、田中裕明
1991年12月1日　写真提供：岸本尚毅

このような数になってしまうということは不思議だが、それが室町からの時間を物語っているのだろう。

作者は「雪舟は多く失せたり」と詠わない。この表現とくらべると、現存の雪舟がおもいうかべられるようにできていて、俳句として勁い。それだけではない。作者は雪舟が多く失せたことを悲しんでいない、というとやや言いすぎになるかもしれない。しかしすべてが残るのではなく、時間による淘汰を経た珠玉の作品を喜んでいると言えばどうだろう。

『徒然草』の「月はくまなきをみるものかは」という思想、書物の装幀でも調度でも完全を厭い、不完全を尊ぶ思想が流れている。

四年前のぼくは、この句に息を飲んだが、今のぼくは「秋螢」にすこし不満をもっている。「中国には、相手にするに足る画人はいない」といった言葉、またその画の勁いタッチから受ける雪舟の男らしい印象に対し、すこしなよなよとしすぎている季語ではないかと。ただ、この句は生きている雪舟そのものを詠っているのではなく、雪舟作品がくぐりぬけてきた時間が詠まれているので、やはり「秋螢」か

とも思ったりする。

小澤ほどの俳人が秋螢でいいのかどうかと、迷いながら納得したり、疑問を持ったりしています。一般的には鑑賞に迷う原因は作品の不備であることもありますが、裕明の作品はむしろ洗練の度が高いがゆえに、「ああでもない」、「こうでもない」と逡巡しながら読む楽しみを与えてくれます。小澤は「秋螢」が少し不満だと書いているが、これはとても贅沢な不満だろうなと思います。

私自身もそうですが、俳句にはビジュアルなイメージが浮かぶような作り方が多い。しかし「雪舟は多くのこらず」と「秋螢」とをビジュアルなイメージに結びつけることは難しい。

この点について、小林恭二は『俳句という遊び』の「貴公子・田中裕明」の節で「田中裕明の句の最大の強みは、一句に漂う涼しげな雰囲気である。それは懐の深さと言い換えてもいい。それは対象に肉薄しようとするよりは、むしろ対象と十分な距離を保ち、場合によっては雰囲気だけ残して対象自体は消し去ってしまう、というような作句作法によると私は見ている」と書いています。

雪舟の絵をじっくり見たり、秋螢の視覚的なイメージを描き込んだりというような作り方ではなくて、句の言葉から何かが消え去っているのでしょう。小林はさらに「田中裕明の作品は、対象を見せるよりも、むしろ読後の余韻のあり方を中心に組み立てられていることが多いように思える。もっともこれはまことに難しい方法でもある。というのも読後の余韻をみきわめるにはおのれの主観を信じるしかないが、それはともすれば自己満足に陥りやすい行為であるから」と書いています。

視覚的なイメージにこだわると、裕明の作品は読みづらい面はあります。逆に言うと、小林が言うように、そういう作品だと思って読まないといけないところもあるかもしれません。

また、この句について、小川軽舟は、「名山と霞」（『田中裕明全句集』栞）という文章で、「この句は多く残らなかったあわれを詠んでいるわけではないだろう。雪舟の世界は、むしろ多く残らなかったからこそ、秋螢の背後の闇のように、無辺のひろがりを持っている」と鑑賞しています。

雪舟の絵がフェルメールと同様に数少なくなったことと秋螢は哀れな存在だということをそのまま繫いでしまうと分かりやすいのですが、深みのない句になってしまいます。そこで止まってしまわずに、軽舟の言う「秋螢の背後の闇」というふうに句を広く大きく読むことが読者にとっての楽しみです。

この句がなぜ、読者をしてそう読ませるかというと、「涼し気な雰囲気」（小林）があって、物欲しげなところがないから。メッセージを押し付けてくるようなところが全くなくて、読者の方がいろいろと考えさせられてしまう。裕明の術中に嵌まってしまったのかもしれませんが、それが心地よい。

なお、岩田奎の近刊『田中裕明の百句』は、この句を「ひとたび「多く」と言及されたことで、存在はしたが霧消した数々の作品、数々の命が闇の中に浮かぶ。これは闇に目を凝らす句」だと鑑賞しています。岩田の鑑賞は、軽舟のいう「背後の闇」にじっと目を凝らすことで、かすかながらも視覚的なイメージを、この句から引き出しています。

悉く全集にあり衣被　裕明

これはかなり読みづらい句かもしれません。衣被は芋で秋の季語です。「悉く全集にあり」はおそらく特定の作家の全集なので、その作家の作品は全てその全集にあるということでしょう。「悉く」と「全集」はトートロジーのようです。その後に「衣被」という関係性の薄そうな季語がある。こういう作品を見ると、もしかすると作者に騙されているんじゃないかと思ったりもします。仮に作者が意地の悪い人だったら、この句を詠んでみんなが感心したり、頭をひねったりするのを、心の中でにやにやと眺めているかもしれない。そんな妄想を抱かないでもないんですけれども、やはりみんなが引き付けられるんですね。

こういう作品は独立してあるというより、裕明の作風と人格が結びついていると思うんです。ただし私小説のように、作者の実生活が作品に生々しく反映しているという意味ではない。ただ、人柄と俳句の雰囲気が似ている、あるいは一体になっているというような印象はあります。仮に、私がこの「衣被」の句を作っても、句がサマになりませんね。でも人々が「衣被」の句に感心するのは、裕明の人徳か俳徳かと思ったりもします。

小澤實は「平安の壺」で、「日記、メモなど断簡零墨まで収められる全集に対するほのかな批判を感じる。漱石、鷗外、直哉といった人の全集をおもいうかべたらいいだろう。ありがたいのだが、なにかうるさいような感じ、それが〈衣被〉の諧謔によって表現されている」と鑑賞しています。「衣被」は芋ですから、とぼけたようなおかしみを誘う存在だと小澤は捉えています。「ありがたいのだが、なにかうるさい」、これは俳諧の伝統的な感性であり、全集というものの一種野暮な部分でもあります。この野暮なところと衣被というとぼけた季語を並べ、どこか心の中で笑っているような感覚を、小澤は感じているんだろうと思います。

私はこんなふうに読む能力がないので、小澤の鑑賞に「なるほど」と感心したわけです。

下五の言葉の選択には無数の可能性があります。四ツ谷龍の文章を参照しましょう。四ツ谷は裕明と特に親しかった俳人の一人で、次のように分析しています。

悉く全集にあり衣被

の句をもう一度見てみたいのだが、「悉」「全」「集」「衣」「被」の五字には形の共通性がないだろうか。五字はどれも左右への大きな払いを含む字なのである。

この句では「悉」「全集」「衣被」の漢字表記が強い視覚効果を感じさせるのだけれども、その効果は字形の類似によって強調されているように、私には思えてならないのだ。たとえば季語を「衣被」以外の同じ秋の食物に代えてみる。

悉く全集にあり新豆腐

悉く全集にあり菊膾

などと改変してしまうと、(意味や音の問題もさることながら)パッと見たときの外見の美しさの点でかなり劣るのではないだろうか。字形の統一性が失われるからだ。

田中裕明の俳句の中で、漢字の字形の美しさを感じさせるものを全集から拾い上げていく作業をしてみると、面白いことにそういう句は前半の三句集、すなわち『山信』『花間一壺』『櫻姫譚』に偏って見られるように思えた。本章でこれまで挙げた印象的に漢字を使った句も、

奈良平城院句会二十周年記念句会にて
前列右３田中裕明　後列左６岸本尚毅
1996年3月2日　　写真提供：岸本尚毅

大学も葵祭のきのふけふ　『山信』
寺の子の赫いかほして絲瓜水　『〃』
悉く全集にあり衣被　『花間一壺』
梅雨傘の大きな模様往來して　『櫻姫譚』

というように前半三句集に含まれるものが多い。どうも裕明の全俳句のなかで、前半と後半では文字に対する感覚が相当変わってきているらしい。

四ツ谷は文字の形に着目して裕明の句のビジュアルな魅力を指摘しています。もちろんビジュアルに美しいから「衣被」を選んだという単純な話ではありませんが、いくつかある候補の言葉の中から「衣被」が選ばれる過程で、文字のビジュアルな魅力が影響したということは考えられます。四ツ谷は、ここでは裕明の句を視覚面から分析しているわけですが（「田中裕明の俳句を視覚面からみる」「むしめがね」第二十三号所収）、それに先立って、季語以外の部分と季語との関係を音韻の面からも指摘しています（たとえば「田中裕明の点睛」『田

中裕明の思い出』所収）。

いっぽう小川軽舟は、裕明の句の「取合せ」を次のように評しています。これはおそらく、多くの人が感じていることだと思います。以下、軽舟の「名山と霞」から引きます。

田中さんの俳句は、取合せという古くからの手法の、実験的と言ってよいほど先鋭な試みに特徴がある。田中さんは早くもこの句で取合せの到達点に立った。田中さんの取合せる季語は大胆だ。内容と季語を思い切り離して、それでも一句が破れない懐の深さを田中さんの俳句は持っている。

田中さんはどんな思いをこの句に籠めたのだろう。田中さんは読書家だから、好きな作家の全集を傍らに悦に入っているのだろう。私はずっとそう読んでいた。ここにその作家のすべてがある幸福。衣被をつまみに酒でも飲みながら、ゆっくりページを繰っているのかもしれない。

ところが近頃、違う詠み方が頭をもたげるようになってきた。その存在のすべてが全集に収まってしまうというのは、なんだか淋しいことではなかろうか。たかだか本棚の端から端までの書物が、その人のすべてなのだろうか。そんなことが気になりだすと、衣被の味わいもまた違ってくる。

「全集と衣被との関係性がわからない」と思う人もいるかもしれません。でも、「一句が破れない懐の深さを田中さんの俳句は持っている」と多くの人は思っているのです。

ところで、「鷹」という結社にいた俳人には取り合せに関心の高い俳人が多い。藤田湘子、飯島晴子、奥坂まや、小澤實、四ツ谷龍、小川軽舟などみんなそうです。

この「衣被」の句に対する軽舟の鑑賞は優しくて、「田中さんはどんな思いをこの句に籠めたのだろう」と、読書家であった裕明の胸中を慮っています。裕明は病室に本を取り寄せ、亡くなる寸前まで本を読んでいたそうです。「衣被をつまみに酒でも飲みながら、ゆっくりページを繰っているのかもしれない」と軽舟は書いています。裕明はお酒が好きでした。日本語で

「うわばみ」という言葉があるんですけど、いくら飲んでも酔わない。

　軽舟はつづいて、「ところが近頃、違う詠み方が頭をもたげるようになってきた。その存在のすべてが全集に収まってしまうというのは、なんだか淋しいことではなかろうか。たかだか本棚の端から端までの書物が、その人のすべてなのだろうか。そんなことが気になりだすと、衣被の味わいをまた違ってくる」と言っています。これは軽舟の読みが深まったのでしょう。「存在のすべてが全集に収まってしまうというのは、なんだか淋しい」は、小澤實の「ありがたいのだが、なにかうるさい」と似ていますが、微妙に違う。裕明の句を介して、小澤實と小川軽舟という二人の読みの微妙なニュアンスの違いが見えてきます。

　裕明の俳句を読むと気持ちがいいし楽しいのですが、たんにそれだけでなく、同じ句を小澤實と小川軽舟はどう読んだのか、四ツ谷龍と岩田奎はどう読んだのか。裕明の句から紡ぎ出される、すぐれた読み手たちの鑑賞の豊かさに、私は魅了されます。

　さて、裕明の句の音韻の面についての四ツ谷龍の鑑賞を見ておきましょう。


　マクベスの魔女は三人龍の玉　『夜の客人』

　マクベスの魔女は言うまでもなく戯曲「マクベス」に登場する三人の魔女のこと。その周知のことをなぜ改めて俳句にしたのか、また「マクベスの魔女」と「竜の玉」にいったいどんな関係があるのか、ちょっと分かりにくい。

　実は、四ツ谷はここで、「この句を音韻的に見ると、「マクベスの魔女」でマ音の句頭韻が踏まれ、さらに一句の最後が「タマ」とマの音で結ばれていることが分かるのだ。マ音の三連打！」と指摘しています（「田中裕明の点睛」）。

　龍の玉という季語の持っている意味から来た説明ではないのですが、いろんな候補の季語がある中から、龍の玉を選ばせた要因の一つが音韻ではないかという説明に、私は納得します。


　草かげろう口髭かたきデスマスク　『夜の客人』

　この句について四ツ谷はこのように書いています

（「田中裕明の点睛」）。

私がこれをいいと思ったのは、「草かげろふ」と「デスマスク」の取り合わせには非常に大きな飛躍があって、両者にどんな関係があるのか、自由な想像が許されているところが美しいと思ったのである。それにしても、図書館のまわりには草蜉蝣などまったく飛んでいなかった。虫と言えば、せいぜい蟬がうるさく鳴いているくらいだった。なぜ草蜉蝣などをもってきたのだろう、やはり裕明はこういう繊細な昆虫が好きなのかなあと、その時は思っていた。

ところが、句集を何度か読み返しているうちに、この句のところで思わず「アッ、アー！」と大声を出して立ち止まった。「クサカゲロウ」と「クチヒゲ」は、「ク」と「ゲ」の二重の韻を踏んでいるではないか！　しかも、一句は「デスマスク」と「ク」の音で終わっている！

確かにいくつか同じ音のペアがあって、句が生き生きとしています。この句が作られた背景について、四ツ谷と裕明が最後に会ったときの模様を伝える四ツ谷の文章を引用します（「田中裕明の点睛」）。

退院して一年ほどになる裕明が、東京に出張で行くから一献やりましょうと言ってきたのは、去年の七月だった。ぜひ会いましょうと答えて、代々木の居酒屋で杯を交わしたのが、七月十六日、金曜日の夜だった。

「白血病だったの？」と訊くと、そうだと答えた。「飲んだり食べたりするのは構わないので、人からはどこが悪いのだと思われるのですけど」と言った。会社の仕事に復帰しているというから、病気はいちおう治癒したのだろうと、私は思っていた。だが実際にはいろいろ不安な要因を抱えていたらしい。彼はそんなそぶりはまったく見せず、飲み屋のカウンターに座っていたけれども。

「明日はどこか俳句を作りに行こう」と言うと、喜んで同意してくれた。

翌十七日の朝、お茶の水のホテルに彼を迎えに行き、ともに地下鉄に乗って千駄木で降りた。酷暑であった昨年の夏の中でもとりわけ暑い日だった。駅から団子坂を登り切ったところが、森鷗外の旧居「観潮楼」の跡で、今は文京区立本郷図書館となっている。その一角にある鷗外記念室に彼を案内した。

「青」句集まつりにて
左から茨木和生、田中裕明、岸本尚毅、南上敦子
1996年9月14日
写真提供：岸本尚毅

そんなところに連れて行って、はたして彼が喜ぶかどうか、心配だったのだが、さいわいにもまことに熱心に展示品に見入っていた。鷗外が娘の茉莉や杏奴に書いた手紙、彼のデスマスクなどを。

このあと四ツ谷と裕明は本郷の近江屋洋菓子店という喫茶店で、そのときの句作の結果を互に披露しました。「草かげろう」はそのうちの一句です。

私が最初この句を見た時、「草かげろう」と「口髭かたきデスマスク」との関係に戸惑いました。その後、四ツ谷の鑑賞を読んで、この句が魅力的に感じられる理由は理解できたんですが、それにしても音韻だけで言葉を選ぶわけでもないでしょうから、この句については、しばらく留保していました。

素直に読むと「草かげろう」ははかない命の生きものです。いっぽう「デスマスク」は、死顔が永久に保存されている。これらを対照させた句として読めば、頭で納得できます。その上で「はかない命」と「永久保存の死顔」との関係を理屈だけで捉えると、そこで思考停止してしまうんだけれども、四ツ谷が言うように音韻の魅力がそこに加わると、詩としての感じが生き生きしている。理屈からは外れていないが、詩として魅力的な作品になっていくんだろうなと思います。私自身は最初に見てから納得するまで随分時間がかかりましたが、一度納得してしまうと大変魅力的な作品だということを実感します。四ツ谷の分析が鑑賞の助けになりました。

季語と季語以外の部分との関係について、裕明の作品はとても特徴的で、他の俳人には見られない独特の魅力があります。そこに魅了された読者がいると、どんどん優れた鑑賞が生まれます。素晴らしい作者が、素晴らしい読者を呼び寄せるという関係なのでしょう。

『夜の形式』について

裕明は、角川俳句賞を受賞したとき「俳句」一九八二年六月号に、受賞者の言葉として「夜の形式」という文章を寄稿しました。「芸術における形式と内容について思いをこらしていたある夜に、ふと夜の形式という言葉が浮かんでしばらくのあいだ頭を離れなかった。夜の形式に対して昼の形式という言葉もあり、こちらのほうはわかりやすくて、たとえば何人かの印象派の絵を思い浮かべればよい」というような、語彙は難しくないのですが、裕明の真意を探ろうとすると難しい。私はこれを読んだ時は大学生でしたが、正直、ピンと来ませんでした。

この「夜の形式」について、四ツ谷は丹念に検討しています。一言で言うと、「昼の形式」が印象派だという手掛りがあって、それに対して「夜の形式」は、たとえばモローのような象徴主義の絵画である。あるいは、音楽で言うと、ベートーヴェンは「昼の形式」。ショパンやバルトークには「夜の形式」の特徴を備えた曲があるというようなことを、四ツ谷は説明しています。そこでは「現象学」なども引き合いに出されていて興味深いのですが、ここで紹介できるほど私が咀嚼出来ていないことが残念です。

もちろん四ツ谷は、裕明の俳句観や作品を理解するためのカギとなる概念として、「夜の形式」という裕明の言葉への肉付けをしようとしたわけで、四ツ谷の論は最終的には、裕明の作風の描写に向います。たと

えば、

なんとなく街がむらさき春の待つ
白魚のいづくともなく苦かりき
なんとなく子規忌は蚊遣香を炷き
おほぜいできてしづかなり土用波

のような、「非定型的」な感覚の作品は、「夜の形式」の一つの特徴があてはまる、というのです。

四ツ谷の論は、裕明の句が「夜の形式」的であることを例示しただけでなく、「昼」と「夜」との対比を、裕明の作品の実例をあげて説明しています。

牡丹の咲き初め蕊のぎつしりと　『櫻姫譚』

蕊がびっしりとなっている様を描いてビジュアルです。この写実的な句は「昼の形式」的です。

それに対し、句集の中でさきほどの句と並んでいるのが〈牡丹は最もおそく揺るるもの〉です。牡丹の花の大きさとか重さとか質感とかを、風に揺れるときに重たいものが一番遅くゆっくり揺れ始めるという事象を通じて捉えた作品です。「もっとも遅く揺るる」はぱっと見た表面的な印象ではなくて、牡丹そのものの本質が「遅さ」だということを直観した作です。裕明のこの句に、四ツ谷は現象学の「本質直観」という言葉をあてはめて、「夜の形式」だと説明しています。

私は四ツ谷の論を咀嚼できているわけではありませんが、このような分析に耐えられるということ自体が、よく言われる、裕明俳句の「懐の深さ」の証左なのだろうと思います。

人柄と作風との関係

ここまでは、テキストとしての裕明の作品をみんながどう読んだか、どう分析し、どう鑑賞したかについて話しました。さらに、生身の人間としての田中裕明を視野に入れるならば、その人柄と作風はどう繋がっているかという点も興味深い視点です。

まずは小澤實の「誰かへの便り」(『田中裕明全句集』栞)を見てみましょう。

夜更けに目覚めて、目が冴えて眠れないということがある。そんなときに、田中裕明の声が聞こえてくる。ちょっと高い、艶のある、ささやくような声である。「小澤さん」という呼び掛けだけで、田中氏以外の誰でもないことがわかる。声が聞こえると、見開いた両眼に微笑みをたたえた風貌も現れてくる。そうすると、もはやぼくは夢の中に入っているのだ。裕明君に眠らせてもらっているようなものだ。

（略）

このたび、全句業を通覧した。ここに読むことのできる俳句は発表された、公的な作品ではあるが、私的な、ひそやかな、挨拶性を秘めているものが、少なくない。誰かへの便りになっているものが多いのではないか。

君が居にねこじやらしまた似つかはし　『櫻姫譚』

この句はぼくへ向けて、発信されている。世田谷、砧の古い木造二階建学生下宿に住んでいたころ、彼を部屋に呼んだことがある。植木鉢に一株のねこじゃらしを植え、錆びた鉄製の狭いベランダに置いて育てていた。永田耕衣翁の影響である。その鉢を愛でてくれているわけだ。ぼくの狭く乱雑な部屋が「君が居」になるとはと、驚いた。なんと品格ある言葉であることか。「ねこじやらしまた」の「また」がうれしい。この細やかな呼吸が裕明のものだ。「似つかはし」きものは「ねこじやらし」だけではない、としてくれているのだ。ぼくの経験から離れてこの句だけを読むと、「君が居」とは、小さな庭のある、瀟洒な一戸建にでもなるか。そのように読んできた読者がいたとしたら、イメージを壊してしまったかもしれない。しかし、壊す必要はない。ぼくの回想が唯一の正解ではない。単にひとつの読みに過ぎないのであるから。

現代俳句は、多くが人に見せ誇るための「作品」になっている。その中において、田中裕明の句は異彩を放ち続ける。ことばが静謐でありながら、命が籠もっている。挨拶の匂いが濃いのだ。かつて、氏と酒を酌んでいるとき、「小澤さんとは俳句についての考え方が似ているような気がします」と言われたことがある。うれしくなってしまい、何のことか確かめもしなかったが、類似点とは挨拶のことだったかもしれない。ただ、ぼくの句における挨拶性のほうが、ずっと淡い。

奈良平城院の句会にて
左から田中裕明、牧野春駒、中山世一、岸本尚毅、島田刀根夫
1999年6月5日　　写真提供：岸本尚毅

小澤は「挨拶性」という言い方をしていますが、作品の持つ挨拶性と、作者である裕明という人物の挨拶性というべき魅力的なメンタリティーとが渾然としたエピソードとして語られています。このこと自体が、裕明における人柄と作風との密接な関係を物語るものだと思います。

裕明の「笑窪」

裕明の人柄と作品とを、さらに渾然一体の趣で語っているのが、裕明の若い頃からの文芸上の仲間であり、私にとっても爽波門の先輩である島田牙城の「裕明のこと」（『田中裕明全句集』栞）という文章です。その冒頭にある「裕明は寡黙であつたけれど、多弁な笑窪を持つてゐた」という一文は、裕明のたたずまいを、驚くほど端的に伝えています。写真に写っている顔もそうですが、裕明はあの円満そうな顔に笑窪を伴った微笑を湛えていました。その笑窪の様相は、ものを言わなくても、状況に応じて変化し、じつに多様なニュアンスを帯びるのです。以下は、牙城の文章から引用です。

裕明は寡黙であつたけれど、多弁な笑窪を持つてゐた。

裕明の死後、毎日のやうに彼の顔と作品を思ひ出してきたけれど、たぶん、僕にとつてこの一つだけが真実である。

亀鳴くや男は無口なるべしと

は、『山信』に載る裕明十九歳の作品で、好きな句ではあつたものの、この口吻は、裕明にはどこか似合はぬところがあると思つてきた。「無口」といふ言葉を吐きながら。言葉数の多い句だからだらう。でも、裕明が亡くなつてから、彼は自画像を描き続けてゐたんだなといふ思ひが強くなるにつけ、今は改めてこの句が好きである。（後略）

牙城はさらに、〈ここに岡本太郎のオブジェ三尺寝〉（『櫻姫譚』）を、「「三尺寝」といふ季語でいいのだらうか、いいと思ふんですが、先生どう思ひますか、といふ茶目つ気たつぷりの裕明の笑窪が見て取れる」と評しています。ここでいう「先生」は、爽波です。牙城は、この「三尺寝」の句を読みながら、爽波と裕明の会話の場面を思い描いたのです。

あるいは、〈空港で鞄にすわるチューリップ〉（『先生から手紙』）について、仮に、鞄に坐っているのが何かという議論が出たとしたら、裕明は「きつとカクテルを片手に「フフフ」と笑つたことだらう。あの笑窪には怒りもけつこう溜まりやすかつた」と書き記しています。

牙城は、裕明の句の向うに、裕明の「笑窪」を見ていたのです。これは、裕明と格別に縁の深かった牙城ならではの読み方なのかもしれませんが、少なくとも、牙城という確かな読み手の中で、裕明の作品と人物とは分かちがたく結びついていたのです。

作品を通して人物が感じられるということは、単純にいえば、その作品の表現力の豊かさに他ならないと思います。

「言わないこと」

私がこのように、裕明の作品を、その人物と関係づけて語ることが出来るのも、裕明夫人の森賀まりを通じて、私的な場面での裕明の様子を伝え聞くことができたからです。

裕明の俳句や文章の印象と、私自身が数少ない面会の機会を通じて記憶している裕明のたたずまいとは素直に結びつきます。安心してそのようなことが言えるのは、森賀の語ってくれる裕明の人物像が、私たちの思い描く裕明と大きく違わないからです。逆にいえば、裕明という人は、俳句の友人に対し、惜しげもなく、その人物の奥深いところまでを見せてくれていたということになるのかもしれません。

以下、「継ぐこと雑感」（「南風」二〇二三年十一月号）という、森賀の文章から引用します。

> 田中裕明が亡くなったとき、彼の主宰誌「ゆう」の方から、先生は「ゆう」の今後のことを何か言われてませんでしたかとたずねられたことを思い出した。どんなにたくさん話をしても言葉にしないことがある。最後の入院の頃、重い問いかけや書き残すというようなものではないその場限りの言葉の中にいて、そういう意味のない言葉に日常が満たされていたことをこの文章を読んで何か赦されたような気がした。あのころ私たちもまた言わないことを共有していたのかもしれない。

文中に「この文章を読んで」とあるのは『北村太郎を探して』という本の中の「言わない」という文章のことだそうです。

いろいろな人が語る裕明のキャラクターにおいて共通するのは寡黙であること、そしてその寡黙さが感じさせる懐の深さや涼やかなたたずまいといったところでしょう。森賀の文章を読むと、裕明が私たち友人に見せてくれていた裕明らしさが彼の素顔に近いものだったことが察せられます。

「ゆう」主宰としての裕明

裕明がいわゆる結社の主宰をしていたことは重要な事実だと思います。もちろん彼は「青」という結社で育った俳人ですし、「晨」という同人誌にも属していました。俳句が団体の文芸であることを理解し、受け入れていたのです。

主宰とは選者であり、俳句のお師匠さんという立場です。裕明のこの面については「青」新人会の仲間であり、「ゆう」の編集長をつとめた山口昭男の書いたものを参照したいと思います。山口は、現在「秋草」の俳句主宰ですが、この「秋草」は「青」や「ゆう」の俳句観や雰囲気を最もよく受け継いでいる結社誌です。

さて、ふらんす堂ホームページに連載中の「山口昭男の俳句日記」には、山口に対する裕明の句作上のアドバイスが紹介されています。たとえば、

夕風のときに鋭き代田かな　昭男

に対し、裕明は『ときに○○○』という表現をよく見ますので、よっぽどでないと驚きません」と指摘しています。

また、「ゆう」誌上に会員の句に対する添削を掲載したことがあります。例として、山口の句に対する添削を見てみましょう。「ゆう」二〇〇二年十二月号の〈外寝人闇を匂つてゐるばかり〉を、〈外寝人闇の匂ひを嗅いでをり〉に直しています。また〈立秋や雨のしみこむベレー帽〉を〈立秋や雨粒のつくベレー帽〉に直しています。「雨粒のつく」といえば、付着した雨粒から帽子の布に雨がしみこんだであろうことは想像がつきます。この添削からも、いわゆる写実的な俳句に関しても、裕明が練達の俳人であったことがうかがえます。

「ゆう」の創刊は二〇〇〇年一月号です。その後、裕明が主宰であった期間と白血病が判明してからの期間とはほぼ重なり合っています。裕明の心の中で、「ゆう」を主宰することと病気とがどう関係していたかは私にはうかがい知れませんが、病気の不安を抱えながら選者として私たちの句を読んで下さったことには今さらながら、頭が下がる思いです。

裕明が後世に遺したもの

その俳句や文章の魅力は言うまでもありませんが、裕明ならではの魅力をいくつかあげることができると思います。

第一に、その俳句が、たっぷりと青春性を持ちながら、同時に老成していたこと。青春性と老熟の両立は稀有のことです。

第二に、彼の句のすぐれた読み手である友人がいたこと。裕明の作品とその人格を中心にして、その周囲に彼の俳句と人柄を愛する人々がいるという姿です。現代俳句は人に見せ誇るための「作品」ばかりになっていると小澤實が指摘しています。裕明の場合、もちろん「作品」が屹立しているわけですが、それ以上に作者と作品と読者が渾然一体となった裕明を中心とする「座」の世界が豊かに存在している。それはおそらく俳句という文芸の原点なのだろうと思います。

第三に、裕明は、彼を直接知らない若い俳人への影響の大きい俳人だと思います。若手の句集を顕彰する「田中裕明賞」という賞が長く続いていますし、若い人で裕明を愛読し、論じる人は多いようです。一例ですが、柳元佑太は修士論文に裕明の「夜の形式」を取り上げています。

また、岩田奎は『田中裕明の百句』の裕明小論を「裕明は、言葉は思考のみからなるのではなくて、実人生や身辺のくさぐさのことによって生れるものなのだということを、人生を進めるにつれて実感した詩人でもあったのではないか」という一文で結んでいます。岩田のこの見方は小澤が「挨拶性」という言葉で語ったような裕明の本質を捉えています。

裕明が亡くなったとき岩田は五歳。裕明の裕明らしさが生前の裕明を知らない岩田に共有されているという事実は、私たちが感じている裕明の魅力が普遍的であり、後代の人々に伝達し得るものであることを物語っています。

おわりに

岸本尚毅氏とは本書の取材で初めてお目にかかったが、性格が明るく、頭脳が冴えわたり、見識が高い方だとすぐ分かった。氏は前後して赤尾兜子、波多野爽波に師事。同じ爽波門の田中裕明とともに若くして注目され、写生派の俳人として定評がある。波多野爽波が「わが若き日の分身であるかのような」と評するほど、師の写生を素直に受け継いだ。氏は現在、俳句作家・俳句評論家として活躍されている。本書の取材にあたり、氏は田中裕明及び裕明俳句に関する論述を筆記に備えられたようによどみなく、情熱を込めて語られた。それでいて殊に楽しく有意義な時間だった。

「裕明ならではの魅力をいくつか挙げられます。まず俳句がたっぷりと青春性を持ちながら老成していたこと。次に彼の句のすぐれた読み手である友人がいたこと。そして彼を直接知らない若い俳人への影響が大きい」との最後の締めくくりの言葉は裕明に対する氏のもっとも懇切な論点だったと思われる。

董　振華

岸本尚毅の田中裕明20句選

大学も葵祭のきのふけふ　『山信』
夏の旅みづうみ白くあらはれし　『〃』
大き鳥さみだれうをくはへ飛ぶ　『花間一壺』
待春のほとりに木々をあつめたる　『〃』
お施餓鬼のほとりに何の狂ひ花　『〃』
狐火や何をみどりと問はれても　『〃』
小鳥またくぐるこの世のほかの門　『櫻姫譚』
冬景色なり何人で見てゐても　『〃』
磯巾着は引力を感じをり　『先生から手紙』
月くらし鯖街道に向く窓は　『〃』

いつまでも猫に名のなき避寒かな　『〃』
のぼりゆく俺が俺がと源五郎　『〃』
くらければ空ふかきより落花かな　『夜の客人』
読むときは妻なきに似て法師蟬　『〃』
目のなかに芒原あり森賀まり　『〃』
寒卵しづかに雲と雲はなれ　『〃』
くらき瀧茅の輪の奥に落ちにけり　『〃』
草かげろふ口髭たかきデスマスク　『〃』
糸瓜棚この世のことのよく見ゆる　『〃』
柿の冬年譜のなかの波郷の死　『夜の客人』以後

田中裕明（たなか　ひろあき）略年譜

昭和34（一九五九）　大阪市生まれ。

昭和51（一九七六）　大阪府立北野高等学校在学中に短詩型同人誌「獏」に参加。

昭和52（一九七七）　島田牙城に誘われて俳誌「青」に入会、波多野爽波に師事し、「青」学生メンバーからなる「がきの会」に参加。

昭和53（一九七八）　京都大学工学部電気系学科入学。

昭和54（一九七九）　「青」新人賞受賞。同年「青」三〇〇号を期として、島田牙城、上田青蛙とともに同誌編集を受け継ぐ。同年、第一句集『山信』（私家版・墨書コピー限定一〇部）。

昭和56（一九八一）　「青」賞受賞、「青」同人となる。

昭和57（一九八二）　京都大学を卒業、村田製作所に入社。同年、「童子の夢」50句で第28回角川俳句賞を受賞。

昭和59（一九八四）　宇佐美魚目、大峯あきら、岡井省二代表の同人誌「晨」創刊に参加。

昭和60（一九八〇）　第二句集『花間一壺』（牧羊社）。

昭和61（一九八六）　俳人森賀まりと結婚、のち三女をもうける。

平成3（一九九一）　「青」碧鐘賞受賞。同年、波多野爽波死去により「青」終刊。

平成4（一九九二）　「水無瀬野」を創刊。同年、第三句集『桜姫譚』（ふらんす堂）。

平成6（一九九四）　『世紀末《とき》の竟宴』（共著・作品社）。

平成12（二〇〇〇）　「水無瀬野」を母体として「ゆう」を創刊・主宰。「写生と季語の本意を基本に詩情を大切にする」と創刊の言葉に表明した。同年、白血病の発症により最初の入院。以後は病の経過を見ながら「ゆう」を運営した。同年、『癒しの一句』（共著・ふらんす堂）。

平成14（二〇〇二）　第四句集『先生から手紙』（邑書林）。

平成15（二〇〇三）　『田中裕明集』〈セレクション俳人〉（邑書林）。

平成16（二〇〇四）　骨髄性白血病による肺炎で逝去。

平成17（二〇〇五）　第五句集『夜《よる》の客人《まろうど》』（ふらんす堂）。

平成19（二〇〇七）　『田中裕明全句集』（ふらんす堂）。

岸本尚毅（きしもと　なおき）略年譜

昭和36（一九六一）　岡山県生まれ。

昭和54（一九七九）　赤尾兜子の「渦」に入会。

昭和56（一九八一）　波多野爽波の「青」に入会。

昭和60（一九八五）　斎藤夏風の「屋根」創刊に参加。

昭和61（一九八六）　第一句集『鶏頭』（牧羊社）。

平成2（一九九〇）　有馬朗人の「天為」創刊に参加。

平成3（一九九一）　田中裕明とともに碧鐘賞（「青」の同人賞）を受賞。

平成4（一九九二）　第二句集『舜』（花神社）。翌年第十六回俳人協会新人賞。

平成11（一九九九）　第三句集『健啖』（花神社）。

平成12（二〇〇〇）　田中裕明の「ゆう」創刊に参加。

平成20（二〇〇八）　『俳句の力学』（ウエップ）。翌年第二十三回俳人協会評論新人賞。

平成21（二〇〇九）　第四句集『感謝』（ふらんす堂）。

平成22（二〇一〇）　『高浜虚子　俳句の力』（三省堂）。翌年第二十六回俳人協会評論賞。

平成23（二〇一一）　『生き方としての俳句』（三省堂）。『虚子選　ホトトギス雑詠選集100句鑑賞・秋』（ふらんす堂）。

平成24（二〇一二）　『俳句のギモンに答えます』（KADOKAWA）。『虚子選　ホトトギス雑詠選集100句鑑賞春・夏・冬』（ふらんす堂）。

平成25（二〇一三）　『高浜虚子の百句』（ふらんす堂）。

平成26（二〇一四）　第五句集『小』（角川学芸出版）。

平成29（二〇一七）　染谷秀雄の「秀」創刊に参加。

平成30（二〇一八）　『「型」で学ぶはじめての俳句ドリル』（夏井いつき氏と共著・祥伝社）。

平成31（二〇一九）　『山口青邨の百句』（ふらんす堂）。

令和2（二〇二〇）　『十七音の可能性』（KADOKAWA）。

令和3（二〇二一）　『文豪と俳句』（集英社新書）。『ひらめく！作れる！俳句ドリル』夏井いつきと共著（祥伝社）。『NHK俳句　あるある！お悩み相談室「名句の学び方」』岸本葉子と共著（NHK出版）。

令和4（二〇二二）　第六句集『雲は友』（ふらんす堂）。編著『室生犀星俳句集』（岩波文庫）。『岸本尚毅作品集成I』（ふらんす堂）。

令和5（二〇二三）　『川端茅舎の百句』（ふらんす堂）。

令和6（二〇二四）　『俳句講座 季語と定型を極める』（草思社）。編著『新編 虚子自伝』（岩波文庫）。


現在、「天為」「秀」同人、俳人協会評議員、岩手日報・山陽新聞俳壇選者、角川俳句賞選考委員。

第7章

小澤實が語る藤田湘子

（二〇二四年九月二十五日十三時　中野にて）

はじめに

小澤實氏の名前は読売新聞俳壇選者で初めて知り、また「澤」を主宰していることも存じ上げていた。二〇二二年に『語りたい兜太…』を刊行した時、監修者の黒田杏子先生に助言され小澤氏に謹呈した。二〇二三年十一月二十六日、星野高士氏にお招きいただき、鎌倉で開催された「第二十二回鎌倉全国俳句大会」に出席した。その際は来賓席に座っていた氏の姿を遠くから眺めただけで、特に言葉を交わすことはなかった。またその大会の講演者は本書の監修者の高野ムツオ氏だった。この度の取材に際し、小澤氏からすぐ快諾をいただいた。ただ、俳句の選者や講演、執筆などでスケジュールが詰まっていたため、取材を最後にしてくれないかとのことであった。了諾を受けてから二ヶ月後の九月二十五日に中野で取材が実現できた。氏は多くの関係資料を準備して持ってこられたため、インタビューは順調に進めることができ、大変ありがたかった。

董振華

湘子との出会い

私は長野県松本市の出身で、高校を卒業してから信州大学人文学部に入学しました。一九七六年大学二年生の時に、『奥の細道』の演習を開いてくださった東明雅先生から「俳諧を知るためには実際に作ってみるのがいい」と言われました。それで東先生指導の公民館で月一回歌仙一巻を巻くという信大連句会に参加しました。教室では非常に厳しい東先生が、連句の時は大変あたたかくて優しかった。歌仙の表六句が終ると、日本酒まで注いで下さった（笑）。そして私は前句を読んで反射的に言葉を出していく連句に惹きつけられ、次第に嬉しくなって通い続けました。そうしているうちに信大連句会の重要なメンバーである宮坂静生先生に「連句だけではなくて、連句の先頭である発句を作ってみないか」というふうに勧められました。その結果、一九七七年、俳句結社「鷹」に入会し、藤田湘子に師事することになりました。そこで湘子との初めての出会いがありました。

「鷹」句会参加から編集長就任まで

京谷圭仙という医師の方が交通費を出してくださったので、毎月松本から「鷹」の東京の句会に出席するようになりました。東京の句会の方々も大変あたたかく迎えてくれて、同世代の四ツ谷龍さんと友達になって自分の世界が広がった感じでした。藤田湘子の句会に出て、その講評を聞いたり、二次会でともにお酒を飲んだりするような生活が始まったのです。湘子に会って、まず厳しい先生ではある一方、快活な性格でもあり、そして指導が明晰で具体的であるというような印象を受けました。そういうこともあって、私は学問と並行して句作をやっていきたいと思ったわけです。

一九七九年に大学を卒業してから、もう少し俳諧の研究をしたいと思って、芭蕉についてのすぐれた著書があった尾形仂先生のもとで勉強することを決めました。尾形先生の著書『おくのほそ道』は演習のテキストにもなっていて、大学時代に読んだことがあります。尾形先生は「俳句は座の文学である」と提唱されて、「俳句は個人だけの力ではなく座の力が作用していて、座の中から生まれてくる詩」だともおっしゃっています。その言葉に惹かれて尾形先生の元で学ぼうと思って成城大学大学院文学研究科の修士課程に入りました。

大町市の藤田湘子句碑建立式にて
左側前より島田みづ代、不祥、野澤雄
句碑右側の奥より川上弘美、藤田湘子、山中望、古谷空色、小澤實
1998年5月17日　　写真提供：小澤實

ところが当時、尾形先生の関心は俳諧になくて、森鷗外の研究に熱心でした。森鷗外は晩年漢詩人の史伝を書いていました。それで大学院の五年間はずっと森鷗外が使っていた研究材料北条霞亭の書簡や詩稿などを読み解くということをやっていましたが、それが難しくてついて行けなくて、より俳句に熱を上げていったという感じです。それで一九八〇年に「鷹」の新人賞、続いて八二年に鷹賞を取り、八五年に「鷹」の編集長にもなって、八六年に第一句集『砧』を牧羊社から出しました。「鷹」の編集長を一九九九年まで十五年間務めました。

湘子に恩義を感じたこと

私は成城大学大学院に進学した一九七九年に「鷹」の編集部に加わったのです。そして一九八五年に「鷹」の編集長に就任しました。編集長を務める間、俳壇の中の超一流の人に会わせてもらい、湘子に恩義を感じることが多くありました。

まず、「鷹」の編集長になってから湘子がいろいろな地方への句会指導に行くので、その都度同行しました。一九九〇(平成2)年に湘子が「正岡子規記念俳句大会」における講演を行うことになり、それで初めて松山に行きました。道後温泉の湯宿で湘子の歓迎の会をやってくれて、そこで稲畑汀子さんに会うことができて、親しく話させてもらったのが大変印象的です。それから私自身も子規記念俳句大会の講師をしたいという気持ちになって、三十年後の二〇二一(令和3)年にやっと仕事が来たんです(笑)。ところが令和三年はちょうどコロナの真っ最中で、講演はやむを得ず中止になりました。「講演なしで講演原稿を四百字詰め原稿用紙四十五枚書け」と言われて、ものすごく大変だったんですけど、それをやり遂げました。「次の講演はもうない」と言われてがっかりしていたんですけども、二〇二四年の九月二十二日にまたやらせていただいてやっと夢が叶って良かったんです。夢は紆余曲折が伴いますね(笑)。

編集長になってから私は湘子に「阿波野青畝に会いたい」というふうに言ったら、「行って来い」と言われて、兵庫県西宮市の青畝の自宅に行って話をさせて

藤田湘子句碑建立の会にて
藤田湘子（奥）と小澤實（前）
1998年5月17日　写真提供：小澤實

もらいました。大変歓待してくださって、和菓子に庭の菫を摘んで添えてくれたんですよ。細やかな心遣いと思ってとても印象的でした。

そして、私は大学生の頃に永田耕衣の〈夢の世に葱を作りて寂しさよ〉の句に心を打たれるような強い感動を覚えて、どうしても会ってみたかったんです。最初は湘子と何人かで一緒に会いに行って、その後は年に一回ぐらいは顔を見に行ってきました。そこでいろんなことを教えてもらっていました。

続いてＮＨＫ全国俳句大会後に湘子と一緒にいる飯田龍太と出会って、ちょっと居酒屋で話をさせてもらったことがありました。また、湘子の句集が出来た時、龍太に句集評を依頼しましたら、仕事で忙しいと言って断られたんですけれども、後味がとても良かった。龍太から下宿の黒電話に電話がかかって来て、「今回は勘弁してくれ」という内容なんだけれども、それだけで嬉しくて幸せでした。自然と龍太ファンになっていました。

それから森澄雄のところに「インタビューに行け」と言われて澄雄の自宅に行きました。そしたら昼間なのに、ジョニーウォーカーのウイスキーを出してくれて、奥様が水割りを作ってくれました。そういう出会いを用意してくれたってのは、やはり有難いことです。

また、桂信子の句も好きで、会いに行ってじっくりお話を聞きました。高柳重信とは直接話せませんでしたけれども、湘子の何かのお祝いの会に来てくれて、近くで顔を見たりお話をお聞きしたりしました。

そして銀座に「卯波」という鈴木真砂女がやっている小料理屋があって、そこで「月曜会」という名前の句会をやっていました。毎月第三月曜日になると、選ばれた俳人が集まってきます。座主は藤田湘子でした。湘子を囲んで、三橋敏雄、有馬朗人、中原道夫、阿部完市、星野高士、女流では星野椿、黒田杏子、鈴木榮子などが参加しています。湘子がその句会にも出してくれて、そういう一流の人たちとの出会いを用意してくれたことはとても有難かったです。

個人的な付き合いの思い出として、湘子は寂しがり屋のところもあるんじゃないかな。正月には家に呼んで、もてなしてくれました。四国のJRのローカル線を二人でぐるっと回って旅をしたこともあります。「気遣いをせよ」というふうに常に教えてくれて、タクシーのチップとか料理屋、宿屋の心付けなどそういう心遣いを忘れるなと言っていました。それから湘子はものすごく長時間お酒を飲むんです。句会を一時から五時までやって、五時から二次会に入ってお酒を飲む時間ですが、ずっと翌日の一時まで店を変えながら、梯子酒をするわけです。私もいつもそれを最後まで付き合いました。当時は体力があったんですね。湘子をタクシーに乗せて、宴会は終わるんです。

「鷹」を辞める

ところが、人生はいい事ばかりではないのです。修士課程を修了した後、高校の教員を務めていて、続いて信州の短大の教員も十年間やりました。短大の教員というのは雑用が多いんです。高校を巡って生徒の募集に応えてくれるようにお願いしたり、地元の企業ところを回って就職してくれるようにお願いしたりするみたいな、授業以外の雑用が多くてちょっと嫌だなと思っていたところ、湘子が「もう短大を辞めて俳句専業になったら」というふうに言ってくれたんです。ちょうど一九九八年第二句集『立像』で第二十一回俳人協会新人賞を受賞したので、それを機に教員を辞めて俳句専業になったわけです。しかし、俳句専業になって間もなく、湘子が梯子を外してくるというか、仕事を減らしてくるという感じになってきました。一九九九（平成11）年、湘子からいきなり『鷹』の編集長を替える」とまで言われました。それまで私が務めていた鷹新人賞、鷹賞の選考委員も選考会の当日、席上で急に「小澤君は今期は選考委員を辞めて、司会だけやってください」と言われたのです。編集長と選考委員を辞めさせられたので、もう居られないと思いました。加えて湘子の次女の方が事務の中心をなさっていて、彼女との関係もちょっと不安な感じになってきました。彼女からすると、父親は小澤さんに独占されていたみたいな感じで、ちょっと嫉妬的なものがあったのかも知れないというふうに現在は思うんです。それで彼女ともうまくいかなかったということもあります。その辺のことは本当に今回初めて話していると思います。それで居場所がなくなったので、一九九九（平成11）年、「鷹」六月号を以て編集長を辞し、鷹俳句会を退会することにしました。

藤田湘子句碑建立式にて
左より不祥、藤田湘子、小澤實、珍田龍哉、小倉昌男、飯島晴子
1998年5月17日　　写真提供：小澤實

湘子と決裂した原因

湘子との決裂は後でよく考えてみたら、次の四つのことが原因だと思っています。

第一に、湘子という人は飽きやすい性格です。私の前任は大庭紫逢という方が「鷹」の編集長でしたが、いきなり編集長を辞めさせられていました。その後、「鷹」を辞めて四国へ帰って農業をなさったりして割と早く亡くなりました。大庭の後を継いで私が編集長になったわけ。私を辞めさせた後は小川軽舟さんになったという感じです。要するに湘子は人をしばらく使っていると飽きて放り出すわけ。私の場合は十五年間もやらせて頂いたのでよく仕えたと思います。

第二に、湘子は闘争心が強いです。湘子には嫌いな俳人がいて、一番嫌いなのは鷹羽狩行だったと思います。凄くライバル心を持っていて自分の方が実力はあるんだけれども、俳壇的には評価されていないと思っているようでした。湘子と一緒にお酒を飲んでいると、「鷹羽狩行を殴ってこい」と言うわけです。俳句の世界において「ライバルを殴ってこい」と言われるというのはどんなもんかなみたいなことを思いました。これも決裂の大きな原因です。二人は師系も違うし、年齢も四歳の差があります。湘子は現代俳句協会の副会長を務めましたが、狩行は俳人協会の会長を務めました。そういう様々な名誉を得ていて、賞もそうですし、それで憎んでいたことがあるでしょう。また、二人の俳句について言えば、狩行俳句は理知的であり機知的なんです。その辺のきっちり分かるように書かれているところに対する嫌悪があったような気がします。テレビに狩行が出演をなさっていた時には自分自身でストップウォッチを持っていって、自分自身の発言とかをちゃんとチェックしながら収録するっていう、本当に理詰めで時間の管理なんかを完全にしなければ満足しない人なんです。表現においてもそういう面があって、パッションのようなものではなくて、自分の感性によって自分の全ての句を理解して組み立てるというような、そういう作り方です。湘子はそれが嫌いだったんじゃないかなというふうには思います。それに対して湘子の俳句はもう少し荒々しいというか、無頼というか、全部計算し尽くさないというかです。その後、私は俳人協会で鷹羽狩行会長の元で働くことになりました。狩行さんには、湘子の理不尽さはまったくありませんでした。

そして波多野爽波とも仲が悪かった。お互いに軽蔑し合っているみたい。爽波は出自が別格に良かったことも関係あるでしょう。爽波からよく電話がかかってきて、「小澤君はカルチャーで何を教えているんだ」と聞かれて、私は「湘子の『20週俳句入門』という入門書を教えているんです」と答えたら、「つまらない本で駄目だ。そんなものよりもホトトギス雑詠選集を読めばいいのに」と言っていました（笑）。

金子兜太に対しても対抗心があったような気がします。やっぱり現代俳句協会での敗北感みたいなものがあったんじゃないかと思うんです。それで俳人協会寄りになって、僕を介して「鷹」の会員は全部俳人協会に入れていました。そのせいもあってか、兜太さんはとりわけ優しかったです。

後は身辺の人にも闘争心を持っている。ぼくもそうですが、宮坂静生さんも攻撃されていました。湘子と二人の句碑を信州に立てるということなんだけど、それがうまく行かなくて、その辺からこじれてしまった。それで私も「岳」を辞めることになりました。

私が「鷹」を辞めてから、湘子は「小澤を使うな」ということを相当言われたらしく、それで総合誌から注文が来なくなったんです。それを破ってくれたのが佐藤鬼房です。鬼房には感謝しています。それまで教えていた俳句教室も「鷹」をやめると、湘子の指示で全部クビになりました（笑）。ＮＨＫ文化センターの青山教室は「その学期の終わりまではやってください」と言われたんですけれども、ＮＨＫ文化センター横浜教室は「次からもう来なくていいです」と言われてショックでした。でも、その横浜教室の受講生はほぼ皆「澤」に来てくれました。感謝しています。

また、俳壇の会なんかで会うと湘子は肩でぶつかってきたりしていました。私に対して非常に闘争心があり、ものすごく憎まれているかと思っていたんです。ただ、「東京やなぎ句会」に行って、柳家小三治という落語家に会いました。その方の話では、私が「鷹」を辞めて湘子はすごく寂しがっていたとのことです。湘子そういう面もあるのかというふうに驚きました。湘子が亡くなった時、お別れの会なんかにも行くと湘子に嫌がられると思って辞退しました。

第三に、「結社のマンネリ化を打破し、結社活動の活性化を期する」という名目で一九九六年四月号から第二次「鷹」を発足し、地方の小句会「五人会」制を導入し、結社の体質改革を図ったということです。つまり、五人以上でグループを作って句会活動をしたり、新しい会員を獲得したりするということを始めようとしていて、私としてはそれに疑問を持ちました。

「五人会」のメリットはそれを通して会員を増強していくことができる。各五人会はそれぞれが句会を充実させるためには、新しいメンバーが入ってこないとどんな句会であっても面白くないですよね。それで一番下部組織においても新しい会員を入れようという努力を怠らなくなるわけですよ。それで常に新しい会員が入ってきます。今俳句の世界はジリ貧な感じがあるんですけれども、「鷹」だけは増え続けているわけです。だけどその窮屈な感じ、縛られる感じがどうしても嫌だった。何をしてもいいみたいな自由さがちょっと欠けちゃうような気がして抵抗がありました。俳人はまず一人で立つことがもっとも大事でないかと今も思っています。

第四に、湘子に近付きすぎだった。私の退会に関して飯島晴子はすごく気の毒がってくれていました。退会した後に晴子さんに電話しましたら、「これから小澤さんはあまり人を信じてはいけませんよ。距離を置いて付き合っていきなさい」というふうにおっしゃってくださった。「鷹」に在籍していた時、湘子とは本当に距離がなくなっちゃったんで、そういうことを言って頂いたと思います。さっき言った選考会の席上で選考委員を降ろされたんじゃないですか、その場に晴子さんもいらっしゃったんです。晴子さんはおそらく私と同様かそれ以上のショックを受けていたと思うんです。それまでは例年選考を一緒にやってきたのに、それが外された。その辺はちょっと精神的につらい方向に行くきっかけの一つになったんじゃないかなと、ずっと気がかりに思っているんです。晴子さんには本当にお世話になりました。私は最初とても文学的な俳句を作っていたんですけれども、晴子さんから「そんなことをやっていても無駄だ」と言われたので、方向転換して写生的な方向に持ってきたんです。今の私があるのは晴子さんのお陰だというふうに思っているんで、とても恩義があります。

「澤」を創刊する

前にも言ったように私は一九九八（平成10）年から俳句専業になった。一九九九（平成11）年に「鷹」を辞めて、居場所がなくなったので、二〇〇〇（平成12）年四月「澤」を立ち上げたのです。当時の創刊の辞をここに記しておきます。

「古今の俳諧俳句に本体を温ね／東西の詩文学芸に本質を照らす／只管に詠い真摯に読み／闊達なる一座を建立せん」

鷹新人スクールは「澤」の母体の一つになっています。湘子に若手を育てている新人スクールというのをやらせてもらって、それで月一回句会をやっていたんです。「澤」が出来た時に「鷹」に残る者と二つに割れて、そしてお互いに引き合ったりして、とてもつらい思いをさせて悪かったと思っています。

特に竹岡一郎さんはすごく親しくしていました。好きな俳句、音楽、古美術など、何でも話せた貴重な友人でした。一時は私を支えてくれた大切な人でした。竹岡は大阪から出てきて句座を共にしていたんです。まだ六十歳になったばかりなのに、ついこの前亡くなってしまって残念だと思いました。

「澤」は現在、同名の雑誌「澤」（月刊）を発行しています。また月一回のペースで大きな句会「定例句会」、ネット郵便併用の「通信句会」を開催しており、そのほかに小句会も沢山開かれていて、少しずつながら発展していると思います。若い仲間の受賞が続いて誇らしいです。

「岳」誌に湘子俳句の鑑賞連載

私は「鷹」に入ったんですが、一九七八年に宮坂静生の「岳」が創刊した時、「岳」にも参加しました。そこで「湘子の一句を読む」という連載があって、毎月一句と向き合って一ページ書かせてもらったんです。私は現在まで俳句鑑賞を取り組んできましたが、俳句鑑賞の仕事の初めはこれだと思います。

湘子は最初句集ごとに句が変わっていって、次々に自己変革をしていくんです。

第一句集『途上』は「馬酔木」の非常に叙情性の濃い句で、石田波郷に形象力が乏しいと批判されるんですけれども、叙情の甘さというところでは本当に抜きん出ていたのではないかなと思います。〈雁ゆきてまた夕空をしたたらす〉の句があります。「したたらす」というのは過剰なまでの叙情があって甘美だと思います。二十代の青年にしてこれだけ甘美なものができるというところに感心します。〈愛されずして沖遠く泳ぐなり〉は湘子自画像みたいなものだと言われる句なんです。そして秋櫻子との齟齬が反映しているというふうにも言われるんです。素直に読むと孤独な青年の恋の句です。〈音楽を降らしめよ夥しき蝶に〉は広島での句です。広島の原爆の被害を受けたところを詠んでも、リアリズムではなくて美しい耽美的なものが溢れてきている。「夥しき蝶」はちょっと怖いけれども耽美的叙情が溢れてくるのが第一句集のところで非常に魅力的だったと思います。

第二句集は『雲の流域』ですが、当時は俳壇で社会性俳句が流行していて、俳句も社会に目を開いていかなければいけないという考え方が一方でありました。それでこの句集は社会性に接近した世界だと認識しています。〈闘争歌ジャケツがつゝむ乙女の咽喉〉の句はデモなんかに参加しているわけです。「闘争歌」を歌っている乙女の喉をジャケツが包んでいるという、その必死に闘争している乙女の姿を具体的に詠んでいる。ここで抒情の世界を出て新しいところに来ているんです。正に社会性俳句です。ただ「馬酔木」の中でこういう世界に接近するというのは秋櫻子はあまり楽しくなかったんじゃないかなと思うんです。〈暗き湖より獲し公魚の夢無数〉の句はちょっと幻想性みたいなものも出てくるんです。「暗き湖より獲し公魚」だけだったらリアリズムなんだけれども、「夢無数」というところまでいくと、内面的心境風景になってくる、冷たい湖の中にいる公魚の内面の姿みたいなところまで捉えています。内面性が出てきて社会性俳句から前衛俳句に移っていく、そんな前兆がこの「夢無数」には感じられます。

続いて第三句集『白面』は前衛俳句に接近した句集。〈口笛ひゆうとゴッホ死にたるは夏か〉の句があります。ただ言葉だけで世界を立ち上がるというほどでもない。口笛の「ひゆう」という音が聞こえて、そしてゴッホの像が出てきて、最後に死んだのが夏であるかというわけです。体験をそのまま詠んでいるのではなくて、別世界にいざなうような前衛俳句の影響を強く受けた句であると思います。

第四句集『狩人』になると、叙情、社会性、前衛などの経験を経て湘子俳句が確立したと考えています。〈枯山に鳥突き当たる夢の後〉の句があります。この句集は大きな版で、一頁に一句組です。非常に自信に溢れる代表作になるものです。「枯山に鳥突き当たる」だけだと自然詠になります、「夢の後」というものが出てきて内面化するということです。また「枯山に鳥突きあたる」が現実なのか夢なのか、その辺も二重に読めるようにできているんじゃないかなというふうに思っています。ちょっと句に陰影みたいなものが濃くなってくるというところもあります。そして〈筍や雨粒ひとつふたつ百〉という句は単純を極めた自然詠です。まるで日本画のような「筍」が真ん中にあって、急な雨でその周りに大きな雨粒が増えてきて本降りになる。省略に省略を重ねた自然詠というようなのも出てくる。ちょっと方向性が一つではなくて複雑な感じがします。

第五句集『春祭』になると、確立した湘子俳句がより深化しました。〈揚羽より速し吉野の女学生〉の句ですが、まず地名の宜しさ。吉野は桜の名所で、西行も芭蕉もそこへ花見に行くわけです。そういうところからずらして非常に清々しい女学生の姿が描かれています。「揚羽」よりも「女学生」の方が強調されているところが面白い。女学生が吉野の地霊のようにも見えます。〈うすらひは深山へかへる花の如〉の句は非常に叙情的です。けれどもそこに古典性が加わっています。湘子は世阿弥の能楽書の『風姿花伝』を愛読書にしていて、旅に行く時も岩波文庫の薄い星ひとつを持って歩いていました。これにも能の世界や謡曲の世界というものを感じています。世阿弥は美を意味する花を大事にしました。「うすらひは深山へ帰る」というところには何か能舞台を帰っていくシテの姿とかそういうものが重なってくるような気がします。単なる自然詠ではなくて伝統的な美意識が乗った自然詠です。さっき〈筍や雨粒ひとつふたつ百〉の自然詠の句は単純なことの美しさで、こちらは非常に複雑な陰影のある美しさというものが描かれているような気がします。

第六句集『一個』、第七句集『去来の花』、第八句集『黒』という三句集は非常に旺盛に作られていきます。一日十句という修行をやっていくわけです。それまで湘子は寡作、一年に発表は百句くらいという感じでした。それが新しい世界を切り開こうとして一日に十句を作って、そして毎月「鷹」誌上に三百句くらい全部発表する。この時に私が編集長をやっていたんですけど、それをやって一年分で一つの句集を編むという荒行をやったわけです。湘子は秋櫻子門下だったんですけれども、この頃は虚子俳句の面白さに目覚めて、そして虚子的な写生句のようなものを目指したという試みでもあったわけです。つまり虚子への接近と写生の再確認と滑稽性の確認という感じです。

句集『一個』には〈蝿叩此処になければ何処にもなし〉の句があります。捨てられちゃったのかもしれないんですけども、この句には俳諧味とかおかしみが感じられます。続いて句集『去来の花』には〈わが裸草木虫魚幽くあり〉があります。これは陰影のある句です。自分自身の裸と生き物たちの照応ということです。老いの意識のようなものもちょっと出て来ているかなという感じもあります。そして句集『黒』には〈真青な中より実梅落ちにけり〉の句があります。梅の木を見上げてはや実が真っ青に満ちに満ちている中から実梅が落ちてくるという鮮やかさ。単純な自然詠というのが含まれるかもしれません。こういう写生をやったり滑稽をやったり自分自身を見つめたりするということで、一日十句を三年でやり通すわけです。

そして、第九句集『前夜』、第十句集『神楽』、第十一句集『てんてん』はそこで獲得した発想や人生観を高めたり、美意識を深めたりする晩年の顔といった流れです。本当に自分自身の俳句を切り開いていった人ではないかと思います。先ず第九句集『前夜』は一日十句の修行を通して、自在を獲得している世界であると思います。〈両眼の開いて終りし昼寝かな〉の句は昼寝から目覚めたということですが、蘇生したみたいな感じがします。死から蘇って来たような不思議な感じもあります。〈月明の一痕としてわが歩む〉は、月明かりの中を歩いているんですが、自分自身が月の光の一つの痕のような感じで歩いている。非常にくっきりとしているんですけれども、自分自身をマイナスの存在として捉えているような気がします。それがとても印象的でした。また〈七五三水の桑名の橋わたる〉の句があります。桑名は三重県の街ですが、この時は私も同行しています。この句は「桑名」という水郷へ行って、ちょうど七五三の時期だったので、女の子が晴れ着を着て橋を渡っている。それが水の上に写っているという非常に華やぎのある句だと思います。

引き続き第十句集『神楽』です。この句集に〈ゆくゆくはわが名も消えて春の暮〉句と『前夜』の〈湯豆腐や死後に褒められようと思ふ〉の句と一対になっています。後句はちょっとつらい句です。〈ゆくゆくはわが名も消えて春の暮〉は名前は消えるけれども俳句は残るかもしれないという俳句への信頼が残されたのが良かったというふうに思います。〈あめんぼと雨とあめんぼと雨と〉の句は単純明瞭で、〈筍や雨粒ひとつふたつ百〉と同じ味わいです。そして破調というものを生かしているのが湘子俳句の特徴です。句を読む時に意味で読んでは駄目だと言うんです。「意味の切れ」で読んでは駄目で、「五七五の切れ」と「意味の切れ」を合わせて切って読まなければ駄目だというふうにおっしゃっています。それが湘子の非常に重要な定型感だと思います。「鷹」で指導者になる時に、湘子がテストをやったんです。つまり破調の句を読ませます。それをちゃんと湘子の基準で読めるかどうかというテストでした。

例えば加藤楸邨の有名な句〈木の葉ふりやまずいそぐないそぐなよ〉があります。これは「木の葉降り」でちょっと切らなければならないんです。「木の葉降りやまず」まで意味の切れで続けて読んだら指導者失格なんです。「木の葉降り／やまず／いそぐな／いそぐなよ」と読んだら合格になるというふうに言われました。「意味の切れ」よりも「五七五の切れ」を優先せよというふうに五七五の定型感を非常に重視しました。私はその影響を受けて今でもそれをやっています。それでさっきの句はちょっと字足らずですけれども、〈あめんぼと／雨と／あめんぼ／と雨と〉と読みます。それでちょっと寂しさみたいなものを出しているんでしょうかね。また〈死蟬をときをり落し蟬しぐれ〉の句。これは夏も終わりの感じです。蟬時雨が鳴きしきっているんだけれども、時折死蟬が落ちてくるという冷徹な自然観があります。

第十一句集『てんてん』は最後の句集ですが、〈死ぬ朝は野にあかがねの鐘鳴らむ〉という無季の句があります。この句の前書に「無季」と書いています。湘子はほとんど無季の句を作らなかった作者でしたが、最後に敢えてこの無季の句を残しました。ここに本句集を編んだ小川軽舟さんの湘子観というものが出ているんだと思います。この無季の俳句を作ることによって自分の生を断ち切ったという小川さんの解釈は理解できます。やはり湘子を語るには欠かせない句ではないかと思います。私が選をしたら、この句を残せたかどうか。「鷹」退会後、湘子の師系にあるということも明らかにして来ませんでした。湘子について口にしたことも書いたこともなかったんです。それがこのようなインタビューを受けたのは、「澤」二十周年の高橋睦郎さんの講演で湘子を師として認めよ、許せとおっしゃっていただいたからなんです。

まだ、気持ちに整理が付いたというところまでは行っていませんが、睦郎さんのご講演にこのようなかたちで応えられたのはよかったと思っています。

湘子が私に遺したもの

「澤」の仲間の前に句会などで立つ時、私は、できるかぎり、機嫌良くいたいと努力しています。それは、湘子が門下の前で不機嫌でいることが多く、それがこころから嫌だったからです。

湘子は、句会幹事に翌年の句会日程を聞かれても、どういうわけか、即答せずに後回しにしていました。自分を重々しく感じさせるためだったのでしょうか。その態度も、私はどうしても嫌だった。私は句会の日程はわかりしだい、自分から言うようにしています。「澤」の五年ごとの記念大会においては、参加者全員に記念品として自分の自筆短冊をお渡ししています。これ自体、湘子に倣っています。

色紙短冊は一流品を選ぶこと、墨は青墨を選び、色紙に印を捺す際の印肉はシャチハタなどでは無く、正式のものを使うことなども、湘子に習ったことを守っています。色紙、短冊を書く際、それらを置かず、手に持って書くということも、湘子の揮毫の姿勢に習ったことだと思い出しました。

なかなか湘子という存在はなつかしくなりません。しかし、湘子が私に遺してくれたものは大きいと思っています。

おわりに

今回のインタビューで、小澤實氏とはじめて言葉を交わすことが出来たが、とてもやさしく、性格も明るい。たちまち親しみを覚えた。

氏は大学三年生の時に、宮坂静生の手ほどきを受けて俳句を開始。同年「鷹」に入会、藤田湘子に師事。現在は俳句評論と俳句作家として活躍されている。いままで俳人協会新人賞、讀賣文学賞詩歌俳句賞、俳人協会評論賞、蛇笏賞などを受賞。同時に俳人協会常務理事、読売新聞俳壇選者、東京新聞俳壇選者、ＮＨＫ俳句選者、角川俳句賞選考委員なども務められており、俳句の発展のために大いに尽力されている。

この度の取材では、湘子との縁をはじめ、湘子の人柄、湘子の交友関係、湘子の俳句など、語りにくいだろうことも含めて誠実にお話しくださった。

さらに、今回のインタビューをきっかけに、氏からご著書を送っていただいたり、私も編著書や句集を謹呈差し上げたりして、新たな交流がはじまったことを喜んでいる。

董振華

小澤實の藤田湘子20句選

雁ゆきてまた夕空をしたたらす　『途上』

愛されずして沖遠く泳ぐなり　『〃』

音楽を降らしめよ夥しき蝶に　『〃』

闘争歌ジャケツがつゝむ乙女の咽喉　『雲の流域』

暗き湖より獲し公魚の夢無数　『〃』

口笛ひゆうとゴッホ死にたるは夏か　『白面』

枯山に鳥突きあたる夢の後　『狩人』

筍や雨粒ひとつふたつ百　『〃』

揚羽より速し吉野の女学生　『春祭』

うすらひは深山へかへる花の如　『〃』

蠅叩此処になければ何処にもなし　『一個』

わが裸草木虫魚幽くあり　『去来の花』

真青な中より実梅落ちにけり　『黒』

両眼の開いて終りし昼寝かな　『前夜』

月明の一痕としてわが歩む　『〃』

七五三水の桑名の橋わたる　『〃』

ゆくゆくはわが名も消えて春の暮　『神楽』

あめんぼと雨とあめんぼと雨と　『〃』

死蟬をときをり落し蟬しぐれ　『〃』

無季

死ぬ朝は野にあかがねの鐘鳴らむ　『てんてん』

藤田湘子（ふじた しょうし）略年譜

昭和1（一九二六）神奈川県小田原町（現小田原市）生まれ。

昭和17（一九四二）中学在学中に「馬酔木」入会、水原秋櫻子に師事、石田波郷に兄事。

昭和20（一九四五）工学院工専（現工学院大学）中退、東部第八七部隊を経て鉄道省に勤務。

昭和23（一九四八）馬酔木賞受賞。翌年、「馬酔木」同人。

昭和26（一九五一）「馬酔木」第一回新樹賞受賞。

昭和30（一九五五）第一句集『途上』（近藤書店）。「馬酔木」第四回新樹賞受賞。同年、「馬酔木」編集次長就任。

昭和32（一九五七）「馬酔木」編集長就任、第四回馬酔木賞受賞。

昭和33（一九五八）国鉄本社広報課勤務、以後二十二年間在職。

昭和37（一九六二）第二句集『雲の領域』（金星堂）。

昭和38（一九六三）『水原秋桜子』（石田波郷共著・南雲堂桜楓社）。

昭和39（一九六四）秋櫻子の了承を得て、「馬酔木」の衛星誌として同人誌「鷹」を創刊。

昭和42（一九六七）「馬酔木」編集長辞任。

昭和43（一九六八）「馬酔木」から活動が認められなくなり、他の「鷹」発起同人が「鷹」を去る。湘子は「馬酔木」同人を辞退し、「鷹」を自身の主宰誌とする。

昭和44（一九六九）第三句集『白面』（牧羊社）。

昭和51（一九七六）第四句集『狩人』（永田書房）。

昭和56（一九八一）現代俳句協会副会長（一九八三年まで）。

昭和57（一九八二）第五句集『春祭』（立風書房）。

昭和59（一九八四）第六句集『一個』（角川書店）。

昭和60（一九八五）『実作俳句入門』（立風書房）。

昭和61（一九八六）第七句集『去来の花』（角川書店）。

昭和62（一九八七）第八句集『黑』（角川書店）。

昭和63（一九八八）『20週俳句入門』（立風書房）。

平成5（一九九三）第九句集『前夜』（角川書店）。

平成6（一九九四）『俳句の方法 現代俳人の青春』（角川選書）。

平成8（一九九六）編俳句実作入門講座『俳句への出発』（角川書店）。

平成9（一九九七）秋櫻子の秀句』（小沢書店）。同年、『俳句好日』（角川書店）。

平成11（一九九九）第十句集『神楽』（朝日新聞社）。同年、『信濃山河抄』（ふらんす堂文庫）。『男の俳句、女の俳句』（角川書店）。

平成12（二〇〇〇）句集『神楽』で第十五回詩歌文学館賞受賞。同年、『新20週俳句入門 第一作のつくり方から』（立風書房）。同年、『新実作俳句入門 作句のポイント』（立風書房）。

平成13（二〇〇一）『俳句の入口 作句の基本と楽しみ方』（日本放送出版協会）。

平成14（二〇〇二）『句帖の余白』（角川書店）。同年、『入門俳句の表現』（角川選書）。

平成17（二〇〇五）四月十五日胃癌により横浜市青葉区の自宅で逝去、享年七十九。

平成18（二〇〇六）第十一句集『てんてん』（角川書店）。

平成21（二〇〇九）『藤田湘子全句集』（鷹俳句会編・角川書店）。

小澤實（おざわ　みのる）略年譜

昭和31（一九五六）　長野市生まれ。

昭和51（一九七六）　信州大学人文学部在学中に信大連句会に参加、東明雅の指導を受ける。

昭和52（一九七七）　宮坂静生の手ほどきで俳句を開始。同年「鷹」に入会、藤田湘子に師事。大学で信大俳句会を結成する。

昭和54（一九七九）　大学卒業後、成城大学大学院文学研究科修士課程に進学、尾形仂に師事し、北条霞亭等江戸時代の漢詩人の書簡を解読。

昭和55（一九八〇）　「鷹」新人賞受賞。

昭和57（一九八二）　「鷹」俳句賞受賞。

昭和60（一九八五）　「鷹」編集長に就任。

昭和61（一九八六）　第一句集『砧』（牧羊社）。

平成6（一九九四）　編著『秀句三五〇選 友』（蝸牛社）。

平成9（一九九七）　第二句集『立像』（角川書店）。翌年俳人協会新人賞。

平成12（二〇〇〇）　「澤」を創刊・主宰。

平成17（二〇〇五）　第三句集『瞬間』（角川書店）。翌年讀賣文学賞詩歌俳句賞。

同年、『万太郎の一句』（ふらんす堂）。選集『小澤實集』（セレクション俳人・邑書林）。

平成18（二〇〇六）　監修『俳句入門―大人の愉しみ』（淡交社）。

平成19（二〇〇七）　『俳句のはじまる場所―実力俳人への道』（角川選書・角川学芸出版）。翌年俳人協会評論賞。

平成28（二〇一六）　対談集『俳句の海に潜る』（中沢新一共著・KADOKAWA）。共著『池澤夏樹編日本文学全集近現代詩歌』（河出書房新社）。

平成30（二〇一八）　『名句の所以：近現代俳句をじっくり読む』（毎日新聞出版）。

令和3（二〇二一）　『芭蕉の風景　上・下』（ウェッジ）。翌年讀賣文学賞随筆・紀行賞。

令和4（二〇二二）　句集『俳句日記２０１２―瓦礫抄』（澤俳句叢書・ふらんす堂）。

令和5（二〇二三）　第四句集『澤』（澤俳句叢書・KADOKAWA）。

令和6（二〇二四）　句集『澤』により蛇笏賞・俳句四季大賞受賞。

現在　俳人協会常務理事、日本文藝家協会会員。読売新聞・東京新聞俳壇選者。角川俳句賞選考委員。

第8章

保坂敏子が語る福田甲子雄

（二〇二四年七月八日十五時　甲府にて）

はじめに

保坂敏子氏は龍太が「雲母」を継承した十七年後に「雲母」に入会した。その後、「雲母」の後継誌「白露」を経て、現在俳句同人誌「今」の編集を担っている。また、山梨日日新聞俳句欄の選者も務めておられる。氏と初めてお目にかかったのは二〇二三年十一月十八日の『語りたい龍太…』の取材だった。その後、機会があるごとにお目にかかり、現在まで親しく接して頂いている。今回の取材に当たり、保坂氏から貴重な写真を頂いただけでなく、甲子雄氏との出会いと交流、自分が俳句を始めるきっかけ、甲子雄の人柄及び俳句などを克明にご紹介いただいた。

特に「敏子ちゃん、俳句は愛だよ」との甲子雄の言葉と「その生き方にも影響をうけました。今はその〈生き方〉を一生懸命学んでいる最中です」との一言に共鳴した。限られた時間ではあったが、真に実り豊かな取材になった。

董振華

福田甲子雄と巨摩野句会

私の俳句との出会いは、福田甲子雄さんとの出会いがきっかけでした。一九六八（昭和43）年、私は地元白根町の役場の職員で、住民課に勤務していました。福田さんは商工会の職員だったのですが、一九六〇（昭和35）年に出来たばかりの商工会は事務所がまだなく、役場の一隅を間借りしていました。そんなわけで職種は違いましたが、一時期同じスペースで顔を合わせ、俳句を勧められ、現在に至っています。

福田さんの最初の印象と言うと、体も声も大きく、福田さんに言われれば、それが一番正しいと思えるほどの説得力のある人でした。裏も表もない話しぶりに、内緒話をすることもあるのだろうかと不思議に思いました。

そのころは、職場にも俳句をする若い女性が大勢いました。私が就職した一九六八（昭和43）年の九月に山梨文化会館（山梨日日新聞社）で蛇笏の七回忌を修した「蛇笏展」という催し物があって、福田さん、浅利

書斎で仕事する福田甲子雄
写真提供：保坂敏子

昭吾さんに連れられて職場の女性たちと一緒に見に行きました。印象に残ったのは〈芋の露連山影を正うす〉と〈をりとりてはらりとおもきすすきかな〉の句でしたが、その時の蛇笏の句との出会いが俳句を始めるきっかけになりました。

今所属している句会は「巨摩野句会」というのですが、当時は「雲母巨摩野支社」といって、蛇笏の高弟であった飯野燦雨をはじめ、福田甲子雄、宮沢健児、浅利昭吾、米山源雄、名取晃、川手亀毛（本名久夫）などの大先輩が名を連ねていました。「雲母巨摩野支社が誕生したのは一九四七（昭和22）年九月七日。午前十時から開催された三恵村法善寺（現南アルプス市）での会者十二名による巨摩野支社発足俳句会であった」と福田甲子雄さんが「法燈四囲を照らす」と題して執筆しています（『可都里と霞外』 平成15年3月24日若草町文化協会刊行）。

私が入会した頃、福田さんを慕って勝沼からは阪本晋さんや石原林々さん、身延からは望月たけ子さん、石川陽子さんたちが毎月の定例句会に見えていました。私は怠け者で、句会だというのに俳句を作らず出席していたことがたびたびでしたが、それでも句会に行きたいと思うほど、「巨摩野」という俳句会には不思議な魅力があったように思います。

俳句は作れなかったのですが、俳句の会でどこかに行く時には真っ先に手を挙げました。父からは「敏子は三人集まるところには必ず行くね」と言われました。吟行が何をするのかも知りませんでしたが、出かけることが嬉しくて色々な所に出かけて行きました。

一九七〇（昭和45）年七月、信州馬籠にある「四方木屋」で有泉七種さんの「雲母飯田支社」の人たちと「雲母巨摩野支社」の合同句会がありました。「四方木屋」は島崎藤村の長男楠雄氏がやっている旅館でした。私は俳句を始めたばかりの遊び八分の情けない会員でしたから、その晩の句会の内容は殆ど覚えていないのですが、ただ一つだけ覚えているのは玄関を入った次の間に掲げてあった会田綱雄の「伝説」という詩です。読み進むうちに「蟹を食うひともあるのだ」というフレーズに大変衝撃を受けました。「蟹を食うひともあるのだ」というのは一体どういうことなのか、随分長い間その詩と向かい合っていたような気がします。長い詩でしたが、ノートに写しました。句会がとっくに始まっているのに、私はまだその詩を写していたのです。

何年もたってから、会田綱雄のこの詩が揚子江を舞台に、また自身の戦争体験をもとに戦後十年を経て書かれたことを知りました。そして「蟹を食うひともあるのだ」が少し分かったような気がしました。

帰りのバスの中で、福田さんたちが「昨夜、四方木屋の帳場にいたあの人が楠雄さんだったんだ」という話をしているのを耳にしました。昨晩は誰も気がつかなかったのです。そのあとの「雲母」に福田さんは「島崎藤村の生地馬籠を訪ふ　八句」という前書きで〈暗き家に暗く人ゐる早かな〉を「雲母」に投句しています。楠雄氏のことです。その時の句は他に〈老婆にも涼しさ賜ふ峠空〉〈地蜂炒る四方木屋に朝はじまれり〉〈炎天に眠りをふかめ木曾檜〉〈木曾晩夏子が育ち樹が育ちゐる〉〈気短かき木曽山中の走り雨〉〈檜山杉山涼しさに従へり〉〈藤村の村の芒の女郎蜘蛛〉。浅利昭吾さんは〈藤村の長男といふ暑さかな〉と詠んでいます。

福田さんがいつも近くにいるのに、福田さんの自筆の色紙や短冊を書いてもらったことはありません。大会などで同人選に入ればもらえたかも知れませんが、それもありませんでした。それから何年か経ってから福田さんにお願いして会田綱雄の「伝説」の詩の全文を巻紙に書いてもらいました。断られるかと思いましたが、「オレでいいだけ」と言って、仕方がないなという顔をして書いてくれました。「四方木屋」の会田綱雄の筆跡と似ているように思いました。

山廬前庭にて
前列飯田蛇笏
後列左から飯野燦雨、福田甲子雄
後列右から２人目 飯田龍太
1950年代頃　写真提供：保坂敏子

　田中冬二に早川町奈良田を詠った「山峡」という詩があるのですが、一世紀前の農村の過酷な生活実態を詠って、生きるとは何なのだろうと問いかけてきます。会田綱雄も田中冬二もまた、楢山節考の深沢七郎も「生」という大きなテーマをもっています。そこには現代社会が失った家族や精神的な豊かさがあるように思えて、それぞれが好きな作品です。

　福田甲子雄の俳句もやはり単なる自然の風景を詠むばかりではなくて、そこに暮らす人たちの生活に目を向けた俳句が多くあります。飯田龍太語録の中にも「あるがままの自然、などという言葉は文芸の上ではあり得ないことだ。人間に対する関心なくして、自然だけ独立して存在するということはあり得ない。自他を含めての人間に対するおもいを失って見事な俳句が生まれるとは思えない」とあるように福田さんの作品には旅吟であっても、そこに住む人たちの生活に目を留めた作品が多くあります。例えば〈夕映えのオホーツクを背に魚箱うつ〉や八丈島では〈老人の働く刈田しぶきに濡れ〉、中国行の前書のある〈纏足の老婆掃きゐる夏落葉〉、伊豆堂ヶ島では〈磯海女のひとりがピアスしてゐたり〉など、ここでは直接「人」が出てきますが、句の中に人物が登場しなくても、そこに暮らす人々、その土地の風土が濃く見えてくる作品はいっぱいあります。人に関心を寄せた作品の数々は「雲母」という結社の中で培われたのではないでしょうか。蛇笏、龍太の人と作品を愛し研究し、自ら研鑽する中でその精神を受け継いで福田さん独自の俳句の世界を創り上げていったところに心打たれます。

私は、一九七二（昭和47）年から一九七九（昭和54）年までの七年間は「雲母」は購読していましたが、句会は休んでいました。俳句をまたやろうと思い立ったのは福田さんの〈いんいんと青葉地獄の中に臥す〉を目にした時からです。福田さんが胆石で療養していた時の句です。親不孝の娘が父親の病によって突然目覚めたようなものです。そんなわけで、句会に出席した時、福田さんが私の顔を見て「まるで浦島太郎じゃないか」と笑いながら言いました。きっと私がまた俳句をするようになったことが嬉しかったに違いありませんが、私の方は折角言ってくれるのなら「浦島花子」ぐらいに言って欲しかったなと心の中で思っていました（笑）。七年間の空白がありましたが、私が図々しかったのか、句会の皆さんが優しかったのか、すんなり句会に飛び込んでいけました。

二〇〇四（平成16）年四月の句会に私は〈与話情浮名横櫛雪解富士〉という句を出句しました。漢字ばかりの句を一度作って見たいと思っていたのです。「与《よ》話《わ》情《なさけ》浮名《うきなの》横櫛《よこぐし》」は、お富と与三郎が登場する歌舞伎狂言です。家の庭から富士を眺めていたらひょっこり浮かんだのです。句会で福田さんが「うまい句かも知れんが、俺にはこの句のよさがわからんなあ」とぽつりと言いました。応えましたね。ボディブローです。いつもの福田さんなら「いいか、こういう句を作っていちゃあダメだぞ!!」と大きい声で一喝するのですが、こんな福田さんは見たことがありませんでした。それからしばらくして福田さんは入院しました。この日のことは一生忘れません。

口癖は「よく見て作れ」

福田甲子雄（左）と飯野燦雨
1950年代頃
写真提供：保坂敏子

福田さんの口癖は「よく見て作れ」です。花なら花弁が何枚あるか、雌蕊や雄蕊がどんなふうになっているか、葉が茎にどんなふうについているか、花の咲き方から散り方までをよく観察して、その花の特徴を知ることだと言いました。それは絵画の世界でも同じことで、写生の時、後ろの見えない部分は描きませんが、後ろの部分を知らなくて書けないのと、知っていて書かないのとでは出来上がった作品に大きな違いがあるということです。

昭和六〇年代だったと思いますが、白根町教育委員会が「生涯学習」の一環として初心者のための俳句教室を企画しました。その時の講師が福田甲子雄さんでした。私も福田さんの俳句教室なら行ってみたいと思って申し込んだのですが、福田さんは私の名前を見て「これは初心者を対象とした句会なので、敏子ちゃんはダメだ。もし来るなら投句用紙や清記用紙を配ったりして句会の準備を手伝ってくれ」と言いました。

白根町は農業の町で、夏は農繁期で忙しいので学習活動と言えば秋から冬の季節に集中しました。この俳句教室も十月から第一回が始まりました。明るくはっきりした口調の、中でも独特の方言交じりの福田さんの俳句教室は好評で、口コミで広まったのか、二回目、三回目からの申込者もありました。ある時、「榠樝《かりん》」という季題で句を作ってきた人がいました。俳句は忘れてしまったのですが、榠樝に夕日が当たって赤くなったという内容の句でした。すると福田さんは「ホントに赤くなるけ？　ちゃんと見て作ったけ」と言いました。その人は「夕日が赤いから、赤く染まると思っていました」と困った顔をしました。夕日が当たって赤くなった白壁や、夕焼けに赤く染まった雲などを見て来たので、私も別段赤く染まることに抵抗感はなかったのですが、福田さんに言われてみて、そう言えば夕日に当たって赤くなった榠樝を実際に目にしていないことに気が付きました。夜の句会だったので、その日はそのまま帰って来て、翌日の夕方、庭の榠樝のところに行って夕日が当たる様子を見ていたのですが、榠樝は黄色いまま、赤くはなりませんでした（笑）。ものに夕日が当たると、赤くなるということは多くの人が頭の中にイメージすることですが、実際は違う。染まるものと染まらないものがあるんですね。確かに一目瞭然。「よく見て」というのは頭で考えないで、ものをよく観察すること、それが俳句には必要なことなのだということを教わりました。十二月の俳句教室では福田さんが蜜柑を持参しました。みんなで机の上の蜜柑をじっくり観察して、蜜柑から受けた感じを俳句にするという方法で学びました。行政が立ち上げた俳句教室ですが、「すばる句会」と名前を替えて白根地区文化協会の一つの部として今でも続いています。

思い出のあれこれ

福田さんの俳句の材料は至るところにあるようで〈霜焼の指をはにかむ役場の娘〉は、私が赤く腫れた霜焼の手を慌てて隠したところを詠まれてしまったようです。これも福田さんの口癖なのですが、「俳句の材料を探しに風光明媚なところへ行っても俳句はできんぞ。普段の生活の中から詠えばいいんだ。農業をしている人は農業の句。会社員は会社員の句。学校の先生は生徒や学校のこと。専業主婦は料理のこと、家事のこと色々あるだろう。自分の身の回りを見回せば材料はどこにも転がっている。うまく作ろうとするから作れないんだ」と熱く語っていました。
そして、福田さんは分からないことがあると分かるまでとことん調べる研究熱心な人です。平成十年ごろ

福田甲子雄
2000年頃　写真提供：保坂敏子
「俳句αあるふぁ」の取材で
撮影：田原豊
福田甲子雄はこの蕎麦畑の写真を一番気に入っていた。

だったと思いますが、職場の人たちと林道の奥へ山菜採りに行きました。軽トラック一台分ぐらい採れたので、みんなで山分けして、それでもまだ可燃物のゴミ袋にぎゅうぎゅう詰めでも二袋もあったので、帰りに福田さんの家に寄って一袋分届けたのですが、二階から下りて来た福田さんが袋の中を覗いて「おー！　これは何だ」と聞くので、「コシアブラというらしいです」と答えると、「コシアブラ？　聞いたことがないなあ。どう書くんだ、どの辺にあるんだ」などと一生懸命に聞いてくるので困りました。春の山菜といえば、タラの芽、山ウド、ワラビ、ゼンマイは私も知っているのですが、コシアブラは初めて見聞きするものでした。「字はわからないけれど、天ぷらにしても生で食べても美味しいんだそうです」と答えるのが精いっぱいでした。それから二日ほどして帰宅すると郵便が届いていました。見覚えのある文字でした。早速開いてみると一筆箋に「昨日はごちそうさん。美味しく戴きました」というお礼の文面と一緒にコピーが同封されていました。辞書か図鑑からだと思うのですが、中央の部分の文字が少し歪んでいたり、真ん中に黒い線が

走っていたから、かなり厚い本をコピーしたのに違いないと思いました。よく見えるように拡大コピーしてくれていました。それには「金漆樹《こしあぶら》　ウコギ科の落葉高木。日本各地の山地に自生する。幹の高さ十六メートル…。若芽は食用」とありました。私は持ち帰ったコシアブラを始末するのに一生懸命で、福田さんから「どういう字を書くんだ」と聞かれた事などすっかり忘れていたのに、福田さんはちゃんと調べてコピーして私にまで教えてくれました。さらに「＊金漆樹は山菜として近年好評天婦羅に最適なり」の注をつけて〈金漆樹若芽ひらけば摘まれけり　『草虱』〉を作っているんです。巨摩野句会で飯野燦雨さんに「あれはタラの芽よりうまいよ」と話しているのを耳にして、うれしく思いました。私にコピーをくれたのは「金漆樹で俳句を作るように」というメッセージだったのかも知れませんが、私はとうとうダメでした。コシアブラがまだメジャーではなかった頃のことです。

　次の思い出は、平成十年十月三日から四日にかけて第六回東北白露の会が相馬市松川浦で開催されました。福田さんは「雲母」時代には各地で行われる大会には龍太先生に同行して廣瀬直人さんと「助さん角さん」よろしく出かけていたようですが、「白露」になってからは「主宰が行けない時にだけ行くことにしている」と言って、県外の大会にはほとんど出席することはありませんでしたが、〈相馬の血甲斐の血亨けし霜夜の子〉とお孫さんを詠んだ俳句のとおり、長男修二さんの奥様美智子さんは相馬市の出身。松川浦は近くだったので、廣瀬直人主宰を美智子さんの実家阿部家へ案内する予定でいたようです。主宰は修二さんたちの仲人をされていたので、この機会に是非訪問をしたいということのようでした。

　松川浦・清風荘に着いて荷物を置くと、「敏子ちゃんも行くけ？」と福田さんに声をかけられました。前夜祭までにはまだ十分時間がありました。バスで何とかという所で降りて、あとは歩きました。その日はよく晴れた日で、河原では芋煮会が盛大に行われていました。芋の煮えるいい匂いが鼻をくすぐってきました。きょろきょろする間もなく、前を行く主宰と福田さんの後ろを必死で追いかけるようにして、相馬市中村の阿部家に着きました。ちょうどお昼を少し過ぎたころで「さあさあこちらへ」と通された座敷には海の物山の物、色とりどりに食事が支度されていました。私の分もちゃんと用意してありました。ずんだ餅のお土産まで頂き、言い尽くせないほどの歓待を受けました。当時はケータイも今のように普及していなかったし、福田さんは持っていませんでしたから、「敏子ちゃんも行くけ？」の私の返事を聞いてから、先方へ人数を知らせたのではなかったでしょう。家を出る前から私も数の中に入っていたのだと思います。要らぬ心配をかけさせまいとして、着いてから私に声をかけたのだと思います。これが福田さんという人です。

蛇笏忌と重なった前夜祭では蛇笏を偲んで薩摩琵琶が演奏され、旧八月十三日の月を眺めながら皆しみじみとした時を過ごしました。〈蛇笏忌や十三日月海の上〉はその日の福田さんの嘱目句でしょう。後日、総合誌に発表する作品の中にこの句を入れたようですが、十日ほど経って届いた「白露」11月号の主宰詠の校正ゲラの中に、

蛇笏忌や十三日月浦の景　廣瀬直人

があることに気づいて、あわてて雑誌社に電話し即刻別の句と取り換えてもらったそうです。「同じところを見ているんだから仕方がないが、類句というのはあるもんだなあ」と呟いていました。この〈蛇笏忌や十三日月海の上　甲子雄〉は氏の句集にも「白露」にも他の冊子にもどこにもありません。私の記憶の中にある大切な一句です。

また、俳句に限らず、「あれはよかったよ」と小説やエッセイのことを句会で話すので、福田さんが読む本なら読んでみようかと購入した本は沢山あります。芥川賞受賞作の本もありました。福田さんの家に行った時「これを読むけ」と言って中上健次の『岬』を貸してくださいました。一九九一（平成3）年に高樹のぶ子の『サザンスコール』上・下刊が出た時には、今度は私の方から「どうですか」とお貸ししました。染色のことが出てくるので、関心があるのではと思ったからです。福田さんは直ぐに読んで「面白かったよ」

と言ってくれたのですが、私の方は『岬』を半分も読んでいませんでした。二〇一一（平成23）年に没後七回忌を修した「福田甲子雄展」を白根桃源美術館で開催しました。その準備のため福田家の二階の書斎に上がらせていただいた時、大きな机の上に『サザンスコール』が二冊重ねてきちんと置かれているのを目にしました。二〇二二（令和4）年十一月、ご長男の修二さんが山梨に来られた時、机の上の二冊の『サザンスコール』を返して頂きましたが、福田さんから借りた『岬』はまだお返ししていません。

俳句がブームになってくると、学校の入学式、卒業式、文化祭、いろいろな式典で首長の祝辞や代表者の挨拶の中に俳句が使われるようになりました。短歌より短く、季節の言葉が入っているので、いいと思われるのでしょうか。俳句が入るとちょっとグレードアップするように感じるのでしょうか。とにかく俳句は便利なアイテムのようです。その都度、町長室からはその祝辞に相応しい俳句を尋ねられました。「この句はどうでしょうか」から始まり、「この句は誰の句ですか」「これは何年に作られた句ですか」「これは龍太先生の句に間違いありませんか」など、いつも切羽詰まって聞いて来ます。職場に句集や俳句の参考書があればすぐに応えられるのですが、即答を迫られている時はつい福田さんにお願いしてしまうんです（笑）。電話口で福田さんは「ちょっと待ってろ」と言って折り返し電話をくれるのです。それをメモして町長室に報告するのです。福田さんが忙しい仕事をされていることは重重承知しているのですが、つい頼ってしまうんです。少しもいやな顔はされませんでした。

細かい気配り

福田さんは周りの人たちをご自分の家族のように気遣う人でした。二〇〇五（平成17）年四月八日、入院されている白根徳洲会病院（南アルプス市）へ見舞いに行きました。すぐにでも行きたかったのですが、三月末の異動で部署が変わり、白根桃源美術館から教育委員会文化財課への引っ越しや引継ぎのため、身辺忙しかったのです。「こんなに遅くなってしまって」と謝ると、「こんど課長さんだってね。おめでとう」と意外に元気な声でした。「局長も課長も待遇は変わらないんですよ。呼び方が違うだけで」と言うと「そうでもないっさよう。本庁の課長だもの」と天井を見ながら大きく息を吸って言いました。私はそれ以上何も言えませんでした。奥様に異動の記事が載っている新聞を読んでもらったのでしょうか。それともご自分で見たのでしょうか。亡くなる二週間ほど前のことですから、体力も衰えていたに違いないのです。

飯田龍太と雲母編集部
右から飯田龍太、河野友人、廣瀬直人、福田甲子雄
写真提供：保坂敏子

　また、福田さんは大勢の人に俳句の楽しさを知ってもらいたいという思いが強く、行政に働きかけて生涯学習の一環として俳句を勧めました。特に初心者の俳句教室には力を入れました。どれも実作を中心にした句会形式の「俳句教室」なのですが、ある句会で五句出しても全然採られない、福田さんの選にも入らないという人がいました。それが三、四ヶ月も続くと「私はだめかなあ。俳句には向いていないのかもしれない」と悲観して止めてしまおうかなと思っていたのだそうです。句会から帰って二日くらいして福田さんから太くおおらかな文字の封書が届きました。驚いて開封すると吟行等に便利な秋と冬の歳時記が二冊入っていたそうです。「初心者用のミニ歳時記ですが、この程度から読んで次に移ってください。秋と冬のみですが、一月までは使えます」と書かれた一筆箋が同封さ

れていたのです。「しょんぼりしていたのを福田さんが見つけて励ましてくれたのだと思う、それで頑張る気が出てきて、今もこうやって続いています」とその時のことを懐かしく話してくれた人がいます。そういう「頑張れし」や「止めちょし」の励ましの葉書や手紙をもらった人はそのほかにも数多くいて、万年筆のブルーブラックのたっぷりとした筆跡のそれらを今でも大事に仕舞って、一生の宝としている人が大勢います。私には羨ましい限りですが、あの忙しい最中に惜しみなく、俳句の素晴らしさを伝えていった福田さんには頭が下がります。

そして、福田さんは面倒見のよい人です。『語りたい龍太　伝えたい龍太』でもお話しさせてもらったんですが、「若菜会」という女性四十名ほどの会員の合同句集『若菜』の出版祝賀句会がありました。龍太先生はじめ、「雲母」の編集部の方たちも出席しておられました。私の句は殆ど採られなかったんです。誰かが一人採ってくれて、私が名乗ると「あの句は敏子の句か」と分かったのでしょう。福田さんはすぐ龍太先生に「こういう句があるんですが、どうでしょうか」と私の句を取りあげて聞いてくれたんです。こんな機会はめったにないから、私にとっていい勉強になると思ったのではないかと思います。全体を見回して、そういう配慮をさりげなくしてくれる優しさをもった人です。そういう恩恵を受けた人は数多くいます。「雲母」の大会の前夜祭や句会のあとの懇親会などで「龍太先生に紹介してやるよ」といって上座にいる龍太先生の前に連れていかれた人は何人もいます。「まだ新人ですが、いい句を作ります。有望株です」は福田さんのキャッチフレーズでした。

さらに、一九九四（平成6）年十二月十一日、「第三回白露山梨句会」を白根桃源文化会館で開催する計画がありました。地元の開催ということもあって、福田さんをはじめ、飯野燦雨さん、斎藤史子さんなど白根町在住の「白露」の会員と当時の町長や職員と事前の打ち合わせをすることになっていました。私も「白露」の編集部員でしたから、当然その場所にいなければならなかったのですが、仕事中でもあったし、私の立場を考慮してくれて、福田さんは「俺たちでいろいろ決めてくるので敏子ちゃんは打ち合わせはいいよ。

まあ、本番には頼むからね」と言いました。翌年の四月に町長選を控えていた微妙な時期だったので気を遣ってくれたのだと思います。私はそのことをあまり気にしませんでしたが（笑）。福田さんはそういう細かいところに気がついて適切にジャッジしてくれる人でした。

吟行句会にて

吟行句会のことは、福田さんとの思い出のところでもお話ししましたが、ご一緒した吟行は何回かありますが、どうも私はぼーっとしているらしく、始めから終りまでを鮮明に覚えてはいないのですが、それぞれの句会の中でそれぞれ一つのシーンだけは何とか蘇ってきます。

一九九九（平成11）年七月には甲州市にある曹洞宗の天童山景徳院に吟行に行きました。景徳院は武田勝頼終焉の地で、武田勝頼親子と家臣の慰霊のため徳川家康の命によって創建された寺です。どうしてこんな暑い時期に吟行したのかしらと思ったほど暑い日でした。山門をくぐってしばらく散策していると、福田さんの「ここにハンカチがあるけど誰のハンカチだ」と言う大きな声が聞こえてきました。福田さんのすぐ傍にはちょうど腰掛けられるくらいの平らな石があって、その上に白いレースのハンカチが置いてありました。私たちはそれぞれ近づいて石の上のハンカチを覗きましたが、だれも自分のものだと名乗りませんでした。

句会は日川渓谷のさらに上流にある天目山栖雲寺にある石庭会館で行われました。句会の内容は忘れてしまいましたから福田さんがその時出句したかどうかはわかりませんが、天目山と前書のある〈ハンカチの忘れてありぬ自害石　甲子雄〉は今でも鮮明にその場所に連れて行ってくれる作品です。

二〇〇二（平成14）年、いくつかの句会が合同で行なった白骨温泉の吟行では、帰りにバスを降りた峠で巨摩野句会の加藤勝さんが、指を口にあてて鶯の鳴く真似をしました。本物の鶯が鳴いているように上手でした。二、三回やっていると、どこからか、鶯がそれに応えるように鳴き出しました。老鶯でした。加藤さんの必死（必死でもなかったようですが）の呼びかけが鶯に届いたのでしょう。その時の情景を福田さんは〈指笛に驚きこたふ夏うぐひす〉と詠っています。そのほかにも〈雪渓のまだ汚れざる深さかな〉〈尼と稚児みどりの奥へ消えゆけり〉〈腹裂きて味噌ぬり焼きぬ尺山女〉がその時の福田さんの吟行句です。同じようなところを見ていながら、私には作れないのは、真剣さが足りないのでしょうか。福田さんの俳句への向き合い方に学ぶところが多いのです。

二〇〇四（平成16）年七月四日福田さんの蛇笏賞受賞を祝って、赤石温泉（現富士川町平林）で巨摩野句会、すばる俳句会、まなび句会の三句会合同の吟行句会が行われました。「祝賀会はダメ」というのが「雲母」の伝統のようです。「句会ならいいよ」という福田さんのOKをいただいての吟行句会でした。「赤石温泉はどうだろうか」と提案したのは巨摩野句会の加藤勝さんで、昭和四十四年に「甲府句会」で吟行したところなのだそうです。その時は龍太先生も福田さんも参加していて総勢数十名の大所帯だったようです。その時の龍太の特選が〈滝のひびきにみどり孕まんばかりなり〉という加藤勝さんの句だったそうですから、特に思い出のある場所だったのでしょう。福田さんもとても喜んでくれました。

赤石温泉へ行く途中の増穂町平林（現富士川町）にギャラリーハンという古民家を改装したアートギャラリーがありました。林の中にはオンギ（甕器）という韓国でキムチを作る甕が数十個も置かれていました。人が入れそうな大きな甕でした。このとき福田さんは〈韓の甕ゆがみ涼しく並びをり〉〈大甕の蓋に檜の実が三個〉〈どの甕に五体沈めむ竹落葉〉を作っています。

「雲母」入会とその活躍

福田甲子雄さんは一九二七（昭和2）年八月二十五日に山梨県中巨摩郡飯野村（現・南アルプス市飯野）に生まれました。一九四五（昭和20）年、山梨県立農林学校を繰り上げ卒業（早期卒業の措置が取られた）。一月二十八日甲府駅を出発して翌二十九日京都駅に集合、夜下関の港から釜山港へ出航し、二月四日早朝釜山に着き、満州綿花株式会社に入社しました。八月九日突如現地召集され、関東軍（撫順）に入隊。一九四六（昭和

21）年六月に日本への引き上げ船に乗り日本へ帰ってきて、十月に飯野村農業会に就職しました。一九四七年職場の上司の飯野燦雨（本名は猛・蛇笏の高弟）の勧めにより「雲母巨摩野支社」に入会しました。

飯田龍太、福田甲子雄、保坂敏子　山廬にて
2001年3月　　写真提供：保坂敏子

福田さんは「雲母」に入ってからずっと蛇笏の主宰した「寒夜句三昧」という鍛錬会に参加して活躍していました。一九四八（昭和23）年の「雲母」五月号に飯田蛇笏選「寒夜句三昧」の入選句〈月上げて夜深く冴ゆる繁華街〉が掲載され、これが「雲母」初掲載となりました。このほかに〈月の出に間ある闇空大花火〉もこの年の一句欄掲載の作品です。一九五六（昭和31）年十月、夜叉神隧道が開通する直前の野呂川林道に蛇笏、龍太、秀實の家族三世代を飯野燦雨とともに案内しました。そして翌一九五七年十月六日白根町役場議場で蛇笏、龍太、石原舟月、松村蒼石、林蓬生など出席者約百名による「今村霞外先生古稀並びに巨摩野支社十周年記念俳句大会」が開催されました。翌年の「雲母」一月号に「巨摩野支社十周年記念俳句大会記」を執筆、それが「雲母」から初めての原稿依頼だったといいます。続いて一九五九年二月の甲府句会で〈藁塚裏の陽中夢見る次男たち〉の句が飯田龍太選入選となりました。三月二十一日「雲母五百号記念甲府全国大会」が甲府市・湯村温泉昇仙閣ホテルで開催され、「現在の俳句に対する感想」と題した飯田龍太

の講演がありました。同年五月二十三日から二十四日信州武智鉱泉（現たけち温泉）で若手俳人の会を結成。投票の結果「うつぎ会」という句会名が決定しました。七月十二日白根三山を眼前に見る夜叉神峠の芦安村温泉（現南アルプス市）で甲府句会・うつぎ会・巨摩野文社の三会主催で「雲母夏季吟行会」が開催されました。福田さんの〈隧道を出て流人めく西日中〉がこの日の入選作でした。十一月二十三日「雲母創刊五百号記念大会」が東京の椿山荘で開催され、三好達治、亀井勝一郎の講演がありました。十二月の甲府句会で福田さんの〈人の死が重なる霜へ釣瓶の音〉と〈東京の木枯にたち方位なし〉の二句が飯田龍太選に入りました。一九六〇年の「雲母」二月号に飯田龍太選「作品欄」創設の記事が掲載されると、福田さんは四月号からその「作品欄」に投句しました。翌五月号に〈春昼や子が笛鳴らす遺族席〉が次席となりました。「雲母」九月号の競詠「新秋四人集」に作品二十句「忘形」を発表し、十月、白根町商工会に経営普及員として就職しました。一九六一（昭和36）年「雲母」七月号に「うつぎ会　八ヶ岳麓吟行の記」を執筆しました。一九六二（昭和37）年「第五回雲母賞」（昭和30年創設）に初めて応募しました。この年十月三日、飯田蛇笏が七十七歳の生涯を閉じました。一九六三（昭和38）年「雲母」九・十月合併号から編集同人となり、平成四年の終刊まで務めました。一九六五年になると、福田さんの活躍ぶりは一層素晴らしくなります。蛇笏主宰の「寒夜句三昧」はこの年で終了します。そして「雲母」三月号より「山廬賞」が新設されました。福田さんは「雲母」四月号に「資質の表裏——句集『朱鱗』について」執筆。そして「雲母」五月号で〈蜂飼の家族をいだく花粉の陽〉の句により作品欄初巻頭になりました。ここまで、飯田龍太「作品欄」が開設されて五年、飯田蛇笏選投句から十八年の歳月が流れました。同年、五月三十日に「雲母名古屋俳句大会」に出席。この大会を皮切りに師飯田龍太に随行し全国各地の俳句大会に出席するようになりました（昭和63年までの二十三年間に三十八回）。つづいて「雲母」九月号に「初冬秀句」を執筆。十月十六日から十七日、「第一回雲母全国俳句大会」が明治神宮参集殿において開催され出席しました。記念講演は井伏鱒二の「随想」と金子兜太「蛇笏」と飯田龍太の「俳句の前後」でした。引き続き一九六九年「俳句研究」の一月号に「真の闇」十句を発表しました。総合誌からの俳句作品依頼があったのはこの時が初めてだったそうです。これをきっかけにどんどん俳壇で活躍するようになっていきました。私が「雲母」に入会した一九六九（昭和44）年に福田さんは「寒暮」二十五句で「第五回山廬賞」を受賞しました。

当時、福田さんをはじめ「雲母」の編集同人はみな仕事をしながら編集に携わっていたのです。それをずっと、平成四年に「雲母」が終刊となるまで続けました。「雲母」が終刊して翌年三月後継誌「白露」（廣瀬直人主宰）が創刊しました。その時の編集同人は井上康明さん、瀧澤和治さんと私の三人でした。福田さんは「白露」が軌道に乗るまでということで「顧問」として編集に携わってくれました。毎月主宰宅で行われる編集会議には毎回出席してくれたり、ゲラの校正も「初校は俺がやるから」と言って大変な作業を引き受けてくれたり、「顧問」といいながら、私たち編集部以上に事務的なことをいろいろ助けてくれました。各地で行われる「白露」の俳句大会のことなども力になってくれました。それに私たちは甘えていたのです。それから七年経って「これで大丈夫だ」と思ったのでしょう。編集部に長田群青さんを迎えたので、ご自身は本来の「顧問」に徹しました。このころから「やらなければならないことがあるんだ。時間がないんだ」という言葉を福田さんからたびたび聞いています。そのひとつに山梨日日新聞に連載した「四季の一句」があったのではないでしょうか。蛇笏・龍太の作品を大勢の人に味わってもらいたい、作品を通して蛇笏・龍太を感じとってもらいたいという福田さんの思いの籠った連載だったと思います。この連載は平成十一年一月一日から平成十六年十一月三十日まで続きました。入院中も退院後も「四季の一句は休むわけにいかない」と書き続けたのです。この連載は三部にわけて第一部『蛇笏・龍太の山河』、第二部『蛇笏・龍太の旅心』、第三部『蛇笏・龍太の希求』となって山梨日日新聞社から出版されています。第三部を執筆のころは句集『草虱』の上梓やその後の蛇笏賞受賞などで超多忙な日々だったに違いありません。にも拘らず原稿はきちんと締め切りには届いたそうです。万年筆の端正な文字で乱れなく書かれていたそうです。「蛇笏、龍太をちゃんとしなければ」は福田さんの口癖でした。「ちゃんとしなければ」は「ちゃんと伝えなければ」という福田さんの熱い思いでしょう。絶筆となった『蛇笏・龍太の希求』を見ると、「やり残したことがまだまだあるんだ」という福田さんの声が聞こえてくるような気がします。

一九八一（昭和56）年、飯田龍太は「日常のこころを大切に」という言葉とともにＮＨＫ学園俳句講座を創設しました。それで全国にいる「雲母」人を含む俳句を勉強したい初心者を対象に通信添削を始めました。福田さんをはじめ「雲母」編集部の全員がみな講師になったと思います。添削の仕事は結構大変だったようです。私は福田さんから聞いたことも見せてもらったこともありませんが、あるとき浅利昭吾さんの家に行ったとき「ちょっとこれを見てごらん」と言って見せてもらったのですが、一句に対して小さな文字でコメントがぎっしり書いてあったのを思い出します。丁寧な仕事でした。それが何枚もあったので大変な仕事なのだなと思いました。福田さんもそれをやっていたんですね。瀧澤和治さんがＮＨＫ俳句学園の講師になったのは「白露」時代ですが、初心者が多く、毎月一度に四十人、五十人分も送って来るので、凄く大変だったということを聞いたことがあります。福田さんがいつまでされていたのかわかりませんが、息もつけぬほど多忙だったことはわかります。

句集『草虱』と蛇笏賞受賞

福田さんの第六句集『草虱』の句集名は最初は「草の勲章」だったのです。集中にある〈葈耳《をなもみ》を勲章として死ぬるかな〉の句から採ったのだと思います。秋になると子供たちはオナモミやアメリカセンダングサ（私はタウコギと言っていましたが）などを服にくっつけあって遊びました。アメリカセンダングサはこの辺では「バカ」と呼んでいて相手に知られないように背中にくっつけては「バカバカ、くっついた」と囃し立てて野原を走り回っていました。この遊びは今も昔も変わらずに伝承されている遊びのようです。アメリカセンダングサがある限り続いていくんでしょうね（笑）。胸に付けるとちょうどバッジのようになりました。福田さんは「オレにはこれが一番似合うんだ。これでいいんだ」「葈耳を勲章とするところが、オレの身の丈だ」と考えていたんでしょう。まあ、ひとつのアイロニーかもしれません。

　本になる前に、ゲラを持って山廬を訪問しました。平成十四年の秋ごろだったと思います。私の運転でうしろには福田さんと齋藤史子さんが乗っていました。車の中では福田さんが「草の勲章っていうんだ。どうでえ、いい名前だろう」「これしかないね。きっと龍太先生もこれ（句集名）がいいと言ってくれるはずだ」としきりに史子さんに話しかけていました。子どものようにはしゃいでいました。車の中ではずっとこの話でした。

　山廬に着くと「先生、今度の句集は〈草の勲章〉という題名にしたいんですが、いかがでしょうか」と意気揚々として聞きました。龍太先生は「草の勲章ねえ」と言ったきり黙ってしまいました。沈黙したままでした。ものすごく永い時間のように思えました。気まずい空気が流れました。福田さんの表情が変わっていくのがわかりました。福田さんはすぐに龍太先生が「ああ、いい句集名ですね」と言ってくれるものと信じきっていたようです。史子さんも私もその場にいられないような重苦しさを感じました。しばらくすると、「オナモミもそうですが、人の体にくっついてゆく草を総称して草虱と言うんだよね」と龍太先生がぽつりといいました。福田さんは飛び上がるように「草虱、草虱それがいい。それにします」と。沈黙を破った大きな声でした。あのうれしそうな顔は今でも忘れませ

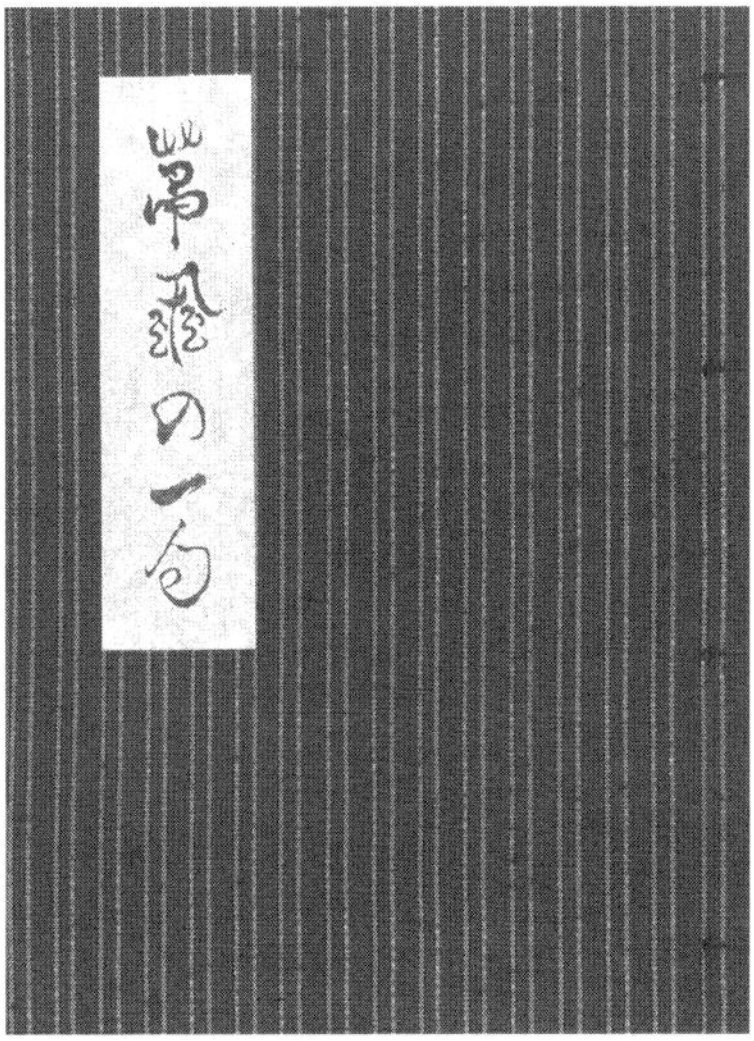

巨摩野支社、すばる句会、なづな句会のメンバーがそれぞれ選んだ句集『草虱の一句』　題字：加藤勝　2004年7月4日
写真提供：董振華

ん。龍太先生は「草虱にしなさい」とか「草の勲章が悪い」とかは一切言いませんでした。にも拘らず福田さんは「草虱」に即決しました。行くときの車の中では「草の勲章、草の勲章」とあれほどこだわって「どうで、いいら」と意気揚々としていたのに帰りの車の中では「草虱、草虱」を連呼していました。史子さんも私もその福田さんの変貌ぶりが可笑しくて仕方ありませんでした。こんなところにも福田さんが龍太先生によせる熱い思いが見えて、いい師弟関係（龍太先生は師弟とは思っていないようですが）だなと思いました。

その時のことを時々思い出すのですが、全く別物であるはずの「勲章」と「虱」。なんだかこうして両者を眺めていると「ははん、勲章も虱か」と思わず吹き出してしまうのです。飯田龍太の大きな皮肉。勲章を嫌った龍太の生きざまが垣間見えます。

二〇〇四（平成16）年にこの『草虱』で福田さんは「第三十八回蛇笏賞」を受賞しています。蛇笏賞受賞のお祝いとして句集『草虱』から一句を取りあげて鑑賞した『草虱の一句』という手作りの冊子を十冊ほど贈りました。カバーにはそれぞれが家から持ち寄った古い布切れを使いました。ささやかな祝いのしるしだったのですが、福田さんは大変喜んで、翌日には早速龍太先生のところへ見せに行ったんです（笑）。

福田さんの最後の日々

山梨県庁のOB、OGと現職が十五人ほど参加する俳句会「県庁句会」があります。平成六年一月が発足のようです。福田さんが平成十五年までずっと指導をしてこられて、そのあとを私が引き継ぎました。県庁句会では毎年夏に一泊の吟行句会をしているようです。平成十六年の吟行句会のとき、幹事さんから「福田先生にも声をかけてください」と言われて福田さんに伝えました。福田さんは県庁句会の吟行をとても気に入っていて珍しいところに連れて行ってくれると喜んでいました。幹事さんも心得ていて声をかけたのでしょう。「すまないね。入院して検査を受けなければならないので、今回は吟行に行けないんだ。宜しく言っといてくれ。ああ、だけどみんなが心配するといけないから、用事があるからといってくれ」と言われました。私も検査入院ですから、そんなに重大ではないだろうと思っていたんですが、検査の結果が悪かったようです。八月十三日に入院して、八月十七日に胃全摘と胆嚢全摘の手術を受けました。入院が八月十三日と聞いた時、史子さんと二人で、「お盆に入院するなんて、そんなに急がなければならないのかしら」と心配しました。

蛇笏賞受賞を祝い　家族全員で記念撮影
2004年　　写真提供：保坂敏子

手術して一週間経った時に巨摩野句会の加藤勝、矢崎幸枝、齋藤史子と私の四人でお見舞いに行ったんです。そしたら、まだ丸々太っていて、手術を受けた気配が全然なくて元気だったんです。奥様は病室にいなかったんです。「女房に家へハガキを取りに行ってもらっている」と言いました。福田さんは毎日新聞と静岡新聞の俳壇の選者をしていたのです。「手術したばかりなのに、そんなに仕事をしない方がいいんじゃないのですか」と皆で言ったんですが、「そうもしちゃあいられないんだ」と笑っていました。そのほかに山梨日日新聞社の連載「四季の一句」に毎日、蛇笏・龍太の句を一句ずつ取り上げて百字程度のコメントを書いていたんです。最後に出版する時は『蛇笏・龍太の山河』、『蛇笏・龍太の旅心』、『蛇笏・龍太の祈求』という三部作になりました。それもやっていたから、凄く忙しかったのです。

病室で私たちに「胃の重さがどのくらいあるか知っ

ているか」と聞くので、わからないというと、「一キロだよ一キロ」とうれしそうに言いました。手術する前に看護師さんに「切り取った胃の目方を測ってくれ」と頼んでおいたのだそうです。そしたら、一キロだったそうです。それらを詠んだ句は句集『師の掌』にあります。〈切除する一キロの胃や秋夜更く〉です。その他に〈魂迎へ外科病棟に入院す〉〈武士の切腹思ふ露の月〉もあって、入院する当時の状況を語っています。福田さんの俳句への執念を思い知ったような気がしました。

福田さんの遺句集『師の掌』に〈わが額に師の掌おかるる小春かな〉の句があります。それは十一月二十六日に、龍太先生ご夫妻のお見舞いを受けた時のことを詠まれた句です。二人の間に祈りのような時が流れたに違いありません。師の掌は暖かく、やさしく、そして静かだったと思います。

十二月に史子さんと二人でお見舞いに行った時は、もう殆ど起き上がれず居間に置かれたベッドで休んでいました。奥様が姥貝のスープを作って来てくださったのですが、一匙だけようやく飲み込んだのですが、「もう、いい」と言ってすぐに横になってしまいました。

そして、年が明けた一月四日に再度入院しました。白根徳洲会病院は自宅とはすぐ目と鼻の先なんです。福田さんがこの病院を選んだのは、奥様のことを思ってのことだと思います。その頃はまだ中部横断自動車道が開通していなくて、病院の西の方に建設中だったんです。お見舞いに見えた柴田三津雄さんが福田さんに「中部横断自動車道の下を飛ぶ燕を今年初めて見ましたよ」と話し掛けられたようです。自然の変化に一番敏感な福田さんを思いやってのことであったと思います。その時の作品が〈初燕新橋梁をめぐりをり〉。福田さんの最後の句になりました。目を閉じて橋梁を飛び交う燕を想像していたのでしょう。福田さんは龍太先生のお宅へ行くのに、どこを通れば一番早く行けるか、いろいろな道を試していました。車に乗ったときなど「こんどこっちを通ってみてくれるけ」といわれたことがあります。最後は「どこを通っても同じだな」という結論だったようです。中部横断自動車道の開通を見ることなく逝ってしまわれましたが、開通したら真っ先に「先生！」といって山廬の門を潜ったでしょう。

四月二十四日。午前十時、龍太先生と秀實さんご夫妻がお見舞いに来られました。その時、福田さんは昏睡状態で意識がありませんでした。龍太先生が傍に寄って耳元で「甲子雄さん、甲子雄さん」と声を掛けられました。何べんも「甲子雄さん、甲子雄さん」と呼び続けました。するとその声に応えるように右手がそろそろと胸のあたりまで上がってきました。覆い被さるようにして龍太先生はその手をしっかりと握りました。福田さんは龍太先生との最後のお別れをしたのです。病室には秀實さんご夫妻、中村誠さん、齋藤史子さんと私がいました。奇跡的な出来事でした。その時のことは強く印象に残っていつまでも消えません。

翌四月二十五日午前二時五十分福田さんは亡くなりました。その日の明け方、飯田家の廊下を歩く音がしたそうです。あれは確かに福田さんの足音だったと龍太先生の奥様が、後日話してくださいました。

福田さんの遺志を受け継いで

「よく見て作れ」「いろいろ言わないで、ゐたりけり、なりにけりでいいんだぞ」「困れば〈山の風〉だ」「季語の説明は要らんぞ」など福田さんの俳句に対する助言は具体的で的確でした。あるとき、最晩年でしたが、「敏子ちゃん、俳句は愛だよ」といつもの大きな声でいいました。「愛」はわかるのですが「俳句は愛だよ」といわれても具体的ではないのでよくわかりません。「どういうことですか」と聞き返せばよかったのですが、それもしないまま、「ああ」と思ったきりになってしまいました。そのとき「愛だよ」と福田さんが感得したのは「龍太先生の俳句」からではないだろうかとふと思ったことは覚えています。肝心なことを聞き忘れてしまいましたが、「俳句は愛だよ」は重要な福田さんの最後のメッセージです。

『草虱』には追悼句が多いのです。「悼む」の前書を数えてみたら、十四句ありました。ご本人も〈遠野火や死は同齢にまでおよぶ〉を作っておられるほどひしひしと「死」が周辺に顕《た》ちはじめてきたのを感じとっていたのでしょう。『師の掌』の中にも四句ありましたが、中でも平成十六年三月福田さんの蛇笏賞受賞を見ることなく逝った飯野燦雨さんへの思いははかり知れないでしょう。『師の掌』には〈立会へぬ死の儀式あり春北風〉がありますが、いつだったか、「お墓参りに行きたいじゃんなあ」とぽつりと言ったことがあります。誰のということはありませんでしたが、親交のあった誌友ということでしょうか。「行きたいじゃんなあ」が私に向けられていたとすれば、東北の句会でお世話になった花巻の藤原雉子郎さんのことかもしれません。雉子郎さんは平成十五年七月二日に七十六歳で逝去されています。福田さんは龍太先生に同行して全国の句会に出席されていましたから、親交の深かった方は大勢いたに違いありません。「お墓参りに行きたいじゃんなあ」が私の宿題のようになって、これをやり遂げなければ今度は私が死ねないような気がしているのです。福田さんの遺志を継いで動けるうちに墓参の行脚に出なければと思っています（笑）。

おわりに

お目にかかるたびに、保坂敏子氏は「おしとやかな深窓の麗人」という印象は変わらない。にっこりとした表情で語る福田甲子雄についての思い出話は、真にいきいきと起伏に富み、充実感のうちに終了した。保坂氏は一九六八年、「雲母」の編集同人であった福田甲子雄との出会いが俳句を始めるきっかけであったという。その後、「雲母」への投句はもとより、第一句集『芽山椒』は龍太先生から「敏子さんは作品『春の夢』によって、第七回の雲母選賞を受賞した。（略）敏子さんは、大内史現氏についで最も若い受賞者である」との序文を頂いたように、「雲母」の優秀な作家として活躍されてきた。

この度の最後の話では「福田さんは龍太先生に同行して全国の句会に出席され、親交の深かった方は大勢いた。福田さんの〈お墓参りに行きたいじゃんなあ〉が私の宿題のようになって、福田さんの遺志を継いで動けるうちに墓参の行脚に出なければと思っています」と語られたのが印象的だった。

董振華

保坂敏子の福田甲子雄20句選

行く年の追へばひろがる家郷の灯　『藁火』
蜂飼の家族をいだく花粉の陽　『〃』
枯野ゆく葬りの使者は二人連れ　『〃』
生誕も死も花冷えの寝間ひとつ　『〃』
暗き家に暗く人ゐる旱かな　『〃』
眠る田に三日つづきの嶽颪　『青蟬』
ふるさとの土に溶けゆく花曇　『〃』
子に学資わたす雪嶺の見える駅　『〃』
濡紙に真鯉つつみて青野ゆく　『〃』
稲刈つて鳥入れかはる甲斐の空　『白根山麓』
鉄道員雨の杉菜を照らしゆく　『〃』
母郷とは枯野にうるむ星のいろ　『〃』
真夜中を過ぎて狂へる涅槃西風　『〃』
春雷は空にあそびて地に降りず　『盆地の灯』
えご散るや大悲にすがるほかはなし　『〃』
畝ひとつ立てて日暮るる師走かな　『草虱』
どんどの火跳ねてふるさと逃げもせず　『〃』
落鮎のたどり着きたる月の海　『師の掌』
わが額に師の掌おかるる小春かな　『〃』
散る花の石に巌に行く雲に　『〃』

福田甲子雄（ふくだ　きねお）略年譜

昭和2（一九二七）　山梨県中巨摩郡飯野村（現・南アルプス市飯野）生まれ。

昭和22（一九四七）　「雲母」に入会、飯田蛇笏に師事。

昭和35（一九六〇）　飯田龍太選に投句し龍太に師事。

昭和38（一九六三）　「雲母」編集同人（終刊まで）。

昭和44（一九六九）　第五回山廬賞受賞。

昭和46（一九七一）　第一句集『藁火』（雲母社）。

昭和48（一九七三）　角川源義共著『人と作品・飯田蛇笏』（桜楓社）。

昭和49（一九七四）　第二句集『青蟬』（牧羊社）。

昭和53（一九七八）　『季題入門』（有斐閣）。同年『わが愛する俳人』（有斐閣）。

昭和57（一九八二）　第三句集『白根山麓』（角川書店）。

昭和60（一九八五）　作品鑑賞『飯田龍太』（立風書房）。

昭和62（一九八七）　第四句集『山の風』（富士見書房）。同年、『自句自解１００句選―福田甲子雄集』（牧羊社）。

昭和63（一九八八）　『飯田蛇笏』（桜楓社）。

平成1（一九八九）　『秀句三五〇選13　農』（蝸牛社）。

平成3（一九九一）　『龍太俳句３６５日』（梅里書房）。

平成4（一九九二）　第五句集『盆地の灯』（角川書店）。同年、「白露」創刊同人。

平成6（一九九四）　『福田甲子雄句集』（砂子屋書房）。

平成8（一九九六）　『飯田蛇笏』（蝸牛社）。

平成10（一九九八）　句集『白根山麓』文庫版（邑書林俳句文庫・邑書林）。

平成11（一九九九）　『入門講座　肌を通して覚える俳句』（朝日新聞出版）。

平成13（二〇〇一）　『飯田龍太の四季』（富士見書房）、『蛇笏・龍太の山河』（山梨日日新聞社）。

平成14（二〇〇二）　第二十五回野口賞受賞。

平成15（二〇〇三）　第六句集『草虱』（花神社）。同年、合同句集『俳句集　南アルプスの四季』（山梨日日新聞社）。同年『蛇笏・龍太の旅心』（山梨日日新聞社）。

平成16（二〇〇四）　句集『草虱』にて第三十八回蛇笏賞受賞。同年、『忘れられない名句』（毎日新聞出版）。

平成17（二〇〇五）　廣瀬直人、福田甲子雄監修『飯田龍太全集』（角川学芸出版）。第七句集『師の掌』（角川書店）。同年、『蛇笏・龍太の希求』（山梨日日新聞社）。四月二十五日永眠。

平成30（二〇一八）　『福田甲子雄全句集』（福田甲子雄全句集刊行委員会・ふらんす堂）。

保坂敏子（ほさか　としこ）略年譜

昭和23（一九四八）　山梨県生まれ。

昭和44（一九六九）　「雲母」入会、飯田龍太に師事。

昭和58（一九八三）　第七回雲母選賞受賞。

昭和61（一九八六）　句集『芽山椒』（牧羊社）。

平成5（一九九三）　俳誌「白露」同人。

平成25（二〇一三）　俳誌「今」編集人。

令和5（二〇二三）　『語りたい龍太　伝えたい龍太　―20人の証言』の語り手として参加。


現在、山日文芸俳句欄（山梨日日新聞）選者。

第9章

長谷川耀が語る川崎展宏

（二〇二四年五月二十七日　長谷川氏の鎌倉の仕事場にて）

はじめに

長谷川櫂氏のお名前は朝日俳壇の選者で知り、「川」と「櫂」が漢詩的で格好良いと心に刻んだ。二〇一九年二月に兜太師一周忌に合わせて句集『聊楽』を刊行した時、仲間の俳人の他に、師と親しかった俳人にも差し上げたいと、師の御子息の眞土氏に相談したところ、長谷川櫂氏を推薦され、お送りした。嬉しいことに、四月二十六日付の読売新聞で氏が担当される「四季」で拙句〈未知の太古に続くなり蟻行く地〉が取り上げられた。また中国で刊行した『金子兜太俳句選訳』を送った時も二〇二〇年三月三十日付の「四季」に取り上げて頂いた。二〇二三年二月、黒田杏子先生の紹介で氏の俳句を中国語に選訳し、毎月十句を氏のＨＰサイト「俳句的生活」に掲載。更にサントリー文化財団の海外出版助成金を得て二〇二四年十月中国で『長谷川櫂俳句選訳』の書名で出版できた。今回、氏の書き下ろし原稿を元にして語っていただいた。

董振華

展宏さんの人生について

川崎展宏さんとその俳句の「つつましい世界」についてお話しする前に、別の話をしておきたいと思います。

最近、ウクライナの詩人オスタップ・スリヴィンスキーさんの『戦争語彙《ごい》集』を読みました。二〇二二年二月ロシアの侵攻がはじまった直後、ウクライナ東部リビウ中央駅でポーランドへ脱出する避難民からスリヴィンスキーさんが聞き取って小さな話（散文詩）にまとめたものです。

目次に並んでいるのは『戦争語彙集』というタイトルから想像される「戦争の言葉」ではなく、たとえばバス、スモモの木、おばあちゃん……というふうにどれも日常生活で使われる「ふつうの言葉」です。そんなふつうの言葉が戦争によってみな別の意味を持ちはじめた、つまり言葉もまた戦争によって変わったというのが、この本を貫く大きなテーマになっています。人間が戦争を記憶するように、言葉もまた新たな意味

新宿ボルガにて　1987年12月　　写真提供：ご家族

を刻まれることによって戦争を記憶するのです。
そのなかに「住宅」という話があります。語り手はキーウ在住のドミトロさん。「並び立つ建物を見わたしてゆくと、壊された台所や寝室の残骸、子ども部屋の壁紙、浴室にあった鏡の破片などが目に入りました」とはじまる短い文章です。ここに出てくる「壊された台所や寝室の残骸、子ども部屋の壁紙、浴室にあった鏡の破片」などはふつうみな家の壁や屋根の奥に大事にしまわれているもの。それはみな、それまで家の中で営まれていた幸福な暮らしの残骸です。それが爆撃によって白日のもとに晒されている異様な光景です。

この小さな話から私があらためて思うのは、人間の幸福はいつの時代、どこの国でも（ウクライナでも日本でも）幾重にも囲われた家の中で、つつましく守られてきたのではなかったかということです。そんなことはふだんあまり意識することはありませんが、戦争で家が破壊され、台所や寝室や子ども部屋や浴室の鏡などがみなむき出しになって、人々がそれまで守ってきた幸福というもののつつましさを目の当たりにするのです。

今の時代を振り返ってみれば、私たちは人々の暮らしがまとっていたつつましさ、人間の幸福のつつましさというものを急速に失いつつあるのではないでしょうか。テレビのバラエティ番組のバカ笑いやインターネット上の口汚い応酬が幅を利かせる変な時代を生きているような気がしてなりません。社会の騒々しいバラエティ化は日本が戦争に負けたとき（一九四五年、昭和二十年）にはじまったとみてもいいし、高度経済成長時代（一九五四―七三年、昭和三、四十年代）からとみてもいいのですが、二十一世紀に入って著しく加速していることは間違いありません。

展宏さんは私の父と同じ昭和二年（一九二七年）広島県呉市の生まれ、二〇〇九年（平成二十一年）に八十二歳で亡くなっています。終戦の時、十八歳。それ以降の六十数年間は戦後のバラエティ社会の中で生きてきたことになります。

展宏さんは一月十六日が誕生日ですから終戦のとき十八歳でした。昭和十八年（一九四三年）に徴兵年齢が二十歳から十九歳に引き下げられていましたが、展宏さんは十七歳で肺浸潤になり療養生活がつづいていたので戦争にはいっていません。私の父は十月十四日が誕生日で終戦のときまだ十七歳でした。しかし展宏さんも私の父も同じ世代の若者たちが戦争で命を落とし、もし戦争が長引いていたら自分たちも戦争で死んでいたかもしれない世代の一人です。

展宏さんの人生について考えるとき、頭に浮かぶ二人の小説家がいます。太宰治（一九〇九―四八年）と三島由紀夫（一九二五―七〇）です。太宰は展宏さんの十八歳上、三島は二歳上、ほぼ同年代の作家ですが、二人はバラエティ化する戦後の日本を生きようと戦い（二人の戦い方は違いましたが）、二人とも敗れて自殺しました。太宰は戦後の日本とどうにか折り合おうとするのですが、すぐに自分の姿がバカバカしくなり放り出します。三島は戦後の日本に真正面から戦いを挑み、劇的な（悲劇的なというよりは喜劇的な）最期を迎えます。太宰は恋愛、三島は政治という衣をまとってはいますが、その衣の下にあるのはどちらも戦後の日本への諦めであり嫌悪でした。三島の遺作となった『豊饒の海』四部作最終巻『天人五衰』はいかがわしい戦後日

NHKラジオ「日本文化のここが好き・外国人俳句に挑戦」のスタジオで
1989年11月3日　　写真提供：ご家族

本を嘲笑う絶望の作品です。

彼らがなぜ戦後社会と戦ったか、戦わねばならなかったか、戦えたかといえば、どちらも戦前の日本で育ち、そのころの日本人のつつましさをよく知っていたからです。戦前の人々の暮らしのつつましさを失くしてゆく、というか振りすてて進む戦後の社会が許せなかったのです。展宏さんは自殺こそしませんでしたが、戦後のバラエティ化する日本に日々じっと耐えながら長い人生を生きてきたと思います。

展宏さんは戦後のバラエティ社会の何に耐えていたのかといえば、まず騒々しさ、軽薄さ、バカバカしさです。その反面、惜しんでいたのはバラエティ化によって影を潜めてゆく昔ながらの日本人のつつましさだったと思います。笑うことと笑わせることはまったく違います。笑うとは何かおかしなことがあっておのずと笑ってしまうことですが、笑わせるとはおかしいことが何もないのに無理に(巧みに)笑いを強いることです。おかしなこともなく笑うのですから、笑わせられて起こる笑いは空虚な笑いです。戦後日本の社会はそんな空虚な笑いを真ん中に抱え込んでいるのではないでしょうか。

　黒縁のメガネの奥でときおり見せる苦いものを噛み潰したような展宏さんの表情。あれはその場の何か誰かの一言がイヤだというのではなく、自分が生きているこの世界が芯からイヤなのだという表情でした。展宏さんの俳句を読む場合、言葉の表面の意味だけでなく、言葉の表情から言葉の背後にある展宏さんの思いを読み取らなければなりません。

鮎の腸《わた》口をちひさく開けて食ふ　『義仲』

　この句の意味は説明するまでもありませんが、なぜ「口をちひさく」なのか、これはよくよく考えてみる必要があります。鮎の腸（鮧《うるか》）がほんの微小のものであり、旨くてたまらないものだからというのは理屈です。この「口をちひさく」は展宏さんが理想とし憧れもする昔ながらの日本人のつつましさの表れにほかなりません。これがもし「口を大きく」だったら、それこそテレビの大食い番組になってしまいます。

　この句の入っている句集『義仲』の題は『平家物語』に登場する木曾義仲の義仲です。単純な人柄ゆえに老獪《ろうかい》な権力者たちに弄ばれて敗れ去る武将です。敗者の純粋さ、つつましさを一身に体現したところがあって、そんなところが展宏さんのお気に入りの人物ではなかったかと思います。

展宏さんとの思い出

　展宏さんといえば、忘れがたい思い出があります。朝日俳壇の選句会はコロナ以降一週おきになっていますが、コロナ以前は毎週金曜日、四人の選者が東京築地の朝日新聞社の一室に集まって一万枚前後のハガキの山からそれぞれ十句を選んでいました。私は二〇〇〇年に選者になりましたので、二〇〇六年に展宏さんが選者を辞めるまで六年間毎週お会いしていたことになります。選句中は選句ばかりしているのではなく、屋根に星を見る台を造ったとか（稲畑汀子さん）、トランプもアベも大嫌いだとか（金子兜太さん）、いろんな話をします。一週間に数時間としても毎週ですから家族や友人並みに濃密な関係が生まれます。

　二〇〇四年のアテネ・オリンピックではレスリング

の浜口京子選手が銅メダルを取って世間は大いに盛り上がっていました。お父さんはプロレスラーのアニマル浜口さん。テレビには毎日のように二人がマッスルポーズで腕や肩の筋肉をふくらませながら「気合いだ！　気合いだ！　気合いだ！」と賑やかにまくしたてる姿が流れていました。

第五句集『虚空』の読売文学賞受賞式にて　左から川崎展宏、大岡信、長谷川櫂
2003年2月　　写真提供：長谷川櫂

選句会でも浜口父娘の話になって、そのとき展宏さんが誰にいうともなく「江戸っ子はあんなものじゃない。ひっそりと生きていたんですよ」とぽつりとつぶやいたのです。お父さんのアニマル浜口さんは島根県生まれですから江戸っ子ではありませんが東京浅草に道場があり、浜口選手はそこで生まれて育った江戸っ子です。当時のテレビは元気な江戸っ子レスリング親子として鳴り物入りで放送していたのです。

私は熊本の生まれで江戸っ子からすれば田舎者ですから、江戸っ子がどんなものかわかりません。ただチャキチャキの江戸っ子というし火事と喧嘩は江戸の花ともいうので、五月の初鰹のように威勢よくて喧嘩っ早いのが江戸っ子だろうと思っていました。そのとき展宏さんが「江戸っ子はあんなものじゃない。ひっそりと生きていたんですよ」とうそぶいたのはちょっと意外だったのです。

今は別の場所に移っていますが、日本橋で代々着物の仕立てをしてきた尾張屋という仕立屋があります。今のご主人とご縁があって「きごさい」（季語と歳時記の会）のZoom講演会で着物について話していただいたことがあるのですが、お付き合いしているうちにだんだんわかってきたのは、六本木だ渋谷だと騒々しい東京の奥には江戸の昔からつづくしっとりした風情の東京が今もあるということです。明治の文明開化、大正の関東大震災、昭和の戦争と戦後の高度成長にもかかわらず、隣に歌舞伎の看板役者の娘さんが住んでいたり小学校からの同級生が料理屋の主人だったり、どこからか稽古の篠笛の音が聞こえてきたりする江戸っ子たちの静かで心豊かな生活が今もひっそりと営まれています。

ややもすると高層ビルや美術館や音楽ホールを文化と勘違いしがちですが、その奥のほの暗がりでつづいている昔ながらの人々の暮らしこそ本物の文化だろうと思うのです。今年の夏、家内と白金台の奥まった寿司屋で尾張屋のご主人にご馳走になったとき、展宏さんが「江戸っ子はひっそりと生きていたんですよ」と言っていたのを思い出しました。

展宏さんのつぶやきは江戸っ子についての世間の誤解に対する異議申し立てだったのですが、江戸っ子だけでなく日本人さらに広くいうと人間についての展宏さんの意見表明だったのではないかと思います。戦後の日本の社会が騒々しいバラエティに成り下がっているのなら、展宏さんのつぶやきは戦後の日本に対する異議申し立てでもあったはずです。日本が戦争に敗れてからずっとこらえてきた戦後社会に対する展宏さんの違和感（怒りといってもいいのかもしれません）が、浜口父娘の「気合いだ！　気合いだ！　気合いだ！」に触発されて、あのつぶやきとなって溢れ出たのではないかと思うのです。

つつましい人でありたいという願い。展宏さんという人の根っこにあるらしいこの願いが俳句に影響を与えないはずはありません。このことに思い至れば展宏さんの俳句は扇を開くように鮮やかに生きて動きはじめるのではないかと思います。

『義仲』からもう一句引くと、

うしろ手に一寸《ちよつと》紫式部の実　『義仲』

誰かうしろ手に紫式部の実のついた小枝を持っているのです。紫式部は秋に紫色の小さなつややかな実を

NHK出版「俳句春秋」4月号「俳句とともに」のインタビューで
2003年　　写真提供：ご家族

結びます。紫の実なので紫のゆかり物語『源氏物語』を書いた紫式部の名をもらっています。この句の場合、男でも女でも構いませんが、大事なことはうしろに持った紫式部の実が前にいる人からは見えないことです。写真で撮れば人物の姿だけ、紫式部の実は写りません。この句の読者はうしろ手に持った紫式部の実を心の中で思い浮かべることになります。別の言い方をすれば、「うしろ手に」という言葉の幻術によって目には見えないはずの紫式部の艶やかな紫の実を心の中に浮かび上がらせるのです。

『新古今和歌集』の時代、それまでの和歌の伝統のすべてを引き受けながら斬新で革新的な和歌の世界を切り開いた藤原定家（一一六二―一二四一）に有名な歌があります。

見わたせば花も紅葉もなかりけり浦のとまやの秋の夕暮

目の前に広がるのは秋の夕暮れの海です。花も紅葉もないのですが、あえて「花も紅葉もなかりけり」と言葉にすると読者の心には野山の桜や紅葉がありありと浮かび上がります。これがないものを描き出す言葉の幻術です。

紫式部の実の句を詠んだとき、展宏さんはこの定家の歌の幻術をはっきりと意識していたはずです。ただここで忘れてならないのは花も紅葉も「なかりけり」と打ち消すことによって逆にあるかのように浮かび上がらせる、消すことによって表すというつつましい言葉の使い方です。

展宏さんの句で定家の「なかりけり」と同じ働きをしているのは「うしろ手に」です。この「うしろ手に」によって展宏さんは読者の目から紫式部の実を覆い隠してしまう。隠すことによって、かえって読者の心の中に紫式部のつややかな実をよみがえらせる。それも「一寸」です。心憎いばかりの念の入れ方ではありませんか。そんな劇的なことを紫式部の実というささやかな草木の世界で大胆にやっているのです。言葉の伝統が人から人へ、時代から時代へと脈々と伝わってゆく一つのいい例ではないでしょうか。

この句の読者は、このとき展宏さんの頭の中で起こっていた劇的で大胆なドラマに気づかなくてはなりません。そこに気づかないかぎり、この句を読んだ、展宏さんの句を読んだとはいえません。しかしそんなことは期待できない時代になりつつあるようです。先日もある講座で『おくのほそ道』の山中温泉のくだりにある曾良（一六四九—一七一〇）の、

行き行きてたふれ伏すとも萩の原　曾良

この句について参加者の感想を聞いたところ、「さらっと詠まれていて悲壮さは感じられない」「芭蕉との別れにのぞみながら気楽な句」という意見が大半でした。この句の軽々とした言葉の背後には芭蕉を残して旅立つ曾良の慟哭の思いが潜んでいるのですが、それを指摘したのは数人でした。その前の金沢で芭蕉（一六四四—一六九四）が詠んだ、

塚も動け我が泣く声は秋の風　芭蕉

この句のように激しい言葉で書かれていれば芭蕉の慟哭に気づく。ところが淡々と書かれた曾良の慟哭には気づかない。軽く書かれていれば気楽な句としか読

朝日俳壇担当の内藤好之記者の送別会にて　左から川崎展宏、金子兜太、内藤好之、稲畑汀子、長谷川櫂
2003年6月27日　　写真提供：長谷川櫂

まない、読もうとしない、読めない。これでは芭蕉も「かるみ」もあったものではありません。そんな読みをする人は展宏さんの紫式部の句をどう読むのか。これからの日本語はどうなってゆくのか。戦後の日本の病はここまで進んでいます。

展宏俳句のつつましい世界

展宏さんが亡くなったあと、美喜子夫人みずから編集した年譜（『春 川崎展宏全句集』）をみると、展宏さんは「昭和二年（一九二七）一月十六日、広島県呉市の母方の祖父母の家で生まれる。父松平、母喜代子の長男。本名展宏《のぶひろ》。父は海軍士官。小学校入学まで、父の転任に伴い、舞鶴、横須賀、東京の各地を転々とする」とあります。展宏さんについて考える際、いくつもの手がかりが書いてありますが、ここで重要なのは昭和二年、海軍士官の子として生まれ、つまり戦前の軍人の家庭で育ったということです。

思い出すのは私が新聞記者をしていたときにインタビューした歌人の齋藤史さん（一九〇九―二〇〇二）の

ことです。長野市のご自宅をつづけて何度か訪ねて話を聞き、三回の記事にしました。話の内容をテープに録って、あとでメモを見ながら文章にするのですが、そのとき驚いたのは齋藤さんは原稿を読み上げたのではないのに、テープに録音された齋藤さんの話をそのまま文字にすれば、みごとな文章になるのです。ほとんど手を加える余地がありません。このとき齋藤さんの頭の中ではどんなことが起きていたのか、想像してみるときっと齋藤さんは文章を書くように話していたのです。これはいろんなことを考えさせます。

明治の言文一致運動以来、日本人は話すように書くことを追求してきたのですが、それ以前、明治の初めまでの日本語は話し言葉と書き言葉が異なっていました。話し言葉の日本語は多くの人が使えますが、書き言葉の日本語は習った人しか書けません。明治政府が中央集権の国民国家を創ろうとしたとき、このままでは政府や会社の文章がすべての人に読めるわけではないので国家も会社も動きません。そこで話し言葉のような書き言葉を模索しはじめました。これが言文一致運動です。言文一致といっても言に文を一致させる運動だったのです。こうしてできた書き言葉が現在の口語文です。これに対してかつての書き言葉は文語文と呼ぶようになりました。

口語文誕生の影で重大な欠落が生じます。かつて文語文が書けた人々は話すとき、文語文を規範としていわば書くように話していたのですが、新しい口語文を書く人々には書くための規範が何もないということです。この二つのグループは当時の階層とほぼ重なります。前者は上中層の人々、後者は下層の人々に相当します。

齋藤さんは明治四十二年（一九〇九年）東京四谷で陸軍少尉の娘として生まれました。決して裕福ではありませんが、当時の軍人の家庭では昔ながらの気風が守られていて、大人も子どもも男も女もふだんからきちんと話すことが当たり前だったのではないでしょうか。好きなようにダラダラ話すのは厳しく戒められていたはずです。私がインタビューで聞いた齋藤さんの話は明治、大正、昭和と四谷の軍人の家庭で使われていた話し言葉だったのです。私は戦後の生まれですから、自分の好きなように話しなさいというだけで、齋藤さんのような厳格な話し言葉教育を受けていません。講演やインタビューの録音を文字で書き起こすと、恥ずかしいことに相当手を入れることになります。齋藤さんの整然たる話し言葉に感嘆したのはそんなわけです。

　齋藤さんが四谷の軍人の家庭で少女時代を過ごした明治末期、大正時代は関東大震災を経て戦前の昭和へ続いています。それは谷崎潤一郎が『細雪』に書いた時代であり、展宏さんが海軍軍人の家庭で育った時代と重なります。日本のつつましい生活文化がまだ残っ

多摩動物公園で　うしろに犀がいる。
2004年　写真提供：ご家族

ていた戦前の昭和という時代を知っていたことが、戦後という新しい時代に対して展宏さんが抱いた「おそらく自分は場違いな時代を生きているのではないか」という違和感を生み出したのではないかと思います。

　誰も時代から逃れることはできませんから、不幸にも時代への違和感に気づいたら自殺か出家か、昔から道は二つしかありません。自殺は命を絶って時代から脱出することですが、今の時代、出家しても時代の喧騒から逃れられませんから、むしろ時代の片隅でひっそりつつましく生きるのが昔の出家のようなものではないでしょうか。

熱燗や討ち入りおりた者同士　『夏』

　討ち入りといえば元禄十四年（一七〇一年）、赤穂藩浪士の吉良上野介邸襲撃事件です。この句は討ち入りから何かの事情で脱落し、世を忍んでひっそりと暮らして居る二人の男が熱燗をちびちびやっているところですが、どこか展宏さん自身と重なるところがあります。二人の男が討ち入り後の変な歳月を生きているように、戦争に敗れてその前とまったく違う変な時代を

生きている、展宏さんのそんな気持ちの伝わってくる句です。

美喜子夫人の書いた年譜にもう一度目をやると、山形県米沢市立米沢短期大学（現在は県立）国文学科の助教授時代、「昭和三十八年（一九六三）三十六歳　五月、短大の宮崎晴美（旧制高校の恩師でもあった）夫妻の媒酌により加藤美喜子と結婚」とあります。美喜子夫人は食物学科の助手でした。三十六歳ですから晩婚であり十四歳若い人との結婚でした。北国のミッションスクールを舞台にした石坂洋次郎の『若い人』を思わせる展開です。

このときから展宏さんと美喜子さんのつつましい生活がはじまりました。年齢の離れた夫婦の場合、夫は妻にどう向かい、妻は夫にどう向き合うのか、兄と妹ときには親子のような愛情と距離が保たれるのではないかと思います。美喜子夫人は自分と違って戦争のことを何も知らない「無垢の人」です。それが展宏さんにとって安らぎであり救いでさえあったのではないかと思います。

あるとき美喜子夫人から展宏さんには「自殺願望がありました」とショッキングな、それでいて妙に納得するところのある話を聞いた覚えがあります。展宏さんは最晩年、前立腺癌の治療を受け、パーキンソン病にかかり、さらに鬱病の症状が加わりました。美喜子夫人は七年間、看病しました。「どこが痛いとも何をして欲しいともいわないので、私はストレスで声がこんなに嗄れてしまいました」。よく死を覚悟するといいますが、展宏さんの場合、わが身を死の手に委ねるというか美喜子夫人の言葉どおり、夏目漱石の『こゝろ』の先生のように死ぬ機会を密かに待ち望むところがあったかもしれません。

桜貝大和島根のあるかぎり　『夏』

この句は大和島根（日本）があるかぎりといいながら、何がそうなのか明かされていません。桜貝がそうなのだと一応とるとしても、桜貝を超える何か大きなものへの静かな祈りの句です。「大和島根のあるかぎり」という大きな祈りを抱きながら、決してすべては明かさない。「桜貝」と置くだけ。じつにつつましいたたずまいの句です。

おわりに

長谷川櫂氏は俳人、俳文学者、評論家。松尾芭蕉と飯田龍太への研究は造詣が深く、二人の俳句から受けた影響も深いと考える。この度語って頂いた川崎展宏とは、ともに朝日俳壇選者であり、日々の交流が多かった。長谷川氏が親交を結んだ人の視点から、展宏像を簡潔明瞭に組み立て表わしてくださった。

展宏氏の人生を語るに当たっては、太宰治と三島由紀夫との比較、とりわけバラエティ化する戦後の日本をどう生きるかについて異なる歩みを選んでいることが分かり、また、展宏氏との思い出については朝日俳壇の四人の選者の仕事以外のそれぞれの関心事や趣味について語ることによって見事に引き出している。そして、展宏の俳句世界については歌人の齋藤史との比較を通して、同じ軍人の家庭で育てられ、昔ながらの気風が守られていることであるからこその「つつましい俳句の世界」を形成していたことが分かり、心を打たれた。

董振華

長谷川櫂の川崎展宏20句選

虚子に問ふ十一月二十五日のこと如何に　『葛の葉』
うしろ手に一寸《ちょっと》紫式部の実　『義仲』
「大和」よりヨモツヒラサカスミレサク　『〃』
高遠の桜をおもふ眉のうへ　『〃』
押し合うて海を桜のこゑわたる　『〃』
鮎の腸口をちひさく開けて食ふ　『〃』
虫ごゑの千万の燈みちのくに　『〃』
人間は管より成れる日短か　『観音』
あつかんにあらねどもや丶熱き燗　『〃』
鶏頭に鶏頭ごつと触れゐたる　『〃』
熱燗や討入りおりた者同士　『夏』
桜貝大和島根のあるかぎり　『〃』
炎天へ打つて出るべく茶漬飯　『秋』
白桃の皮引く指にややちから　『〃』
冬と云ふ口笛を吹くやうにフユ　『〃』
太陽が月の如しや冬の寺　『〃』
綿虫にあるかもしれぬ心かな　『冬』
吉野よき人ら起きよと百千鳥　『〃』
セーノヨイショ春のシーツの上にかな　『春　川崎展宏全句集』
いろいろあらーな夏の終りの蟬の声　『〃』

川崎展宏（かわさき　てんこう）略年譜

昭和2（一九二七）　広島県呉市生まれ、父は海軍士官。東京府立第八中学校（現・東京都立小山台高等学校）で加藤楸邨に教わり、のちに俳句を楸邨に師事、「寒雷」に参加する。

昭和28（一九五三）　東京大学文学部国文学科卒業。

昭和33（一九五八）　東京大学大学院満期退学。米沢女子短期大学、共立女子短期大学を経て、明治大学法学部教授。

昭和41（一九六六）　『高浜虚子』（近代作家叢書・明治書院）。

昭和45（一九七〇）　森澄雄の「杉」創刊に参加、編集を務める。

昭和48（一九七三）　第一句集「葛の葉」（杉発行所）。

昭和53（一九七八）　第二句集『義仲』（現代俳句選集・牧羊社）。

昭和55（一九八〇）　超結社の同人誌「貂」を創刊。（二〇〇三年まで代表、二〇〇四年より名誉代表）。

昭和57（一九八二）　第三句集『観音』（現代俳句選集・牧羊社）。

昭和58（一九八三）　『虚子から虚子へ』（有斐閣）。

昭和63（一九八八）　『四季の詞』（角川選書・KADOKAWA）。同年、『俳句の世界』（大岡信共著・富士見書房）。

平成2（一九九〇）　第四句集『夏』（現代俳句叢書・角川書店）。同年、「日経俳壇」選者（一九九三年まで）。

平成3（一九九一）　句集『夏』で読売文学賞受賞。同年、『続四季の詞』（角川選書・KADOKAWA）。

平成6（一九九四）　「朝日俳壇」選者（二〇〇六年まで）。同年、『川崎展宏句集』（花神コレクション・花神社）。

平成9（一九九七）　第五句集『秋』（角川書店）。同年、『俳句初心』（角川書店）。

平成10（一九九八）　句集『秋』で詩歌文学館賞受賞。

平成11（一九九九）　評論『俳句初心』で俳人協会評論賞受賞。

平成12（二〇〇〇）　『季語別　川崎展宏句集』（ふらんす堂）。

平成15（二〇〇三）　第六句集『冬』（ふらんす堂）。

平成21（二〇〇九）　十一月二十九日逝去、享年八十二。

平成24（二〇一二）　『春　川崎展宏全句集』（ふらんす堂）。

長谷川櫂（はせがわ　かい）略年譜

昭和29（一九五四）　熊本県生まれ。

昭和53（一九七八）　東京大学法学部卒業後、読売新聞記者になる。

昭和60（一九八五）　第一句集『古志』（牧羊社）。

平成1（一九八九）　俳論『俳句の宇宙』（花神社）。

平成2（一九九〇）　『俳句の宇宙』でサントリー学芸賞受賞。

平成4（一九九二）　第二句集『天球』（花神社）。

平成5（一九九三）　俳句結社「古志」を創刊。

平成8（一九九六）　第三句集『果実』（花神社）。

平成12（二〇〇〇）　朝日俳壇選者。第四句集『蓬萊』（花神社）。

平成14（二〇〇二）　第五句集『虚空』（花神社）。同書で読売文学賞受賞。

平成16（二〇〇四）　読売新聞に詩歌コラム「四季」連載開始。随想集『俳句的生活』（中公新書）。角川俳句賞選考委員。

平成17（二〇〇五）　第六句集『松島』（花神社）。随想集『四季のうた』中公新書。『古池に蛙は飛びこんだか』（花神社）。『一億人の俳句入門』（講談社）。

平成18（二〇〇六）　第七句集『初雁』（花神社）。

平成19（二〇〇七）　『「奥の細道」をよむ』（ちくま新書）。「NHK俳句」選者。

平成21（二〇〇九）　第八句集『新年』（角川学芸出版）。「古志」主宰を大谷弘至に譲る。第九句集『富士』（ふらんす堂）。『長谷川全句集』（花神社。『国民的俳句百選』（講談社）。

平成22（二〇一〇）　『海と縦琴』（花神社）。『子規の宇宙』（角川選書）。『日本人の暦　今週の歳時記』（筑摩選書）。

平成23（二〇一一）　第十句集『鶯』（角川書店）。

平成24（二〇一二）　第十一句集『震災句集』（中央公論新社）。第十二句集『海の細道』（中央公論新社）。第十三句集『唐津』（花神社）。

平成25（二〇一三）　第十四句集『柏餅』（青磁社）。『一億人の季語入門』（角川学芸ブックス）。『一億人の「切れ」入門』（角川俳句ライブラリー）。編『松尾芭蕉　おくのほそ道』（100分de名著ブックス・NHK出版刊。蛇笏賞選考委員就任。

平成26（二〇一四）　第十五句集『吉野』（青磁社）。

平成27（二〇一五）　第十六句集『沖縄』（青磁社）。『一滴の宇宙』（思潮社）。『芭蕉の風雅　あるいは虚と実について』（筑摩選書）。

平成28（二〇一六）　『文学部で読む日本国憲法』（ちくまプリマー新書）。

平成29（二〇一七）　『震災歌集　震災句集』（青磁社）。

平成30（二〇一八）　俳論『俳句の誕生』（筑摩書房）。『九月　長谷川櫂句集』（青磁社）。

平成31（二〇一九）　歌仙集『歌仙はすごい　言葉がひらく「座」の世界』（中央公論新書）。

令和3（二〇二一）　第十七句集『太陽の門』（青磁社）。

令和4（二〇二二）　『俳句と人間』（岩波新書）。『和の思想』（中公新書。

令和6（二〇二四）　『小林一茶』（河出書房新社）。『長谷川櫂 自選五〇〇句』（朔出版）。『語りたい龍太　伝えたい龍太』に語り手として参加。

現在：朝日俳壇選者、ネット歳時記「きごさい」代表、神奈川近代文学館副館長。「蛇笏賞」（角川文化振興財団）、「奥の細道文学賞」「ドナルド・キーン大賞」（草加市）選考委員。

第10章

安西篤が語る阿部完市

（二〇二四年七月二十日十四時　安西氏宅にて）

はじめに

安西篤氏との交流は淡々として長い。最初にお目にかかったのは「海程」の東京例会だが、いつも前の主要同人席に座るお姿を眺めているだけだった。初めて言葉を交わしたのは二〇〇五年、中国漢俳学会が創立された時、金子兜太先生と供に北京へ応援に来てくださった時だった。二〇〇八年には、金子先生の推薦で、氏に付き添っていただき、現代俳句協会事務局に行き、会員に参加した。また、二〇一一年、金子先生が胆管癌で慶応病院に入院された時と、先生が亡くなる直前のお見舞い、その後の葬儀の際など、よくご一緒させて頂いた。そして、二〇二二年『語りたい兜太…』に語り手として参加して下さり、その後、『兜太を語る——海程十五人と共に』及び拙句集『静涵』に跋文を書いて頂いた。今回の取材を依頼するや、ご快諾いただいた。取材時期と内容の打ち合わせもすぐ決めた。ともかく、いつも行動が迅速で、文章が綺麗なことに感服している。

董振華

俳句との出会い

私が一人で俳句を作りはじめたのは一九四六（昭和21）年で、十四歳の時です。その年の八月に、私の家族は戦後の地獄絵のような旧満州（現中国東北地区）から、やっとの思いで故郷の三重県に引き揚げてきました。ところが、私が帰国途中で体調を崩してしまったもんだから、結局一年間の休学を余儀なくされることになったんです。

終戦からすでに一年経っていたし、外地で就学時代を空費していたので、さらにもう一年無為に過ごすことに、私は焦りを覚えていました。その時無性に本が読みたかったのですが、戦後混乱期の田舎で読みたい本を得るのはなかなか至難のことでした。そんな折も折、自宅の蔵の中で、亡き祖母が読んでいたとみられる歳時記や俳誌を見つけ、その中の次の一句に吸い寄せられました。〈心澄めば怒涛ぞ聞こゆ夏至の雨〉（臼田亜浪）。私の郷里は三重県南部の雨の多い海岸沿いにあったから、夏場は終日潮騒と雨の音に包まれます。

少年とは言え、静臥の身には、この句の透明な境地が沁み入るように感じられましたね。それ以来、退屈に任せて一人で俳句らしきものを書き散らすようになったわけです。

ちょうどその頃、父は大阪に単身赴任しており、そんな私の様子を母から聞いていたと思うのですが、或る日父から小さな小包が届きました。開けてみると、父が筆写した富安風生の『俳句の作り方』でした。紙も不足していた頃なので、用済みの書類の裏紙を和綴じにした手作り本です。その中に入った栞に、〈妻のこと子のこと今日も花曇〉と書かれていました。父は技術屋で俳句の心得は全くなかったのですが、息子のために図書館で筆写しているうちに、一句ものする気になったのでしょう。後にも先にもこの一句以外、父の俳句を見たことはなかった。私の俳縁はこの時に定まったものだと思いますね。

その後、私は復学して仲間と語らって、文芸部のガリ版誌に自己流の俳句を書き始めました。特に指導者はなく、風生の入門書だけが唯一のガイドブックでした。

ところが、高校二年の春、父の仕事の関係で広島へ転校すると、たちまち仲間も発表の場も失うことになる。転校先は爆心地に近かったため、生徒は各地からの寄せ集めで気心が通じず、俳句仲間も得られなかった。おまけに大学受験を控えて、とても俳句どころで

「海程」創刊二十周年記念大会
左から安西篤　阿部完市
1982年7月25日　写真提供：金子眞土

はなくなり、いつしか俳句から遠ざかってしまったのです。

「胴」「風」を経て

しかし、一度蒔かれた俳句の種は、私の中にしっかりと根付いていたのかもしれないですね。六年後の一九五六（昭和31）年、実社会に出たばかりの私は、再び俳句と出会うことになります。職場の先輩から一冊の句集を見せてもらいました。著者は同じ職場の組合の闘士と謳われる方です。その中の次の一句に目を奪われた。〈コロンパンの朱い菊眩しみ入党せず〉（船戸竹雄）。俳句でこのように屈折した内面のリアリティが書けることに驚嘆させられました。早速ご本人に感想を書いた手紙を差し上げましたら、折り返し返事があって、一度会いたいとのこと。で、お会いすると、二十年ほど年上の大先輩ながら若輩の私に丁寧に礼を述べられた上、仲間とやっている同人誌「胴」に入らないかと誘われたんです。当時の「胴」は梅田桑弧を編集長に、見学玄、船戸竹雄、植村銀歩、朔田恭など、練達の俳人が揃っていました。初学同然の私が同人になるなどおこがましい限りでした。

とはいえ、熱心なお誘いと、新人を分け隔てしない自由な雰囲気に心を動かされ、翌一九五七（昭和32）年に入会したわけですね。

こうして俳人の仲間入りをさせてもらっているうちに、当時の俳壇が戦後の革新の時流に乗って、社会性から前衛ともいわれる熱気の中にあることを知りました。自由なサロン的な雰囲気を持つ「胴」で、のびのびと書かせてもらっていることになんの不満もなかったのですが、次第に戦後俳句の熱気に直接触れてみたいという気持ちが募るようになってきていました。

金子兜太に師事し「海程」へ

ちょうど一九六〇（昭和35）年、角川書店の「俳句」誌に金子兜太の「海程」百句が載っておりました。それを読んで大きな衝撃を受けたような感じになりまして、この人と俳句が作れたらなあという思いが強くなりました。そんな思いから私は、「胴」在籍のまま、一九六〇（昭和35）年から、当時の戦後俳句の拠点と目されていた「風」誌に投句し始めたんです。もちろん、そこに意中の俳人金子兜太がいるからです。

そして、思いもよらず、その翌一九六一（昭和36）年、私が所属していた「胴」の忘年句会に金子兜太が来られたのです。まるで渺たる同人誌でしたから、時の人がよくも来てくれたもんだなあと大変感動しました。憧れの人でもありましたし、こんな偶然がよくあったものだと思いましたね。その時の句会で、魅せられたという感じがあります。ちょうど草田男との論争や現代俳句協会の分裂があって、渦中の人だったわけですね。にも拘わらず、そんな句会に出て来てくれて、しかも、草田男に対する人物評などを闊達に話されたのですが、敵対視しているというよりも客観的でゆとりがあって、ああ、こういうふうに見ていたのかと改めて教えられたような気がします。

兜太先生は当時まだ四十二歳だったんですが、今にしてみると、迫力があるし、貫禄がまるで四十代なんてとても想像できなかったんですね。そして二次会の帰りに「来年、新しい同人誌を作るんだけど一緒にやりませんか」と誘ってくださったのです。これはもう「青天の霹靂」みたいなもので、「私みたいなものがなぜ」と聞きましたら、「今日の句会の句も良かったけれど、「風」の句で前から知っている。今、思い付きで誘っているわけじゃないんだ」とおっしゃるんです。

「海程」創刊二十周年記念大会にて
左から阿部完市、安西篤、佃悦夫
1982年7月25日　写真提供：金子眞土

これを聞いて、ほんとに嬉しくて感動しました。それで翌一九六二（昭和37）年の「海程」創刊の時に四十五名の同人がいましたが、私は第四号から参加させていただきました。そして「海程」の最初の同人総会の時、司会の隈治人さんが金子先生、原子先生と呼んでいたのを、兜太先生の「先生は止めろよ」の一言で、「それでは、大人《たいじん》と言いましょう」って、金子大人、原子大人と呼んでいましたね（笑）。

「海程」四号で阿部完市と出会った

私が阿部完市さんと初めて出会ったのは、たしか一九六二（昭和37）年初秋の頃でした。同人になったのはその年十月の海程第四号からで、阿部さんは私より四歳年上の三十四歳でしたが、海程では同期生ということになります。その時の新同人作品欄で、早くも阿部さんの名声を確かなものにした代表作〈少年来る無心に充分に刺すために〉を発表して、周りをあっと驚かせました。

当時三十代の半ばでしたが、色白小太りで、放牧されたホルスタインのようにでくでくと無造作にやってきては柔らかく優しげな声で、短く痛烈な意見を吐いていました。「ダメダア、コリャー」というのが口癖でしたが、その言葉は不意を突かれるような角度と鋭さで、文字通り「無心に充分に刺」さるような気がしたものです。

阿部さんは精神科医で、その頃は新宿日口駅近くの病院に勤務していました。私はたしか金子兜太師と一緒に会いに行ったような気がします。まだ勤務中でしたから、病院裏口のベンチのような椅子に座ってしばらく話をしました。それが私にとっても兜太師にとっても阿部さんとの初めての出会いでした。その時の印象を兜太師は「診察衣のまま、ふうふうとまるでバッファローのような息遣いで出現した」と書いています（「俳句」平成二十一年七月号）。暑い日で、診察衣と言っても理髪師のようなとっくり首短袖のベン・ケーシー型白衣でしたから、余計精悍に見えたのかも知れません（笑）。ホルスタインがバッファローに変身したような印象でした。別れ際に、私はいつまでもこんなところにいるつもりはないというような事を短く言い切ったのが印象的でした。果たせるかな翌年、浦和で自前の神経サナトリウムを開業します。並々ならぬ野心を感じました。

誰も真似のできない表現の立ち姿

阿部さんの作品は、とにかく早くから誰にも似ていない、真似のできないスタイルを持っていたことだけは確かです。一見先行するだれかれの作品があるように見えても、阿部さんのモチーフはまったく別のものでした。たとえば「少年来る」の句について言うと、世評はその二年前に社会党委員長浅沼稲次郎の右翼少年による刺殺事件が起こっていたために、その事件のリアリティとして持てはやされていました。しかし、阿部さん自身の自作ノートによれば、「私はただ、少年という明るく鋭く、充分に影があって、我儘無惨な存在をふとこのように書いたのだ」という。それは時評的な意味を拒否して、少年という鋭利なモノが理由もなく自分自身を刺し貫いていく身体感覚を書いていたのです。誰かに似ているとすれば、それは阿部自身に似ているとしか言いようがなかった。その独自の俳句領域はまさに孤高のものと言えます。

肉体と意識へのチャレンジ

阿部さんについて印象鮮明に思い出すのは、一九六六（昭和41）年、海程五周年の記念大会での講演で「海程俳句の一側面」と題して、自らのＬＳＤ人体実験を語ったことでした。

この実験は一九五九（昭和34）年勤務医の時代に、他の医師や看護師の管理下で、自ら被験者となって行った実験精神病の体験です。その状態で阿部さんは作句することを計画し、実験前一週間と後一週間にも集中して作句しています。当時誰も俳句でこのような実験ができるとは夢にも思わなかったから、その印象は鮮烈でした。この時の体験を阿部さんはしばしば文章に書いていますが、その成果を次のように結論づけています。

「この作品群の目的は、意識清明という尋常な、正常な人間の状態から自ら逸脱させて、自己の意識をより非在にあらしめて、その意識下の自在によって、作句をより自由気侭に開放して、翔ぼうと企画したのであったが、その狙いは外れた。意識不明、意識混濁の中の作句はやはり不可能で意識清明であることが絶対の不可欠要件であることが分明した——思えば、ひどく常識的な結論ではあった」

ＬＳＤによる意識混濁状態での句は、書いていてもくにゃくにゃぎくしゃくした線や丸が現れるだけで字の態をなさぬものだったというのです。ただ気分としてはひどく明るく浮き浮きした感じだったと言います。その時の句——

沼の中で文字を書いている十指
正常へこんなに重い青鉛筆

これらの作品を読んでも、一応三句体十七音の韻律を揃えており、どこか混濁した自分を見つめているもう一人の自分がいるようです。後日、書いたその時の記憶による句では——

韃靼国よりの金色逮捕状

という映像鮮明な意識状態が出現しており、明らかに創作する意識での造型句になっています。金縛りにあったような身動きできない感じなのに、ひどく豪華な気分だったそうです。では、このような実験は阿部さんにとって無駄な試みだったのでしょうか。そうではありませんでした。

言葉の意味を拒否して言葉を生きる人

阿部さんにとってこの実験は「明らかに異常な時間」でしたが、同時にひどく「非意味」という有用・有意味な時間でもあったのです。正常という意味の「生きている時間」ではないが、「生かされている」という有意義な時間であったと言います。それは「心」という不自由さを強制的に変化させて、一定範囲において「自由」化すること——その一例がＬＳＤ体験であり、異常感覚にまったく作用作動されて「今まで」にはまったく無かった「今・現在」を体験し、その

「今・現在」を写し取った「特別な時間の写生」であったというわけです。そして「意識清明」という正常・日常時間と「意識混濁」という異常・非日常時間という二つの時間態に、内に外に、そしてあるいはその境界に私の「俳句」は存在すると述べています。

つまり俳句という詩形の中に言葉の意味を拒否した意識下の言葉を在らしめる。そして深層にある意識と無意識の自由な往還を辿ろうとする。この作句姿勢は阿部俳句の基本形を決定づけたといっていいでしょう。以下具体的な作品を、時代を追って見てまいります。

講演と自作を読み上げる阿部完市（右）
マルセイユポエジーセンターにて
1997年11月21日　写真提供：伊藤淳子

その句業の時代を追って——出発

阿部さんの俳句の出発は、一九五〇（昭和25）年、二十二歳で医師となり、和歌山の病院に赴任したときの職場俳句会に始まります。翌年、大阪に日野草城を訪ね「青玄」に入会。さらに一九五二（昭和27）年には、西村白雲郷、稲葉直の同人誌「未完」（後「未完現実」と改称）に入会する。このあたりまことに行動力躍如たるものを感じさせます。

面影や港にひらく星祭　『無帽』
眼を開けて感卵産む立派なり　『〃』
夕焼けやぼおんぼおんと地球鳴り　『証』

「面影」の句には、いかにも「青玄」調のモダンな感傷がありますが、「眼を開けて」になると後年の阿部俳句の予兆を感じるような独特の視角が出てきます。そして昭和三十五年の「夕焼けや」となると、ＬＳＤ実験を経た意識下の自在な映像の飛躍が見られるようになる。「ぼおんぼおんと地球鳴り」には、日常のなかの非日常的時間を感じさせます。この頃高柳重信の「俳句評論」に入会しています。

前衛俳句のなかの位置づけ

阿部さんの俳人としての飛躍は、一九六二（昭和37）年の「海程」入会に始まります。まず、その第一声とも言うべき作品で「少年来る」を発表し、金子兜太の激賞を受けました。それからの活躍は瞠目すべきもので、一九六五（昭和40）年の海程賞に続き、一九六九（昭和44）年上梓の第二句集『絵本の空』は、翌昭和四十五年の現代俳句協会賞に繫がります。まだ四十二歳でした。この句集は、それまで「社会性」や「前衛」と呼ばれた戦後俳句の中でも、飛びぬけた異彩を放ちます。

少年来る無心に充分に刺すために　『絵本の空』
ろりろりと印度の少女雲を嚙む　『〃』
夏終わる見知らぬノッポ町歩き　『〃』
ローソクもつてみんなはなれてゆきむほん　『〃』
とんぼ連れて味方あつまる山の国　『〃』

いずれもよく知られている作品です。（「少年来る」の句は前述済み）

例えば、「ろりろりと」では、阿部独特のオノマトペで、不思議の国の印度の少女のありようとその発語感を納得させられます。

「見知らぬノッポ」では長足のピエロのような異邦人のノッポがひとり町を歩いている。そういわれると、夏の終わりの淋しさがどこかおかしげな気配に感じられます。

「ローソク」では、仮名表記だけの韻律を繰り返し読んでいるうちに、なにやら幻想的な地下洞窟のような怪しげな、不穏な孤独感に襲われる。平仮名表記がかえって、お伽話のような優しげな表情と表音を伝えてきます。

「とんぼ連れて」は正に秋の山国ですが、単なる季節感ではない心の景があって、しかもどこか童話的な味わいすら感じさせます。集まりに誘うのは、トンボなのか味方になる人々なのか、その両方のようにもとれて「連れて」くるが働きます。

この一連に阿部さんの幼児体験やメルヘン的世界、あるいは一種の境涯感のようなものを感じる人は多いのですが、そのどれとも言えながら、どれをもはみ出す要素を持っています。作風はそれまでの戦後俳句が目指していたような、現実の中から一つの主題を見出そうとする方向とは明らかに違っていました。

この頃阿部さんは、「俳句評論」のアンケート〈吾等何を詠うべきか〉に対して、まず〈何を詠うべきではないか〉が問題と答えた後、「急にくずれた断層にあらわれた、今までに気づかなかった人間というものの心の投影」を書きたいと述べています。この時期「海程」「俳句評論」という世に「前衛俳句」と称された流れの中に、阿部完市という存在を明確に位置付けたと言えましょう。

左２阿部完市　秋の南仏・俳句交流の旅　現代俳句イベント
マルセイユにて
1997年11月22日　写真提供：伊藤淳子

アベカン俳句の映像と韻律

一九七四（昭和49）年には第三句集『にもつは絵馬』、七八（昭和53）年に第五句集『春日朝歌』、八三（昭和58）年に第六句集『純白諸事』を出し、句作はますます脂が乗ってきます。阿部さんの俳壇登場は昭和40年代ですが、この頃は戦後俳句の前衛期にあって、いわゆる伝統派からの厳しい巻き返しのあった時期でもあります。にもかかわらず、阿部さんは前衛俳句の誰にも紛れない独特の世界を展開し、伝統派の一部からも注目されていました。

しかも一九八一（昭和56）年には、角川書店の『現代俳句大系』の増補版において、それまでこのシリーズでは掲載されていなかった前衛俳人の作として『にもつは絵馬』が収録されました。いわゆる伝統派を含む全俳壇的認知を受けたことになります。

木にのぼりあざやかあざやかアフリカなど　『にもつは絵馬』

栃木にいろいろ雨のたましいもいたり　『〃』

やらやらと朝やってくる蝶氏など　『〃』

中国地方へ一点夏馬かすかであつた　『〃』

太郎月の太朗のお年玉いちふらん　『純白諸事』

「木にのぼり」と「栃木にいろいろ」は、阿部さんの代表句とされています。音韻の響きあいに特色があって、ことに母音律が効果的に働いています。

「木にのぼり」は五八六・十九音のうち十一音が明るい広がりのあるア母音で占められ、アフリカの大景の気分を伝えます。

「栃木に」では八七四・十九音のうち、鋭く繊細で内向的なイ母音を十音駆使して、地名に響き合うおどろおどろしい地霊の時間の堆積を感じさせています。

「やらやらと」は作者が作り出した擬態語で、「やれやれ」と「どうやらこうやら」を足して少し明るく広げた感じです。

蝶氏は蝶を擬人化したものですが、朝のけだるい気分と何となく重たげな蝶の動きが感じられます。

「中国地方」では、大景の夏霞の中に浮かぶ南画のような映像が見えてきます。この中国は日本ではなく、中国大陸のような気がします。

「太郎月」は言葉のリフレイン効果を、ラ行音の軽く滑らかに響きわたる音韻の働きで駆使しています。しかも古季語の「太郎月」（正月）の本意を「いちふらん」という異なったイメージの配合で逆転させ、音の響きあいのゲシュタルトの形を作り出します。言葉のアナグラム化で表現したとも言えます。

天野之弥総領事と阿部完市（左）在マルセイユ日本総領事公邸の歓迎レセプションにて
1997年11月20日　写真提供：伊藤淳子

決して五七五音節を忠実に踏んでいるわけではないのに、言葉の生理感覚で、つまりは言葉の分節化以前の意味の前でとどまるような使い方で、独特の韻律世界を作り上げたのです。当時阿部さんは前衛俳句の渦中にあったわけですが、これまでのいわゆる「前衛俳句」は「形」の前衛であって、意識の前衛ではなかったと言っています。つまり前衛は心をさまざまな絵の形に描いたものであって、「意識」という心の底にある未分化なものを描いてはいないというのです。しかしその前衛の活動は、意識に見るような「心中・心底」の前衛を喚起させるには不可欠な運動であったとも評価しています。それは言葉の生理感覚という表現の基礎構造へのアプローチでしたから、「アベカン俳句」のニックネームをもって、前衛、伝統を問わぬ玄人筋の幅広い支持を得たのです。

意味を超えて直感することば

平成三年に出した第七句集『軽のやまめ』では、第三句集『にもつは絵馬』で確立した表現方法の次を目指して、固有名詞や古典的言葉、さらには外来語や外国語などの表意性、表音性をも生かした言葉の渉猟を続けています。韻律は以前にも増して自在になりますが、不思議に十七音を大きく上回ることはなく、どこか三句体の塊のようなリズム感を持つものでした。

安達ケ原やわれの投球はかーぶ　『軽のやまめ』
海猫《ごめ》群集《ぐんじゅう》大ぶりの島でありけり　『〃』
純粋にあゆをならべてはこわす　『〃』
それ青陽のねぱーるのまんなか小字《こあざ》　『〃』
舞うという淡青《たんせい》ありて野原只中　『〃』

例えば「安達ケ原」の句。芝居にも登場する伝説の地で投球練習をするという幻想的異種配合。しかも外来語の「カーブ」をひらがな表記にしています。これは阿部俳句特有の表記で、外来語に日本語感覚の表音性を持たせているのです。

「海猫群集《ごめぐんじゅう》」では、ルビをふってその音韻の古典的効果を生かしながら、「大ぶりの島」という見立てと平俗な言葉の語感の面白さを仕掛けています。

「純粋に」では、ひらがな表記だけで存在するものの純粋さを捉える。そこには言葉だけでなく、「あゆ」というものの質感が働いていることを見逃せません。「ならべてはこわす」に童画的な味わいも隠されています。

「それ青陽の」は、阿部俳句のもう一つの特色である謡曲の詞を使い、「ねぱーる」という外地を言葉そのものの世界に引き込んで、奇妙な現地感を捉えています。阿部さんは実際にネパールを訪問しているのですが、ここではむしろ原地感ともいうべき遥かなものへの親しみを感じさせます。

「舞うという」は、まったく抽象絵画のような映像ですが、画面の中央に淡青の生命感を一刷け刷いたような、野原の簡明な造型感があります。

阿部さんは、おそらく『軽のやまめ』で「アベカン俳句」の一つの到達点に達したのではないかと思います。昭和四十年代に早くも「アベカン俳句」のニックネームで独自性を確立していましたが、自身は絶えず次なる今を目指して走り続けたのです。そのスピードに多くの読者はついていけず、独自性は認めつつも阿部自身の自己模倣があるという批判さえ生まれていました。その批判を阿部さんは『軽のやまめ』で一度振り切ったと思われます。しかしその到達点にも、安住しようとはしなかったのです。何よりも意味を抜き取った軽やかな韻律で酔わせ、言葉では言い表せない音の味の触感に、さらに貪欲でした。

リズムから単語へ

阿部俳句は初期の頃から、映像よりも韻律への傾斜があったのですが、年を追うにつれてその傾斜角度が急になります。

「ふと言葉と言葉、ふと音と音とが奇妙に結合して、私に何か合図するとき、そこに今までない何かを、私は私から見せつけられた」と阿部さんは言います。

そして「私は私の作句に、言語の韻律による直感的なもの・ことの奥を視たいと企てる。あらかじめ意味・意図をくり返しくり返し作られ言われている（中略）今までと同じ感興へ、いつものところに落ちることを極端に警戒する」「人間感情、情念のくり返し、常同症を私の一句に拒否する」とも。その行き着く先は「言葉自身のブラウン運動のごときあり方、自動運動の軌跡そのもの、偶然そのもの」だというのです。こうなると阿部さん自身にもよく分からない言葉のリズムに乗せられ、或いは乗ってゆくしかないのです。

きりはたりちようつづれさせちよう芸事　『地動説』
おろしやや目がうれしくてならぬなり　『〃』
精神はぽつぺんは言うぞぽつぺん　『〃』
ぽたーじゅすーぷそして女性名詞　『水売』
山 々 や 三 百 六 十 五 日 と 休 日　『〃』

「きりはたり」の句。機織虫やこおろぎが飛び交っているような映像と鳴声が、ひらがな表記の音韻の流れに乗って自由に動きまわり、最後は「ちよう芸事」と、若者言葉の「ちよう」つまり「すげェー」とでも言うようなノリノリの気分で終わる。

「おろしや」は江戸時代の露西亜を指す呼称。阿部さんは実際にロシアも訪問しているのですが、その感動を景からではなく、「目がうれしくてならぬなり」と身体感覚で捉えるのです。

「ぽつぺん」の句。「ぽつぺん」とは、江戸時代からある硝子細工のビードロで、吹き鳴らして楽しむ民芸品。息を吹き込むと底の部分が凹み、口を離すとぽっぺんと音がするもの。薄い硝子の底が精神のようにぽっぺんとはねる。精神はぽっぺんで、ぽっぺんはぽっぺんと音がするという。この場合、精神を意識の働きとみれば、そんな動きが映像的に浮かんできます。ここらあたりまでは、言葉の音の働きがイメージを呼び寄せて、なんとなく腑に落ちる気がします。

しかし、「ぽたーじゅすーぷ」になると、阿部さんは「頭に浮かんだ音、音だけとその弾みに乗って書いてみた」と言います。言葉の自動運動に任せて書いたということですが、確かに音韻の響き合いは感じられるが、具体的な映像は浮かびません。あえて言えば、ポタージュといえばスープが浮かび、そしてフランス料理のメニューの女性名詞が次々と現れてくるということでしょうか。言葉はアナグラムのまま主題を失い、テクストの重層化複線化が行われるのです。阿部さんは「内容を意識するよりまず〈音〉を感じ、信じ、その音の連続のみを意識しつつすらすらと書く」その速度に任せたと言うのです。ここにはもう単語としての言葉から作るリズムではなく、リズムとしての音の働きから、言葉の単語が生まれてくるという自動書記の運動で書かれているのです。この傾向は最後の句集『水売』に入ってから特に顕著でした。

ところが、このような句の理解は一般にはなかなか行き届きません。アベカン俳句としては認めても、その同調者といえどもそのようには作らないし、作れない、たとえ作ったとしてもアベカンのエピゴーネンとして一蹴される感じでした。そのことに阿部さんはかなり苛立っていたようです。亡くなる数年前からかなり重い病に罹り、一年前あたりからは日常の立ち居振る舞いも思うに任せない状態でした。にも拘わらず、死の直前まで自ら筆を執って、自句自解のかたちで創作の現場と方法論を「海程」誌上に展開しています。その文章は痛ましいほどに、乱れや繰り返しが多かったのですが、妄執のようなエネルギーの凄まじさを感じるものがありました。

その阿部さんにも力尽きる時がやってきます。その頃の作が〈山々や三百六十五日と休日〉です。この句について阿部さんは、これまで「〈現瞬間〉という瞬間瞬間を意識し、それを一句一句に仕上げていた自分が、無〈瞬間〉とでもいう」一句をなして、新しい自分に気づく。そして、「アベカンよ、もういいよ、とアベカンに言われて、ほっとした、そんな時間の一句」というのです。おのれの俳句人生に決着をつける一句を成したとも言えます。表現の山々はまだ遥かに続く。これまで三百六十五日ひたすら〈現瞬間〉にこだわり、いのちを燃やし続けてきたが、どうやら休日がもらえそうだ。そんな辞世の一句ともみられるものでした。こういう辞世はおそらく後にも先にも阿部さんしか書けないものでしょう。

海程誌上にはこのあとも数ヶ月、死の月まで句の掲載は続くのですが、おそらく実作上の意識はこの頃が最後だったのではないかと思います。

アベカン俳句とは何だったのか

終りに、阿部さんの最後の文章にならい、アベカン俳句の特色を復習しておきたいと思います。

（一）今まででない何かを求めて、ことばの次なる今を目指す。

アベカン俳句の特色をもっとも端的に表現しているのは、阿部さん自身による「ふと音と音が奇妙に結合して、私に何か合図するとき、そこに、今まででない何かを、私は私から見せつけられた」という言葉でしょう。それは言葉の意味や情趣ではなく、一句の落ちをつけるような映像でもなく、音韻によるリズムの連なりであるがゆえに、リズムの流れに乗ってことばの次を絶えず目指すことができたのです。

（二）五七五一塊の、一気に存在する直感のハンター

しかし、アベカン俳句は、決して自由律のような奔放な流れを持つものではありません。五七五・十七音の定型感を、一つの塊として一気に把握できるような時間量を持つものでした。この時間を阿部さんは〈現瞬間〉という特殊な時間によって直感的に把握できるものとしました。この〈現瞬間〉とは、有限な時間のものでなく、無限な時間の上の一瞬間として燃焼するものであって、その姿の具現を俳句として求めていたのです。おそらく阿部さんはその直感によって、言葉が授かる瞬間を狙っていたのだろうと思います。

(三) 意識の深層から表層へ浮かび上がる瞬間の気分を独特のリズムで朗唱

俳句の〈現瞬間〉とは、具体的なものやことから捉えられるものではなく、意識の深層から泡のように浮かび上って来て、表層部分で弾けてある気分となって漂うような言葉なのです。喩え方が悪くて恐縮ですが、ちょうどお風呂のおならのように、底から浮かび上がって来て水面でポワンとはじける。その時なんともおかしげな音と匂いを漂わせるような感じなのです。それが五七五の音律を少しずらした、ゆったりした音韻のリズム感によって繰り出されます。そのリズムに阿部さんは自らを同調同期せしめ、同音同色となるまで朗誦し続けると言います。おそらく創作の現場では発声するのでなく、心の中で発語感を反芻しながら、祈りのように朗誦し、一句を成就していたのだろうと思います。すべては、自分の身体感覚に反応するものなのでした。

「アベカン俳句とは何だったのか」というテーマで一口に三項目にまとめてみましたが、それでも言い了せていないという思いが残ります。多くの追悼記事を読みましてもどうにももどかしい。「そうなんだ。だがしかし…」という感じなのです。阿部さん自体、言い了せて何かあると思っていたに違いありません。結局アベカン俳句の難しさは、言葉で説明できない味にあるということでしょうか。テレビの料理番組で、食べ屋といわれるタレント達が、うまい料理を首を振りながら「うまい」としか言えないのと同じです。決して脂っこいものでなく、コクがあって口当たりがよく、隠し味が複雑に広がるからでしょう。たしかに言えるのは、阿部さん自身が自らを語るより、そこにあるアべカン俳句をしゃぶればしゃぶる程、その真価が広がるということです。今、戦後俳句を知らぬ若い俳人たちの間で静かなブームが広がりつつあるのは、その証左と言えましょう。

二〇〇九（平成21）年二月一日、阿部完市の現代俳句大賞が決定しました。それから一ヶ月も経たぬ二月十九日、阿部さんは八十一歳の生涯を閉じました。八十一歳と言えば、今日でも天寿といっておかしくはないのですが、不思議に阿部さんの場合、夭折という感じがしてならないのです。常に「新しい次へ」を求める作家だったからでしょう。またこの人ほど、他の俳壇のどんな権威ある賞も似合わず、現代俳句大賞にこそもっともふさわしい人はいなかったと言えましょう。おそらくこういう俳人は二度と出て来ないでしょうし、少なくとも現在は見当たりません。そのことが現代俳句に大きな喪失感を与えているように思います。かけがえのないものが失われたように思われてなりません。

おわりに

年齢を加える度に活力を増す人がいる、安西篤氏もその一人である。「海程」の精神を大事に受け継がれて、後継誌「海原」の代表としてのご活躍と仕事ぶりには思うだけで胸がすく。兜太門の重鎮として、氏は「海程」創刊の年、四号から参加。一九八四年から八七年まで「海程」の編集長を務められた。九二年「秀句の条件」、二〇〇一年『金子兜太』、二〇一四年『現代俳句断想』をそれぞれ刊行した。そのうち、ぶ厚い評論集『金子兜太』は兜太を研究する者にとって、スタンダードな手引書になっている。そして、『現代俳句断想』には「阿部完市の生涯と仕事――ことばの次なる今へ――」が収録されている。

今回の取材の最後、「アベカン俳句は、言葉の意味や情趣ではなく、一句の落ちをつけるような映像でもなく、音韻によるリズムの連なりである。五七五の定型感を一つの塊として一気に把握できるような時間量を持つものでした」との一言は完市と完市俳句への最も的確な評であると思われた。

董振華

安西篤の阿部完市20句選

少年来る無心に充分に刺すために　『絵本の空』
木にのぼりあざやかあざやかアフリカなど　『にもつは絵馬』
栃木にいろいろ雨のたましいもいたり　『〃』
太郎月の太朗のお年玉いちふらん　『純白諸事』
沙河にゆきたし六月私は仔馬　『〃』
波の下のみやこわすれずざんざん降り　『鶏論』
ふすまなめらかにあき物言い青墓町　『軽のやまめ』
風布村から蛍袋をもつてあつまれ　『〃』
青胡桃こつんとひとつ隠岐詞　『〃』
翡翠をあつとこころはこえるなり　『〃』

ゆきゆきて花咲蟹に触《さや》りけり　『軽のやまめ』
安達ケ原やわれの投球はかーぶ　『〃』
みてやれば水素記号のようなり舟の子　『〃』
海猫《ごめ》群衆《ぐんじゅう》大ぶりの島でありけり　『〃』
それ青陽のねぱーるのまんなか小字《こあざ》　『〃』
舞うという淡青《たんせい》ありて蹴り上《のぼ》り　『〃』
精神はぽつぺんは言うぞぽつぺん　『地動説』
きつねいてきつねこわれていたりけり　『〃』
ぼたーじゆすーぷそして女性名詞　『水売』
山々や三百六十五日と休日　『〃』

阿部完市（あべ　かんいち）略年譜

昭和3（一九二八）　東京生まれ。

昭和25（一九五〇）　金沢医科大学付属医学専門部（現金沢大学医学部）卒後、勤務先の病院の俳句グループで作句をはじめる。

昭和26（一九五一）　日野草城の「青玄」入会。

昭和27（一九五二）　西村白雲郷の「未完」入会。

昭和28（一九五三）　高柳重信の「俳句評論」入会。

昭和33（一九五八）　句集『無帽』（未完現実社）。

昭和37（一九六二）　金子兜太の「海程」4号より同人。

昭和40（一九六五）　第二回海程賞受賞。

昭和44（一九六九）　句集『絵本の空』（海程社）。

昭和45（一九七〇）　第十七回現代俳句協会賞受賞。

昭和49（一九七四）　「海程」編集長。同年、第三句集『にもつは絵馬』（牧羊社）。

昭和53（一九七八）　句集『春日朝歌』（永田書房）。

昭和57（一九八二）　句集『純白諸事』（現代俳句協会）。

昭和59（一九八四）　『阿部完市全句集』（沖積舎）。

平成3（一九九一）　句集『軽のやまめ』（角川書店）。

平成9（一九九七）　現代俳句協会副会長（二〇〇八年まで）。『阿部完市　花神現代俳句』（花神社）。『絶対本質の俳句論』（邑書林）。

平成21（二〇〇九）　八十一歳で死去。

生前、国際俳句交流協会、日本ペンクラブ会員。句集『証』（未完）、句集『鶏論』（未完）、『その後の・集』。

安西篤（あんざい　あつし）略年譜

昭和7（一九三二）　三重県生まれ。

昭和21（一九四六）　旧満州より引揚げ後、郷里三重県の中学時代より独学で俳句を始める。

昭和32（一九五七）　見学玄、船戸竹雄両氏の知遇を得て、梅田桑弧編集の「胴」同人に。

昭和35（一九六〇）　「風」に投句。翌年金子兜太師に出会う。

昭和37（一九六二）　「海程」創刊の年に入会、同人となる。

昭和59（一九八四）　「海程」編集長（八七年まで）

昭和62（一九八七）　海程会会長、朝日カルチャーセンター俳句講座講師（二〇二〇年まで）。

平成2（一九九〇）　よみうりカルチャー俳句講座講師（二〇二〇年まで）。

平成3（一九九一）　海程賞受賞。

平成4（一九九二）　評論『秀句の条件』（海程新社）。

平成11（一九九九）　共著『現代俳句歳時記』。

平成12（二〇〇〇）　現代俳句協会企画部長。

平成13（二〇〇一）　句集『多摩蘭坂』（海程新社）。同年、評論集『金子兜太』（海程新社）。

平成14（二〇〇二）　共著『現代俳句の101』（新書館）。

平成20（二〇〇八）　現代俳句協会幹事長。

平成21（二〇〇九）　句集『秋情』（角川書店）。

平成24（二〇一二）　現代俳句協会副会長、国際俳句交流協会副会長（２０１５年まで）。

平成25（二〇一三）　句集『秋の道《たお》』（角川学芸出版）。

平成26（二〇一四）　現代俳句協会賞受賞、同年、伊藤園「お〜いお茶新俳句大賞」審査委員。

平成27（二〇〇五）　現代俳句協会顧問。

平成28（二〇〇六）　評論『現代俳句の断想』（海程社）。

平成29（二〇一七）　句集『素秋』（東京四季出版）。

平成30（二〇一八）　「海原」創刊・代表。

令和1（二〇一九）　現代俳句大賞受賞。

第11章

筑紫磐井が語る

加藤郁乎

（二〇二四年八月二十一日十四時　筑紫氏宅にて）

はじめに

筑紫磐井氏のお名前は、金子兜太先生から聞いており、雑誌「兜太ＴＯＴＡ」の編集長を務められたことも知っていた。また、兜太亡き後の二〇一八年十一月十七日、津田塾大学（千駄ヶ谷キャンパス）にて「兜太と未来俳句のための研究フォーラム」が開かれて、氏は実行委員の一人だった。私は第二部の「兜太俳句と外国語」に参加したため、発言内容、プロフィール等の打ち合わせで、事前にメールでのやり取りを行い、当日開会の司会等を務められた氏に初めてお目にかかった。かつて文部科学官僚であったこともあろうか、氏は厳しくも暖かく律儀な方だと感じ取った。

『語りたい兜太…』の取材をきっかけに交流が始まり、『兜太を語る――海程15人と共に』の帯文のお引き受けや『語りたい龍太…』の取材などで交流が増えた。今回もご自宅を伺い、取材に快くご応諾下さり、親しく接して頂いていることを大変嬉しく思っている。

董振華

句集『婆伽梵』の書評を書くまで

私が俳句を始めたのは「馬酔木」に入ったのがきっかけですが、当時の「馬酔木」の作品は現代性に乏しい作品が多くややがっかりしていました。そんな中で一番俳句の現代性に関心を払っていたのは能村登四郎で、「馬酔木」の僚誌という扱いの登四郎の「沖」に入ってみました。「馬酔木」に投句している若い作家たちも「沖」に投句していましたから、私と同じ感じを持っていたと思います。「沖」は若い雑誌でしたので結社を超えた交流がありました。当時赤尾兜子の「渦」にいた岸本尚毅と知り合ったのもこの頃ではなかったかと思います。特に「沖」では評論家を育てるという能村登四郎の意向で評論が多く掲載され、その中でも前衛作家や現代俳句協会系作家の評論が多く載っていました。能村登四郎は俳人協会分裂前に現代俳句協会の幹事もし、現代俳句協会賞も受賞していました（金子兜太と共同受賞しています）から、前衛作家との交流もいろいろあったのだろうと思います。そうした中で前衛的な俳句に興味が出てきたところがあります。

そんな中で、一九八九年に第一句集『野干』を出しました。ただ私の句集『野干』は少し変わっていて、有季定型ではあるけれど、テーマ俳句、それも王朝をテーマにした俳句集になっています。当時似た例は鈴木栄子が角川俳句賞を受賞した「鳥獣戯画」という作品がありましたが、これは国宝の「鳥獣戯画」をテーマにしたもので似ていると言えば似ているかもしれませんがちょっと違いますね。いずれにしろ伝統俳句の中で変わっているし、能村登四郎も序文を書いてくれたから面白い句集だとは思ってくれたんでしょうが、「沖」の大半の人が作っている句集とは違うわけです。なんかちょっと違うなという感じは自分の中でも分かっていた。

ところがこれを読んでくれた攝津幸彦がものすごく気に入ってくれて、書評でも書いてくれたし、実際その後会う機会があり、そのとき「『豈』にも入りませんか」と誘ってくれたこともあって、一九九〇年に「豈」に入り、翌年そのまま「豈」の編集長となったわけです。

伝統俳句ではあってもちょっと毛色の違う句集が攝津幸彦のような前衛作家から見ると面白いというのです。だから一つの句集が両方から見て評価されるというところで、「沖」と「豈」との両方の雑誌でやっていくということになりました。ただ途中から能村登四郎が亡くなったので、「豈」一本になりました。

その後「豈」を通じて前衛作家たちと交流することになりました。若い作家たちが中心となった「未定」「船団」など、現在は終刊して「豈」だけとなってしまいましたが、伝統俳句の若い作家たちとは全く違う俳句観を学ばせていただきました。

一九九二年私の第二句集『婆伽梵』（弘栄堂書店）を出した時にそうして名前を知った前衛俳句作家の一人、加藤郁乎にも送りました。そしてその年、「未定」の豊口陽子さんの出版記念会に行って加藤郁乎に初めてお会いしました。ゲストとして呼ばれた郁乎だから当然挨拶の中で豊口さんの句集について「素晴らしい句集だ」と言って褒めると思うでしょう。ところが、いきなり私の句集『婆伽梵』を褒め出したんです。著者はちょっとびっくりしていました。それはそうでしょう、自分の句集を褒めてくれると思ったら、いきなり他の人の句集を紹介したわけですから。多分、豊口さんの出版記念会に行く直前に届いた私の句集を読んで、それだけ印象鮮明だったせいかもしれないと思っています。いずれにしろ自己紹介もなく、お互い初対面でした。私がいることを知らずに私の目の前で私の句集を激賞してくれたわけです。まあ、ある意味では私と郁乎はこの瞬間大変波長が合ったということだと思います（笑）。

その後、是非雑誌に書評を書いてほしいとお願いしたら快諾して書いてくれたのが「俳句空間」（第22号）に載せた加藤郁乎の書評で、そこにその時の顛末や話した内容が郁乎の筆でそのまま載っているので、抜粋して引用してみましょう。

（前略）「この夏、豊口陽子の出版記念宴ではじめて筑紫磐井と会した。大賊を思わせる物騒の俳号からはほど遠い折り目正しい俳人、新しい俳趣文体を示す気鋭作家の登場はうれしい。

泳がざる身がしほたると妻はいふ　磐井

おそらく、作者は塩垂るの句意に用いているのだろう。塩垂、には別の意味がある。「是は蜑のしわざに、塩焼時に釜に潮をくみ入て、煎てした、れこず故に、それを形衣などのなへしぼむに、云よせていへば、塩垂を萎に云なせしもの也」と倭訓栞に言い、慈円の拾玉集より「あさりするあまならなくにわが袖のうちしほたれていつち行らん」一首を引く。この谷川説また、すんなりと泳がずだった妻女の上に当てはまる。源語や大鏡あたりにも出るところだが、塩垂るとは古くは泣き事を指して用いられた。早く、延喜式の忌詞にすでに見られる。してみると、これは細君の泣き事を叙した婉曲俳諧の先祖返りと言えなくもない。」（後略）

これから郁乎には親しくしていただいたのですが、余り酒席はご一緒したことはないんです。攝津幸彦から、「磐井さん、郁乎と一緒の時は出来るだけ遠くに

加藤郁乎古希並びに「俳句集成」出版祝いにて
前列左５加藤郁乎　後列左４筑紫磐井
1999年1月　　写真提供：筑紫磐井

いた方がいいよ。酒癖が悪くて絡まれるから」と言われあまり間近に話を聞く機会はありませんでした。やはり酒抜きでは人間性は分からないところがあるものです。かといって疎遠という事ではなくいい距離であったと思います。董さんのインタビューがあるというので調べてみたら、毛筆の達筆で書いた手紙が100通ぐらいあったからかなり親身になってくれてはいたわけです。ただ残念なことに余りにも達筆で、かつ候文で書いていたから意味がよく分からなかった(笑)。

悪魔の俳句辞典と郁乎俳句の相性

これをきっかけに加藤郁乎の俳句に興味を持つようになりました。一九九七年雑誌「鳩よ！」の八月号に私が書いた「現代俳句〈通〉キーワード辞典・句会編」が掲載されています。好評だったようで半年後に又同じ依頼が来ています（これはその後まとめて、「悪魔の俳句辞典・句会編・郁乎評付き」に改訂しています）。

これは明らかに、「悪魔の辞典」のパロディで、編集者も多分そのつもりで依頼したものと思いますが、私はそれにうってつけの俳句として郁乎の句を付けてみたのです。言う迄もなく、「悪魔の辞典」(The Devil's Dictionary) はアンブローズ・ビアスが書いた辞書のパロディ。言葉の解説が皮肉やブラックユーモアに満ち溢れています。例えば、〈「慰め」(Consolation)

…自分よりもすぐれた者が、実は自分よりもかえって不仕合わせでいると知ること〉という具合です。

例えば、私はこんなことを書いています。

句会場…

現在年々肥大化する句会を開くためには、冷房のきく巨大な会場が必要である。こうした句会に行くと主宰の顔が遠く霞んで見えるので主宰の神格化に役立っている。なお俳人は並んでいる机をすぐ口の字型に並べ替える習性があるので、管理者からは蛇蝎のように嫌われている。

冷房にわびさびを説く嫌味なり　加藤郁乎

まあ私の解説はあまりひねりが利いていませんが、こうした悪魔の辞典にうってつけなのが郁乎の句でした。郁乎の句だけを紹介しましょう。

月並

月並のいまにめでたき既望かな

花鳥諷詠

しぐるるや油断のならぬ虚子もどき

挨拶・滑稽・即興

挨拶は短いがよい秋の暮

滑稽を推しては敲く晋翁忌

持論などいかがなものか春の夢

べらぼうめはやりすたりは秋の風句会

俳人に向かぬがひねる春一番

幹事

もの申すどうれ大物秋の暮

披講

俳諧はまづ音読や寒ならひ

新人紹介

鳥雲に入るや黙つてついてこい

句会の評言暴言

本当か判てたまるか鳥渡る

句会の格言

俳諧は愚図愚図いはず秋の暮

反省会（喫茶店編）

告げ口はよしはら雀のみならず

反省会（飲み屋編）

一座して矛盾をつつくおでんかな
　句会報
道を売る主宰もありて古うちは
　風変わり新宿句会
しぐるるや異端もやがて伝統に

郁乎の句が単なるパロディではなく悪魔の俳句だと分かったのはだいぶ後になってからでそれについては後述します。何れにしろ、こういうふうに各段階で全部郁乎の俳句を活かして嵌めたわけ。郁乎に怒られる覚悟だったんですが、怒らなかったようです。その証拠にその後の一九九九年に古希のお祝いにも呼ばれて出席したし、翌二〇〇〇年刊行する『加藤郁乎俳句集成』の解説（「カトウイクヤのいとも豪華なる時禱書」）にも任されました。ここでその解説を参照しながら郁乎俳句を鑑賞してみたいと思います。

郁乎論を書いた人々

今まで多くの俳人が郁乎論を書いています。例えば、高橋龍、中井英夫、澤好摩、三橋敏雄、仁平勝、永田耕衣、夏石番矢、安井浩司、攝津幸彦、林桂、江里昭彦等々。こうした郁乎論を読んで感じたのは、とりわけ若い世代（当時）の郁乎論は中々苦しい論考ではなかったかということです。初期の句集『球體感覺』、『形而情學』、『江戸櫻』と後期の『初昔』ほどの異質に見える俳句をどう調和させるかの道筋を付ける論旨は容易に辿り難いように見えるからです。

昼顔の見えるひるすぎぽるとがる　『球體感覺』
切株やあるくぎんなんぎんのよる　『〃』
天文や大食《タージ》の天の鷹を馴らし　『〃』
一満月一韃靼の一楕円　『〃』
五月、金貨漾ふ帝王切開　『〃』
落丁一騎対岸の草の葉　『えくとぷらすま』
とりめのぶうめらんこりい子供屋のコリドン　『形而情學』
けんぽー二十一条を吹く野の花のぽー　『〃』

このような現代詩的に解読すべき作品が何故立ちど

ころに、

菌八のなかるべからず岡時雨　『江戸櫻』
初松魚あゝつがもねえなまりとは　『〃』
あれとさすゆびが肴や露しぐれ　『〃』
熱燗やちろりに似たる宵ここち　『〃』

という江戸風流に耽るような句々に変わるのかを理解するには、読者側のそれなりの人生観の転換を必要とするように思われます。例えば赤尾兜子の〈音楽漂う岸侵しゆく蛇の飢〉から〈俳句思へば泪わき出づ朝の李花〉という変遷を「前衛の伝統回帰」と位置付けるように郁乎を衰退の作家と書く向きさえなくはありませんでした。

もっとも善意的な解釈はかつて高橋龍が下したような、『球體感覺』から『江戸櫻』までを一続きとする見方を変えて『えくとぷらすま』と『形而情學』の間で断ち切ってしまう、さらに言えば『江戸櫻』の先行作品として『形而情學』『牧歌メロン』『出イクヤ記』があるとする解釈があります。郁乎の俳句の鑑賞法としてはもっともな方法と言えるかもしれません。

しかし、考えてみると、俳句鑑賞などという消耗的な言語の使用は、作品を批判しているのではなく、自己自身を正当化する行為に他ならないと思います。『球體感覺』と『江戸櫻』を異なる俳句精神の発露とみることは自らの顔を鏡に映して咎めているような感じに伺えます。

因みに郁乎は、一九二九年、長谷川零余子系俳人の加藤紫舟の子として生まれ、四雨と号して父主宰の「黎明」に作品を発表、父の死後「黎明」を主宰しています。つまり純然たる二世俳人、伝統俳人として開始し、いうなれば宗匠俳句なんです。『球體感覺』のかなりの作品は、「黎明」に発表しています。人生後半の宗匠俳句批判は、外にある宗匠俳句ではなく、裡にある宗匠性を批判していると見る事が出来ます。そう考えた方が正しい理解になると思います。

郁乎俳句のパロディ・語呂合わせ・もじり

ここで郁乎の俳句を、すべて通覧してごちゃごちゃにかき混ぜて感想を述べることにしましょう。まず、球體感覺／旧態感覚、形而情學／形而上学、牧歌メロン／ボッカメロン、出イクヤ記／出エジプト記・イザヤ書、微句抄／微苦笑、佳気颪／書き下ろし。句集名を見る限り、時代を超えて、そうしたパロディ、語呂合わせ、もじりのオンパレードのように見えます。しかし、句集の中の作品で見る限り、語呂合わせ、もじり、言葉遊びはともかく、典型的なパロディは思ったより少ないように思います。パロディとは「先行作品やある様式を模倣することにより滑稽感を生ぜしめること」だとすれば、郁乎の技法はすでに先行作品などバラバラに分解してしまうことにより先行作品の作品性を喪失させているから、パロディのような構成的な作品再現を果たすことは余りないんです。そんなまだるっこしいことは耐え切れないわけです。従ってもっとも良質のパロディは意外な現れ方をします。

冬の波冬の波止場に来て返す　『球體感覺』

これが何のパロディかと言えば、戦後の代表作家としての飯田龍太の有名な句のパロディです。

一月の川一月の谷の中　飯田龍太

この句、当たり前のことを当たり前に述べているようですが、典型的な俳句性を持つことはこの句が戦後の「龍太個人ではなく戦後俳句の」代表作となっていることからも分かります。その意味で、この句のパロディを作るということは郁乎の現代俳句にかかる見識を正しく示すものでしょう。

さらに驚くことに、郁乎のパロディ作品は、この龍太の「一月の川」の句に先行しているということです。郁乎の「冬の波」の句は一九五九（昭和34）年刊の『球體感覺』に載り、更に実際の制作は一九五三（昭和28）年の俳句雑誌「黎明」に初出しています。一方、「一月の川」は一九七一（昭和46）刊『春の道』所収の句で、実際の制作は一九六八（昭和43）年の「俳句」となっています。言うならば、龍太は郁乎の句のパロディを作ったというべきところ、郁乎がまだ見てもいない龍太の作品のパロディを作ることなどどうしてあり得るでしょう。

しかし、パロディは先行する作品を見なくても作ることが出来るのです。意外な顔をする人がいるかもしれませんが、俳句の原理からいずれこうした作品が名句として誰かに鮮やかに詠まれることを予見すれば、その原理を覆してパロディは作ることが出来ます。芭蕉の〈古池やかはづ飛び込む水の音〉や茂吉・節が激賞した子規の〈鶏頭の十四五本もありぬべし〉、山本健吉が激賞した虚子の〈帚木に影といふものありにけり〉、夜半の〈滝の上に水現れて落ちにけり〉等々。こうした形式性を優先させた歴史的名句の延長上で、龍太とは言わないが、誰かが「一月の川」を詠むはずです。だから俳句原理さえ弁《わきま》えていれば、先行してパロディをつくることは誰にでも不可能ではなかったのです。

郁乎の『球體感覺』を斡旋したのは高柳重信、また龍太の「一月の川」の句を俳壇で最初に高く評価し戦後の名句に仕上げたのも重信と言われています。ここにパロディを汲み取ったはずの仲介人高柳重信は、早く亡くなり、この意図・消息は永遠に秘密に閉ざされてしまったのですね。

*

パロディはともかくとして、郁乎の洒落、駄洒落、意味の破壊と価値の創造・言葉遊びと称される無秩序さは明らかに目に見える形で作品として提示されています。

コルセットなせつなのおんなと第二芸術する
春はすすきの酸鼻歌で　Sさまさみしさ
あるはんぶらつく移動祝祭日の晴れはれ
破門ずオルガンだーらの蛆拾遺よ

例えば、第四句。宇治拾遺などの言葉がちらちらしますが実体はありません。こうした方法論は、郁乎に対して、ある時期猛烈な賛美者を生み出すとともに、次の時点では〈うたげのあとのよだれ・夏石番矢〉のような否定論も生み出しています。しかし、実はこうした方法論は今更議論するまでもなく、千数百年に近い文学的方法論として日本語の中では解決されてきた問題です。言ってみれば、駄洒落の、文学性にまでつながるナンセンスの価値など誰が考え得たでしょうか、いや、ナンセンスを実施した者はいてもそれを上位の階層まで体系化するためには、もう一つ上の視点が必要になってきます。

筑紫宅にて　加藤郁乎から頂いた手紙と葉書
写真撮影：鄒彬

現代俳人であり現代詩人である郁乎

郁乎はその作品を現代俳人文庫（砂子屋書房）でも現代詩文庫（思潮社）でも読むことができる数少ない俳人・詩人です。その俳人文庫で〈句集〉として登録されている『形而情學』が現代詩文庫では〈詩集〉として登録されています。昭森社により〈句形による一行詩〉と名付けられ宣伝されたとされますが、著者にこれを拒む気持ちがなければこうした名前は残らないでしょう。〈句集〉と〈詩集〉といずれが正しいのか。また郁乎のまとまった俳諧史書『俳諧志』を読んでみると、その巻頭は連歌師飯尾宗祇に始まっています。『俳家奇人談』あたりに倣ったものとは言え、こうした些細な事実の積み重ねは郁乎のジャンル意識というものを考えさせるに足るヒントが隠されています。偉大な詩人たちは自分の文学上のジャンルを明かしませんでした。与謝野鉄幹『東西南北』、宮沢賢治『春と修羅』の文学上のジャンルは今もって不明です。

通例なら、芸術の中に文学、絵画、彫刻、建築、音楽という分類が存在し、文学の中の二区分、詩歌と散文の前者の中に、短歌、俳句、川柳、現代自由詩などがジャンルとして存在するとされます。こうした俳句は居心地のよい場所を与えられることとなるはずです。しかし、現実は違います。詩歌は確かに千五百年以上の歴史を言説の歴史の中で持っていましたが、「文学」という概念は明治二十年頃に「小説」より若干遅れて初めて使用された概念だったのです。帝国大学に入ろうとした夏目漱石が父親に「文学をやる」と言った時、「何、軍学をやる?」と聞き返されたという冗談のような話が真顔で通用する時代でした。だから文学は当時何の価値も使用必要性もない概念で、この時代に「俳句は文学ではない」と言われても誰も何の興味もわかさない問題に過ぎなかったはずです。それが五十年の間に「文学」は過剰な社会的価値を付与され、「俳句は文学ではない」は俳句の死命を制する命題となりました。一九四六(昭和21)年の桑原武夫の「第二芸術」は一種の「俳句は文学ではない」宣言だと言ってよいでしょうから、僅か五十年の時間はそれだけの幻想を生み出すに足りる時間だったのです。そして現代においては、再び「文学」は何を意味したらよいのか分からない言葉となっています。試みに手近な現代文学辞典を眺めてみるとよいでしょう。大半の辞典に大切な「文学」は立項さえされていないはずです。「文学」からしてこうなのですから、短歌・俳句・現代詩のジャンルなどますます不分明です。こうしたジャンルの戦国時代に登場したのが加藤郁乎その人でした。

ジャンルは歴史の作り出したもの

以上挙げてきたものをジャンルと称すれば、ジャンルとは正に歴史が作りあげた定義で、本源的な分類ではあり得ないのです。東洋と西洋を比較しても、詩・賦のような明確な定型ジャンルがあるという以外には、その風土的な趣向に応じたその他のジャンルがあるように思われるだけです。これを日本の文学と言われるジャンルに立ち返って疑った時、既存のジャンルは存在せず、むしろまだ我々の目に見えていないジャンルが存在すると考えることができるはずです。

例えば、「悪態・口説・くどき・口上・仁義・警句・地口・駄洒落・暗唱法・呪いなどの例が決して正統的な文学史ではジャンルとは言われませんが、怪しげな今日のジャンル意識よりはるかに明確にジャンル化しているとは言えないでしょうか。

これらは非日常的な散文であるが故に、特別なシチュエーションにおいて使用され、特に芝居や芝居がかった我々の日常の状況で使われることが多いのみならず、これらは極めて効果的な印象を与えることも定型に類似しています。

悪態分野において郁乎は独歩の悪態文学を確立しました。

枯枝に烏合の衆のとまりけり
べらぼうめはやりすたりは秋の風
上手云ふ世わたり詩人ころもがへ
定型やのびてちぢみて秋の暮
修辞てふ子供だましや秋の風
俳人に向かぬがひねる春一番
本当か判ってたまるか鳥渡る
月並を説く月並や冷やっこ
等類の句達者どもが暑いこと
禅味茶味俳味しめ出す秋の暮

郁乎に始まる新しい俳句

郁乎に始まる新しい俳句とは俳句の枠組に俳句以外の言説を盛り込むという試みと見てみたいです。実際この定式に西洋詩的言説を投げ込めば、『球體感覺』・『えくとぷらすま』が、駄洒落の言語の乱痴気騒ぎを投げ込めば『形而情學』・『牧歌メロン』が、が黄表紙・洒落本の言説を投げ込めば『出イクヤ記』・『佳気颪』から『江戸櫻』・『初昔』までの基調音がうかがえるはずです。これはあまりにも機械的な解釈のように見えるかもしれませんが、医学の全ての基本が解剖学にあるならば、文芸の解剖学は郁乎の俳句にこうした冷厳な事実を示すでしょう。

五月このユークリッドの木を起し
メタフィジカ麦刈るひがし日を落とし

青める一つ逍遥学派森を成し
北に他郷の黒つぐみ、ふるさとは父《ペール》
遺書にして艶文、王位継承その他無し
楡よ、お前は高い感情のうしろをみせる

『球體感覺』『えくとぷらすま』のあまりにも有名な作品よりこれら小品といってもよい句の方にある時期惹かれるものがありました。従来の俳句にはない爽やかな風を吹き送ったこれらの詩編が実は郁乎変奏曲の最初のモチーフを成しているようです。「俳句の枠組に俳句以外の言説を盛り込む」は確かに俳句的な手法ではないところから始まったのです。

しかし、実は俳諧の発生自身が、「俳諧連歌の枠組に俳諧連歌以外も言説を盛り込む」という方式で発生していることを知らなければなりません。実際、連歌と俳諧の連歌が分離される過程で生まれた特徴は、滑稽な内容を詠むというばかりでなく、謡曲・小歌・漢詩などの従来の連歌・和歌のエクリチュール以外の言説がふんだんに盛り込まれることによって初めて俳諧というジャンルが確立したのです。貞門俳諧における微笑を誘う滑稽性と意外な写実性、同じ句の持つ多義性が俳諧発句の生まれる契機となっているのです。滑稽なだけであれば、和歌と同一形式であった狂歌が存在しますが、狂歌からは新しい文芸ジャンルは発生していません。俳諧だけ何故滑稽から発生して、蕉風のような文芸にまで達したのか？　後に発生する川柳を滑稽卑俗なものとして差別するような原理が「俳諧は滑稽なり」という中から何故生まれてきたのか？　俳諧連歌以外の言説を盛り込むことによってのみこうした事象は可能となったと考えます。

郁乎俳句の古典造詣と伝統回帰との違い

道をしへ俳を問ふにはをとこぶり
虚名より無名ゆたかに梅の花
時代より一歩先んじ蚊帳の外
挨拶は短いがよい秋の暮
滑稽を推しては敲く晉翁忌
俳諧はまづ音読や寒ならひ

月並に云へばはせをのしぐれかな

追書に啞然の一句片月光

郁乎句集の『出イクヤ記』『佳気颪』から『江戸櫻』『初昔』までの句を単なる古典回帰だという人がいたら、一度どんな古典がかつて存在したのかを聞いてみたいですね。江戸の風流は天明期に花開いたが、この時散文のジャンルでは黄表紙・洒落本が隆盛を極めていました。これと並んで江戸風流を謳歌した韻文は案に相違して俳諧ではなく、狂歌だったのです。黄表紙（青本）の代表作家の蜀山人（大田南畝）、恋川春町、朋誠堂喜三二、山東京伝はそれぞれ四方赤良、酒上不埒、手柄岡持、身軽折助の名で狂歌を詠み、芝全交、唐来三和、森羅万象らも黄表紙と併せて狂歌を嗜んだのです。黄表紙と狂歌の親密な関係は洒落本以上で、万載狂歌集の楽屋落ちを描いた春町の黄表紙『万載集著微来暦』を見るだけでも一目瞭然です。

黄表紙は一七七五（安永4）年、恋川春町の『金々先生栄華夢』が出されたのを始まりとします。しかし、その最盛期は誠に短く寛政・文化の弾圧で解体しました。従って正味、三十年間が黄表紙の歴史です。日本における最も歴史の短い文芸ジャンルであり、最も鋭いジャンルでもあります。郁乎の俳句が古典と交い合うものがあるとすれば、洒落・うがち・地口・粋・ナンセンスをないまぜにした黄表紙が最も近いのではないかと思います。俳諧・俳句（雑俳も含めて）の世界に黄表紙を組み入れたのは郁乎ならではのセンスでしょう。近年、俳句に滑稽趣味を盛り込もうとする作家もいますが、黄表紙は可笑味だけではなく粋なセンスのよさこそが身上であったことを銘記すべきです。最近の滑稽作家は言うならば、赤本・黒本のたぐい（草双紙の争いを擬人化した山東京伝『御存商売物』では、これらを女を拉致する野暮な悪役として描いています）を引いているに過ぎません。郁乎は格別なのです。

郁乎と新興俳句との関係

郁乎の年譜から分かるように、二十代の郁乎が日野草城や富沢赤黄男や西東三鬼に深い関心を抱いていたということは真に面白いです。この三人との俳句の共通性はあまり深く論じられようとしていないからです。今日誰も紛れようがないようにこの三人は新興俳句の代名詞となっていますが、郁乎と新興俳句との関係、特に戦後弾圧された新興俳句との関係は分かり易い形で解説があってもいい筈です。戦前の新興俳句は本質的に反戦俳句であったわけではないと考えているがどうでしょう。それはむしろ戦前の「新興芸術」「新興文学」と共通する新しい芸術主義——時に三鬼などは芸術至上主義と言ったりしている方法論であったと考えられます。こうした芸術主義が戦前という時代に偶然出会ったのが「戦争」という機会であったのではないか。一億国民が共通の関心を払い、それに関する言説が新聞・出版・立法行政司法の場で不断に再生産されていたのが「戦争」という機会でした。「戦争」を見つけることが出来たことが正に新興俳句の成果ではないか。

新興俳句は不幸にして破滅させられましたが、もし仮にこのような新興俳句が戦後存続したとして、どのような形態でその精神を継続したと考えられるのでしょうか。終戦直後の一時期は別として、「戦争」という機会が戦後の日本人の精神構造において同様に普遍的に支配したとは思われません。戦争と対比される「平和」も平和ぼけした現代にはふさわしいようにも思われますが、ぼけている分だけ「戦争」ほどのインパクトがあるわけではないでしょう。

私は新興俳句の環境から見た場合、戦前の「戦争」に匹敵する戦後の最大の機会は「俳句」ではないかと思っています。少なくとも俳句に係る人々は戦前の「戦争」と同様に共通の言説を持ち、その神聖性を訓示し、それを最大の関心として述べ・書き・伝えようとしました。「俳句」を疑うことは俳句の国にあっては非国民に等しい。こんなふうに考えると、戦争を歌う必要のなくなった新興俳人加藤郁乎が好んで狙撃したのはこの「俳句」だったと言うのは最もだと思います。

新興俳句が狙撃した「戦争」が普遍的な定義を受ける戦争ではなく、「この戦争」であった如く、郁乎が撃沈しようとした「俳句」は芭蕉以来の俳句ではなく、まさに現在我々の前にある爛れきった「この俳句」でした。

しぐるるや油断のならぬ虚子もどき
俳諧は愚図々々言はず秋の暮
持論などいかがなものか春の夢
しぐるるや異端もやがて伝統に
お中元おなじやうなる句集来る
道を売る主宰もありて古うちは
水澄みて亜流の亜流ながれけり
甘辛に序文つかはす鰒の宿
鶏頭の論争もなく十四五本
冷房にわびさびを説くいやみなり
物申すどうれ大物秋の暮
告口はよしはら雀のみならず
一座して矛盾をつつくおでんかな
孫引きに不作はをかし芋の露

郁乎が当今詠む、えせ俳句、えせ風流に対する俳句が諧謔の域を超すほどに痛烈なのは草城、赤黄男、三鬼の戦前の新興俳句における魂が乗り移っていると見えないこともありません。森銑三翁が郁乎を評し、加藤という人は公憤により江戸風流を論じている、と漏らしたのも故なしとしないのです。

私が、「悪魔の俳句辞典」で郁乎の句を援用した理由はこんな所に在ったと思います。

難解を極める郁乎の名句鑑賞

少し古いですが、私が一九九六年『國文學』二月臨時増刊号に書いた郁乎の句の鑑賞を読み上げたいと思います。この句は難解を極める名うての名句で、しばしばその解釈を求められました。

とりめのぶうめらんこりい子供屋のコリドン
『形而情學』

「多少語訳を加えれば、子供とは売色の役者のことで、「子供屋」は蔭間茶屋を指している（「根津にも店があり芳町では子供屋なり」洒落本・辰巳之園）。また「コリドン」はジイドの小説『コリドン』の主人公の哲学的男色主義者である。同性愛の世界が何となく匂うが、しかしそれだけでこの句の解釈が可能になるとも思えない。もちろんそこはかとなく立ち上がる文化の融合――江戸文化とフランス文化であるが、――も楽しめるが、これとてパリと江戸の遊郭を重ね合わせた九鬼周造『いきの構造』に先駆をゆずるかもしれない。むしろ言葉をみてみたい。一見難解な掲出の句も言葉の連鎖として配列すると次のように見えやすくなる。

とりめの
ぶうめらん
（めらん）こりい
こどもやの
コリドン

実はこの句意味が装飾に、修辞がメッセージに入れ替わった時いかなる世界が登場するかの壮大な実験なのです。手法と見られた言葉遊びが実は思想で、解釈の手がかりのはずの意味がむしろレトリックとなる。架空かもしれないが挑戦的な世界だ。そんな世界があるかと疑うなら、この作者得意なパロディが思想なのか修辞なのかをよく考えてみるとよい、一筋縄で行かない深刻な問題と分かるはずだ。

作者については戦後俳句の革命家と言う以外に略歴を付け加えても意味がない。初期の〈天文や大食の天の鷹を馴らし〉（『球體感覺』）から最近の〈初松魚あゝつがもねえなまりとは〉（『江戸櫻』）まで落差が大きいように人は言うが、それは皮相な観察だ。該博な言葉への関心と諧謔的冒険精神は掲出の一句と同様変わらぬ戦術となっている。」

もちろん私の解説・鑑賞は正確とは言えません。読んで意味が分かったり、新たな感動を呼ぶかと言えば変な話ですが、そんなことはないです（笑）。一行の中に文学の大系が存在することの証明を試みているだけだからです。一滴の水の中に太平洋の存在がうかがわれる如く、一粒の砂に月の荒涼たる砂漠が浮かび出すように、倒置的・逆説的な文学の証明方法があることを見てもらえればよいと思います。

加藤郁乎賞受賞の衝撃

その後もいろんなところで郁乎と会っているんです

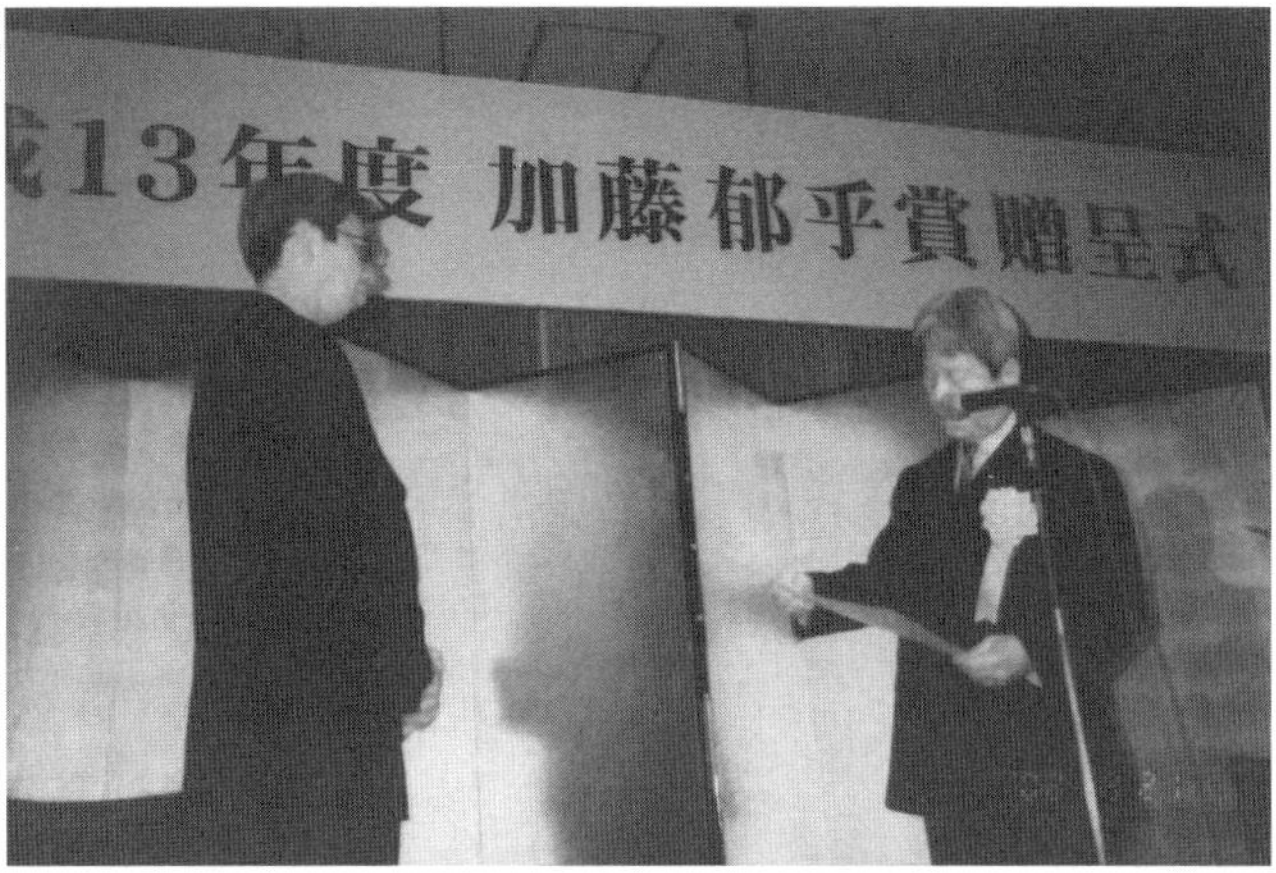

加藤郁乎賞受賞式にて　左筑紫磐井　右加藤郁乎
2002年3月21日　　写真提供：筑紫磐井

が、私にとって一番衝撃的なのは二〇〇二年に私の第二評論集『定型詩学の原理』（ふらんす堂）が加藤郁乎賞を受賞したことです。この賞は加藤郁乎が自分の趣味で作った賞のようです。加藤郁乎が気に入ったら賞をあげるという、まさに制度化する以前の賞の本質が現れているというべきでしょう。ここにその時の一連の資料がありますので、一部を引いただけでも賞の本質が分かると思います。まず、加藤郁乎賞の趣意です。

「本賞は学術文芸とかぎらず、広く江湖博雅あるいは市井風流の生きる人々を対象とする。志あるにもかかわらず世に表われぬ人材すくなしとせず、依って才また識また学にこだわることなく、徳あるいは義にすぐれ後世に資益するであろう精神をすすんで推重顕賞するものである。」

次に賞を決定した時の加藤郁乎運営委員会からの公式の手紙です。

「平成十三年度受賞者選考を各方面から推薦された

候補作品の中から進めてまいりました結果、加藤郁乎は貴殿の著された『定型詩学の原理〈詩・歌・俳句はいかに生まれたか〉』が本賞の趣意に適う優れた作品であるとの結論に達しました。当運営委員会は加藤郁乎の結論をもとに、貴殿の著作になる『定型詩学の原理〈詩・歌・俳句はいかに生まれたか〉』に加藤郁乎賞を贈賞することに決しましたのでお知らせいたします。」

ではどんな著作だったかと言えば、日本の定型詩を、上代歌謡様式、和歌様式（この中を短歌、連歌俳諧、雑俳に分ける）、催馬楽様式、朗詠様式、和讃様式、叙事歌様式説経様式、雑芸様式、田歌様式、小歌様式、囃歌様式、琉球歌謡様式、明治新体詩様式、（このほかユーカラ形式）に分け、相互関係を分析したものでした（後日続編として、近代の虚子、標語、雑俳を追加しています）。俳句の評論書としては、確かに奇想天外であったと思いますし、この本によく賞を与えてくれたと思います。じつはこの本は後日、正岡子規国際俳句賞特別賞という国際的な超協会の賞も受賞しています。評論賞の枠組みを超えた二つの賞を受賞できたことはやはり名誉なことであったと思っております。ただ才・識・学・徳・義の何があったのか今でも不明です。

こうして祝賀会もやってくれました。この賞自体は今になってみるとよのつねの賞の概念を超えたものとみてよかったと思います。それは前の受賞者からもわかると思います。

第一回受賞は手島泰六（岡田光央）という書家の「手島右卿論」三部作でした。聞くところによると、岐阜県高山市に巨大な本部を置く「崇教眞光」の第三代教主になられ方だと言います。

第二回は俳人黛まどかの『ら・ら・ら「奥の細道」』で、黛まどかは当時の俳壇のアイドルと言ってよかったでしょう。「ヘップバーン」という女性だけの俳句雑誌を創刊しました。

第三回は詩人辻井喬氏の小説石田波郷『命あまさず』ですが、辻井は西武デパート（セゾングループ）の総帥堤清二であり、一時、三越を超えた日本一のデパートを実現し、新しい文化を発信しましたが、晩年は事業は破綻を迎え経営から撤退しました。

それから四番目が私の『定型詩学の原理』でした。あまり人には説明できない賞ですけど、頂けるとなるとやはり嬉しいです。この賞は郁乎が亡くなってからも宗教団体の支援で続けているようです。だから私の履歴にどう入れてよいのかよくわからないのですが、ただ、加藤郁乎はやはり前衛俳句の一方の雄だったので、その人が作った賞を初めて前衛俳人として受けたということであれば、ありがたいことです(笑)。

加藤郁乎は選考審査の弁で「筑紫氏は日本詩歌さらにはアイヌ神謡、俳諧俳句を論じることでヤコブソン批判を超え、高野辰之の『日本歌謡史』を書き替えようとする。その志たるや壮たり快たり。定型詩学論に新紀元をもたらす本書が現代俳句及びその評論に新風をみちびく硬骨の俳人により招来された事実を特に明記感賞して、第四回加藤郁乎賞を贈る」と、今まで誰も言ってくれなかったことを言ったので、やはりものすごい見識があるなと感激しました。『日本歌謡史』なんて多分今読んだ人がいないと思いますが、『定型詩学の原理』がそれを越えていると言うのが嬉しいです。

加藤郁乎賞受賞式にて　左筑紫磐井、右加藤郁乎
2002年3月21日　　写真提供：筑紫磐井

郁乎が後世に遺したもの
——永遠の言葉の放浪者（ヴァガボン）

このように様々な郁乎を見てきましたが、その俳句がどこをどう切ろうとその切口から誰が見ても加藤郁乎と分かりながら、それぞれの時代に余りにも振幅を大きく持って、一口ではこれが郁乎だと言い切れないようです。結局のところ、郁乎は永遠の言葉の放浪者として存在しているようにしか見えません。詩から俳句へ、俳句から文学へ。砂漠の国境を蜃気楼に乗って移動する放浪者の姿に重なって見えます。現代俳句は正に蜃気楼。沢山の自称俳句作家がいるが、そうした作家がいることと俳句が存在することとは別です。俳句としての存在感はますます薄れ、実体のない俳句作家だけが幽霊のように昼の町をうろついている、怪談のような時代です。郁乎の俳句が輝きを増すのは現代俳句が正に終ろうとしているこうした今なのではないかと思えます。次に来る近未来を何と呼んでよいのかは分からないですが、言語の浮遊するばかりの現代の俳句の空間とは全く違った世界が次の我々を待っているでしょう。そうした世界で、郁乎の言葉はやはり輝きだしますね。

如才ない現代俳人は誰一人信じなくなっていますが、言葉には〝回天〟の力があります。回天というのは、天を回らす力です。よきにつけ、あしきにつけ明治維新がまさにそういう事件でした。

郁乎のはるか後輩にあたる攝津幸彦が夭折する直前に語った言葉——「恥ずかしいことだけど、僕はやっぱり現代俳句っていうのは文学でありたい」は、屈折した言い方ですが、郁乎の在り方に近いものがあるように思います。我々の生活が何となく決められたような毎日を送り、政治や社会も決して大きく変わることがないだろうという諦観に浸っている時、社会も自分も大きく運命の船首を巡らす契機が言葉にあると思うのは時代離れした証拠かもしれません。しかし、文学の見えない先には、誰も回天の一語を切望する気持ちはあるはずです。それが文学です。そうした回天の言葉を幾つも秘め持つことこそ文学と言うべきです。その時期にあっても郁乎はそうした回天の語を摘んできました。これは一種の時限爆弾と言ってよいでしょう。

この言葉を郁乎の全句集の巻末にしるしたところ、郁乎はいたく感激してくれました。この言葉の意味は、私と郁乎しかわからなかったように思います。私という小さな器から見ても、やはり郁乎は偉大な作家であったと思えるのです。

余談になりますが郁乎夫妻の結婚式に私が招かれたことがあるんです。多くの招待者がいたんですが、来賓席で夫婦の御席をはさんで座ったのは、詩人の飯島耕一氏、書家で真光の教主の岡田光央氏、そして私でした（笑）。こんな破格の扱いを受けたのもちょうどこの頃であったと思います。正直言うと、郁乎は時期々々でその評価する作家が変わっていったように思います。ちょうどこの時期私は頂点にいたように思いますが、この後は辻桃子を高く評価していたと思います。そういう意味で、加藤郁乎は移り気な若者イーターというイメージがあります。もちろん大概の一流俳人という人たちはそうした傾向がありますが（笑）。かといって、加藤郁乎の偉大さは変わらないと思います。

近代俳句の道を切り開いたのは正岡子規だと言われていますが、明治二十年代に正岡子規独りが居たわけではありません。俳句作家は沢山いた、それぞれに可能性を持っていたかもしれないが、多くのその他の俳人を抹殺したのは我々後世の人間です。読者として読まない、関心を持たない。実に些細なことですが、この積み重ねによって、明治は子規がいなければ俳句の暗黒時代であったと確信させる信念を作り出してしまったのです。二十世紀の俳句なんて加藤郁乎しかいなかったさ、という台詞が二十一世紀から聞こえて欲しいと思います（笑）。

おわりに

筑紫磐井氏は文部科学官僚、俳人、評論家、俳誌「豈」の発行人に加え、現在、現代俳句協会副会長、俳人協会評議員、日本伝統俳句協会会員などの肩書を持つ。長年に亘り戦後俳句の研究、最近では三協会統合の模索にご尽力され、多くの著書を刊行。とりわけ、二〇二三年刊行した『戦後俳句史nouveau1945-2023——三協会統合論』は統合の処方箋も提案している。

また、加藤郁乎との関わりは一九九二年出版の第二句集の書評を書いてもらったことから始まり、一九九九年に郁乎の古希祝賀会に出席、翌二〇〇〇年刊行した『加藤郁乎俳句集成』の解説も任され、郁乎並びに郁乎俳句を客観的に評価されている。そして二〇〇二年刊行した俳句評論『定型詩学の原理——詩・歌・俳句はいかに生れたか』で加藤郁乎賞を受賞。今回の取材に当たり、氏から数多くの貴重な俳句史資料を頂いた。「郁乎の俳句が輝きを増すのは現代俳句が正に終ろうとしているこうした今なのではないか」という現代的な視座には、私も深く考えさせられた。

董振華

筑紫磐井の加藤郁乎20句選

冬の波冬の波止場に来て返す　『球體感覺』
昼顔の見えぬひるすぎぽるとがる　『〃』
切株やあるくぎんなんぎんのよる　『〃』
天文や大食《ダージ》の天の鷹を馴らし　『〃』
一満月一韃靼の一楕円　『〃』
五月、金貨漾ふ帝王切開　『〃』
落丁一騎対岸の草の葉　『えくとぷらすま』
とりめのぶうめらんこりい子供屋のコリドン　『形而情學』
けんぽー二十一条を吹く野の花のぽー　『〃』
あるはんぶらつく移動祝日の晴れはれ　『牧歌メロン』
牡丹ていっくに蕪村ずること二三片　『〃』
リラリラと前世からの射精かな　『〃』
かげろふを二階にはこび女とす　『微句抄』
おまんこも聖四文字もんめの花　『佳気颪』
禅味茶味俳味しめ出す秋の暮　『秋の暮』
薗八のなかるべからず岡時雨　『江戸櫻』
初松魚あゝつがもねえなまりとは　『〃』
あれとさすゆびが肴や露しぐれ　『響』
熱燗やちろりに似たる宵ここち　『〃』

第四回加藤郁乎賞を筑紫磐井著定型詩学の原理に贈る
苔ころも貸さねばうとし春いとへ　『晩節』

加藤郁乎（かとう いくや）略年譜

昭和4（一九二九） 東京府生まれ。俳句は父に教えを受けつつ、日野草城、西東三鬼、高柳重信の影響を受け、父の主宰誌『黎明』に新芸術俳句を発表。

昭和25（一九五〇） 『黎明』の主宰を継承。のちに詩を吉田一穂、西脇順三郎に師事。昭和30年代には『俳句評論』『ユニコーン』などの前衛俳句誌にも参加した。

昭和26（一九五一） 早稲田大学文学部演劇科卒業。日本テレビに勤務、また商事会社を経営。

昭和34（一九五九） 第一句集『球體感覺』（俳句評論社）。

昭和37（一九六二） 第二句集『えくとぷらすま』（冥草社）。

昭和39（一九六四） 『眺望論 詩論集』（現代思潮社）。

昭和41（一九六六） 第三句集『形而情學』（昭森社）。

昭和45（一九七〇） 第四句集『牧歌メロン』（仮面社）。同年、『遊牧空間』（三一書房）。

昭和47（一九七二） 『かれ発見せり』（薔薇十字社）。同年、文筆家として独立。

昭和49（一九七四） 第五句集『微句抄』（南柯書局）。

昭和50（一九七五） 句集『定本加藤郁乎句集』（人文書院）。

昭和51（一九七六） 『後方見聞録』（コーベブックス）。同年、『夢一筋近代文学逍遙』（コーベブックス）。

昭和52（一九七七） 第六句集『佳気颪』（コーベブックス）。同年、『旗の台管見 書評集』（コーベブックス）。

昭和53（一九七八） 『半風談』（九藝出版）。

昭和54（一九七九） 『意気土産』（小沢書店）。

昭和55（一九八〇） 『江戸の風流人』（小沢書店）。

昭和56（一九八一） 『俳諧志』（潮出版社）。

昭和58（一九八三） 『江戸俳諧歳時記』（平凡社）。同年、『続 江戸の風流人』（小沢書店）。

昭和63（一九八八） 第七句集『江戸櫻』（小沢書店）。『古意新見 筆払1』（小沢書店）。同年、『閑談前後 筆払2』（小沢書店刊。

平成3（一九九一） 第八句集『粋座』（ふらんす堂）。

平成6（一九九四） 『加藤郁乎句集』（砂子屋書房）。

平成8（一九九六） 『日本は俳句の国か』（角川書店）。

平成10（一九九八） 第九句集『初昔』（ふらんす堂）。同年、自身の単独選考による加藤郁乎賞を創設。

平成12（二〇〇〇） 『加藤郁乎俳句集成』（沖積舎）。翌年、同書により二十一世紀えひめ俳句賞富澤赤黄男賞受賞。

平成16（二〇〇四） 『市井風流—俳林随筆』（岩波書店）。翌年、同書により第5回山本健吉文学賞評論部門受賞。

平成18（二〇〇六） 第十句集『實』（文學の森）。同年、『坐職の読むや』（みすず書房）。

平成21（二〇〇九） 『俳の山なみ 粋で洒脱な風流人帖』（角川学芸出版）。

平成22（二〇一〇） 第十一句集『晩節』（角川学芸出版）。翌年、同書により第11回山本健吉文学賞俳句部門受賞。

平成24（二〇一二） 『俳人荷風』（岩波現代文庫）。同年、心不全で死去、享年八十三。

平成25（二〇一三） 第十二句集 『了見』（書肆アルス）。

筑紫磐井（つくし　ばんせい）略年譜

昭和25（一九五〇）　東京都豊島区生まれ。

昭和45（一九七〇）　一橋大学法学部に入学。大学在学中、「馬酔木」に投句開始。

昭和47（一九七二）　「沖」に入会、能村登四郎に師事

昭和49（一九七四）　大学卒業後、科学技術庁に入庁、同時に俳人、俳句評論家として活動。

平成1（一九八九）　句集『野干』（東京四季出版）。

平成2（一九九〇）　「豈」に入会。翌年、「豈」の編集長。

平成4（一九九二）　句集『婆伽梵』（弘栄堂書店）。

平成6（一九九四）　俳句評論『飯田龍太の彼方へ』（深夜叢書社）で俳人協会評論賞新人賞。

平成7（一九九五）　現代俳句協会：現代俳句歳時記編集委員。

平成11（一九九九）　九月「俳壇」座談会（金子兜太、三村純也、小林貴子、筑紫磐井）。

平成12（二〇〇〇）　正岡子規俳句賞選考参加。

平成13（二〇〇一）　「豈」発行人、同年、俳句評論『定型詩学の原理-詩・歌・俳句はいかに生れたか』で加藤郁乎賞。

平成15（二〇〇三）　『筑紫磐井集（句集『花鳥諷詠』所収）』（邑書林・セレクション俳人）。

平成16（二〇〇四）　『筑紫磐井集』により第九回加美俳句大賞スウェーデン賞（兜太推薦）、第三回正岡子規国際俳句賞EIJS特別賞（兜太推薦）、同年、『近代定型の論理　標語、そして虚子の時代』（邑書林）。

平成18（二〇〇六）　『詩の起源-藤井貞和『古日本文学発生論』を読む』（角川学芸出版）。同年、『標語誕生-大衆を動かす力』（角川学芸出版・角川学芸ブックス）。

平成20（二〇〇八）　兜太第三回正岡子規国際俳句大賞受賞、業績と代表句選。

平成21（二〇〇九）　高山れおな等と『新撰21』編（邑書林）。

平成22（二〇一〇）　『女帝たちの万葉集』角川学芸出版。高山れおな等と『超新撰21』編（邑書林）。

平成23（二〇一一）　『相馬遷子　佐久の星』編（邑書林）。

平成24（二〇一二）　『伝統の探求〈題詠文学論〉俳句で季語はなぜ必要か』（ウエップ）（兜太少し反発）。

平成25（二〇一三）　『伝統の探求〈題詠文学論〉』により、第二十七回俳人協会評論賞。『21世紀俳句時評』。

平成26（二〇一四）　句集『我が時代』（実業公報社）。

平成27（二〇一五）　『戦後俳句の探求』（兜太推薦執筆）。

平成28（二〇一六）　『いま兜太は』（共著）。

平成29（二〇一七）　『季語は生きている』（実業公報社）、『存在者、金子兜太』（共著）。

平成30（二〇一八）　『虚子は戦後俳句をどう読んだか』（深夜叢書社）、『兜太ＴＯＴＡ』編集長。

令和3（二〇二一）　現代俳句協会副会長、同年、令和三年度春の瑞宝中綬章。

令和5（二〇二三）　『戦後俳句史nouveau 1945-2023—三協会統合論』。

令和6（二〇二四）　『語りたい龍太　伝えたい龍太—二〇人の証言』（コールサック社）の証言者として参加。

第12章

森澤程が語る和田悟朗

（二〇二四年七月十一日十四時　橿原市にて）

はじめに

この度の取材予定者のうち、関西在住の方が四人いらっしゃったため、時間、交通費、宿泊代なども考えて集中的に取材することにした。四人それぞれの都合のよい日を伺い、取材の順番と時間をうまく調整できた。まず、七月十一日、奈良県橿原市へ行って、和田悟朗について森澤程氏にインタビューした。今回、森澤氏にこの企画の趣旨を申し上げたところ、即応諾していただいた。そして、時間をかけて和田先生との関係の資料を作成し、事前にメールで送ってくださり、且つ何度も電話で橿原へ行く方法と取材の場所を説明して下さった。細かい心遣いのお陰で取材は順調に進んだ。知性に富み、静かな印象の方だったが、和田先生の話になると、明るく楽しそうに、明晰な話の場をもたらしてくださった。和田先生はいかなる句業を残され、森澤氏にとってどのような存在であったかをこの度のインタビューを通じてうかがうことができた。

董振華

小説を読むのが好きでした

私が生まれたのは一九五〇年で、戦後生まれの世代です。学生時代から愛読しているのは小川国夫の小説です。小川国夫の作風は一行が屹立していて、ストーリーとしての流れは希薄ですが、省略が効いているため、行間の深さを味わうことに醍醐味があります。一行を書くために言葉を選び取ることへのリゴリズムがあり、同時に迷いに通じるものも感じられます。この姿勢には、文学における作者と言葉との真摯な関係があると思います。

小川国夫に実際にお目にかかったのは大学時代。早稲田大学で催された「内向の世代」というシンポジウムに学外から参加した時です。司会は秋山駿、パネリストは小川国夫の他に後藤明生、黒井千次。小川国夫は、考えては立ちどまり又とつとつと語り、すぐには何を喋っているか分からない感じでしたが、この姿に魅力がありました。当時私はノイローゼ気味で、心身ともに憔悴していたので、こういう人が作家としてこういう感じで頑張っていらっしゃるのだというのがすごく励みになりました。それからちょっとモヤモヤしていましたが、後日、この時の印象を頼りに藤枝に住む小川国夫を訪ねました。すると、「僕もノイローゼに追い込んでいる時がありますよ。そうしないと書けない時がありますから」と話され、「そうか、こういう人もいるのだ」と改めて思いました。さらに「卒業論文は書かないと駄目ですよ」と優しく丁寧に話をしてくれました。この日から少しずつ元気が出て今に繋がっています。

大阪駅にて　左より金子兜太、林田紀音夫、高柳重信、赤尾兜子、船川渉、三谷昭、和田悟朗　1962年5月26日
『赤尾兜子の世界』（梅里書房）より転載。

一九九〇年頃、朝日新聞「ひと」欄で鈴木六林男が小川国夫を大阪芸術大学の教授に招聘したという記事を読みました。鈴木六林男は俳人とのこと、小川国夫とどんな関係にあるのだろうと思いました。当時の私は、俳句はもう過去のジャンルだというような認識の中にいました。また後に、小川国夫と鈴木六林男は、埴谷雄高についての会で知り合ったことを知りました。

俳句との出会い

私は長野県で生まれ育ち、東京で約八年過ごし、結婚した後は奈良県に住んでいますが、近所に同人誌などで交流のあった堀本吟さんがいました。彼女は奈良女子大学の出身でもあり、和田悟朗先生と交流がありました。吟さんとの縁を得て、句集では、上野ちづこの『黄金郷』、江里昭彦の『ラディカル・マザー・コンプレックス』、筑紫磐井の『婆伽梵』、評論では堀本吟の『霧くらげ何処へ』、仁平勝の『詩的ナショナリズム』、夏石番矢編の『俳句　百年の問い』などを読み、俳句に興味を持ちました。そして、初めて投句したのは一九九三（平成5）年、「俳句空間」（弘栄堂）の新鋭作品募集欄です。当時私は四十三歳で、本名の相馬悦子を使いました。そして次の句が久保純夫さんの選に入ったのです。

夢殿や萩の野で逢ふ死人たち
柱状に夢殿の闇固まりぬ
夢殿やひとりふたりと剝落す

後年、久保さんは私の第一句集『インディゴ・ブルー』の序文に「森澤程は一九九三年に〈夢殿〉を舞台にして俳句の世界に登場した」と書いてくださいました。

和田悟朗との出会い

一九九三年頃、和田悟朗先生は堀本吟さんの招待で橿原《かしはら》を訪ねて来られ、私の車で香久山の麓にある橿原市立昆虫館へ行きました。これが和田悟朗先生との初めての出会いです。悟朗先生の二上山を背に昆虫館の前に立った時の風貌には不思議なオーラがあり、「これが現代の俳人なのか」と思いました。知的でありながらそれだけに収まらない雰囲気を纏っていました。

昆虫館での先生は、ご自分の見たかったイシガキチョウの舞う姿を目にできなかったことが不満の様子でした。その経緯は堀本吟さんが「イシガキチョウの顚末」と題して「船団」誌に詳述しています。

私にはこの日、不機嫌な理由がわからなかったのですが、後年、悟朗先生がかなりの「蝶吉」であることをエッセイなどで知りました。先生のこの日の無念さをあからさまに表す姿には、今でも苦笑を禁じ得ません。しかし初対面ゆえの緊張感などは全くなく、気を遣うということもありませんでした。全句集には蝶を詠んだ句が六十四句ほど収録されています。その中の一部です。

蝶の昼ヘルマン・ヘッセ透きとおる　『坐忘』

第27回「花曜」の総会　前列左５和田悟朗、左６鈴木六林男、左９森澤程　京都市平安会館にて
1998年6月20日　　写真提供：森澤程

頂上に磐座まろび蝶ひとつ　『人間律』
土星から黒蝶火星から黄蝶　『〃』
直感は光より疾し蝶の紋　『風車』
約束や開いて見せる蝶の紋　『〃』

昆虫館を見学した後は堀本吟さん宅で、悟朗先生の『法隆寺伝承』などの句集を見せていただきました。まず目に飛び込んだのが次の句です。

魔女にして頬突く指の美しき　『法隆寺伝承』

中宮寺の弥勒菩薩半跏思惟像をこのように捉える驚きがあり、これが俳句と言えるのかしらと思いました。又、今何故法隆寺を詠むのだろうという素朴な疑問も持ちました。後年、悟朗先生が句作の対象として法隆寺に至った経緯を知ることになるのですが、この時は珍奇な俳句としか思えませんでした。とは言え、私が初めて「俳句空間」に投句したのは、「夢殿」を詠んだものでした。今思うのに、これは堀本さん宅で読んだ『法隆寺伝承』のイメージが胸中に残っていたためかもしれません。法隆寺も現代俳句の句作の対象になるのだということについて、無意識の内に反応していたのでしょう。この時点では和田悟朗俳句の全貌、又その魅力や面白さを十分に理解できていませんでした。

鈴木六林男の「花曜」に入会、終刊まで

一九九四年、堀本吟さんと江里昭彦さんが「関西戦後俳句聞き語りの会」を立ち上げ、私も参加する機会を得ました。戦後俳句について講師にインタビューするという形式でした。

一回目の講師は和田悟朗先生でした。和田先生の話は、当時の私には、その核心となるものがよく摑めませんでした。でも、第一句集『七十万年』所収の次の句が印象に残りました。

秋の入水眼球に若き魚ささり　悟朗

この句について悟朗先生の具体的なコメントは忘れてしまいましたが、「入水」に始まる一句の展開には、初めての世界がありました。生から死への境界、その移行が人間の情感を排した静謐な言葉でなされているのです。入水は自殺すること、そうすると目に若い魚がささったというのは何とも言えない水中の光景になります。

二回目の講師は鈴木六林男先生でした。六林男先生は戦場で俳句を作った人だということが強く印象に残り、その話には具体性があり、「戦争責任はこの会場に居る方々にもあります」という見解は、戦場をリアルに詠んだ人ならではのものと思いました。加えて新聞で知った小川国夫と交流のある方だということで六林男先生に興味を持ちました。

そして一九九五年、私は鈴木六林男主宰の「花曜」に入会しました。六林男先生の〈暗闇の眼玉濡らさず泳ぐなり〉はよく知られていますが、悟朗先生の〈秋の入水眼球に若き魚ささり〉の句と比べますと、体感として初心者にも分かりやすいところがありますね。

鈴木先生の句集で最初に読んだのは、第八句集『悪靈』でした。《第七の封印を解き給いたれば、凡《およ》そ半時《はんとき》のあいだ天靜《しずか》なりき「ヨハネ黙示録」第八章》、この文言を巻頭に置き、「戦争」という章から始まる一巻は、戦争体験を根底においた構成力の強い句集で

した。その後十年間「花曜」に所属し、新人賞、花曜賞を二回戴き、校正係、六林男先生の俳句教室の助手をしたりしていました。

「花曜」では年に一度大会を開催、和田先生はその都度ゲストとしてお見えになっていて、講演もしてくださいました。橿原の昆虫館へ堀本吟さんと共に行ったご縁で、和田先生にはお目にかかる度に挨拶しました。ある時、和田先生は「今度『坐忘』という句集を出すからね」と声をかけてくださり、そして送ってくださった『坐忘』にはその句集名と共に俳句としてはじめて読む領域がありました。

現代俳句大賞受賞　上野東天紅にて　和田悟朗
2007年3月24日　　写真提供：森澤程

忘却の大八車年を越す　『坐忘』
想い出を動かしてみる大枯野　『〃』
言の葉の淡き空間帰り花　『〃』
人間が異常発生して渚　『〃』
抽象と具象のあいだ神戸冷ゆ　『〃』

その後、和田先生は著書を刊行する度に送ってくださり、その作品に触れる機会が増えました。二〇〇四年十二月十二日、鈴木六林男先生が亡くなられました。十四日のご葬儀では和田先生が弔辞を述べられました。主旨は「六林男先生の作品は、一貫したテーマ〈戦争と愛〉の精神を大いに感受させる」として、

遺品あり岩波文庫『阿部一族』　六林男
かなしきかな性病院の煙突《けむりだし》　〃
暗闇の眼玉濡らさず泳ぐなり　〃
わが死後の乗換駅の潦《にわたずみ》　〃

を挙げ、「俳句の方法に無季を入れ、俳句の根底にヒューマニズムを浸透させ、俳句を単なる文芸ではなく文学へ高めた」と懇切な弔辞を述べられました。又、

天上も淋しからんに燕子花　六林男
死の刻を待ち蚊柱を育ている　〃

を挙げ、「俳句の中に立ったままで死にたい」という六林男先生の想いに対し、その遺志を継ぐことと、その教導についても熱い想いを述べられました。この弔辞は今も私の胸の奥にあります。

六林男先生亡き後、二〇〇五年、「花曜」は解散となりましたが、翌二〇〇六年、久保純夫さん代表の「光芒」が創刊され、私も参加。高橋修宏さん、岡田耕治さんと一緒でした。創刊号の巻頭には、和田先生の「大道芸人」十句が載っています。その内の四句を記します。

これだけの菊を咲かせて怠け者　悟朗
鏡薄し前に後ろの冬景色　〃
春いちばん大道芸人失敗す　〃
日と月の位相かぐわし凍沼に　〃

同じ年に、私は第一句集『インディゴ・ブルー』を上梓、帯文を和田悟朗先生にお願いすると、快く引き受けてくださったのが嬉しかったです。「静かな風光の中に人間の愛が詠われている」という帯文にはどこか面映さがあり、今もそれは続いています。二〇〇八年、「光芒」は十号をもって終刊となりました。その後、私はしばらくどこにも所属せず超結社の「風後句会」に参加していました。竹中宏さん、対中いずみさん、土井一子さんと一緒でした。

和田悟朗の「風来」創刊

和田悟朗先生は、一九四九（昭和24）年に橋閒石が

「藍」40周年記念大会
前列右２和田悟朗、右４花谷清、右５花谷和子、後列左１森澤程、左５若森京子
2013年　　写真提供：森澤程

創刊し、閒石没後、一九九二（平成4）年に引き継いだ「白燕」を、二〇〇六（平成18）年に解散しました。そして翌二〇〇七年、第七回「現代俳句大賞」を受賞されました。東京と大阪で祝賀会が開催され、私も大阪での会に出席しました。

二〇〇七（平成19）年には現代俳句協会青年部の勉強会で、赤尾兜子についてお話をされ、私も参加し、和田先生の俳句観に触れることができました。

二〇〇八（平成20）年には、兜子館（神戸）で開催された和田悟朗色紙展に参加して、赤尾兜子夫人の恵以さんにお目にかかることもできました。

二〇一〇（平成22）年、八十七歳の和田先生は、季刊同人誌「風来」を創刊されました。私が無所属だということを知っていた山上康子さんに「今度は和田先生が雑誌を始めるわよ、あなたも入りませんか」と言われました。その後和田先生が「きみ、ぼくのところでやっていけそうかね」とわざわざ電話をくれました。その時のことは今でも忘れることができません。

和田先生との交流はこの時から最晩年の五年間で、「風来」句会及び誌面での交流に尽きます。「風来」の

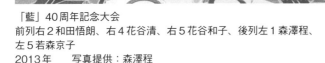

命名は唐の詩人李山甫の詩の〈風来花落帽／雲過雨沾衣〉の一節によります。和田先生の「風来」誌巻頭言は次の通りです。

「われわれは日々の暮らしの中で、風に吹かれる平凡な景色やら珍しい日蝕の光まで、俳句を楽しみたいと思う。」

「風来」の句会は、生駒の公民館と西宮の福祉会館で一ヶ月ごとに開かれました。句会で和田先生は指導や添削したりすることはありませんでした。一同人として選句と評を発言し、句会者や参加者の話を楽しそうに聞いておられました。私は和田先生から一回だけ助言をいただいたことがあります。

すみれ濃しすみれ淡しと百人行く　程

この句は、はじめ「行く百人」としていたのですが、和田先生が「百人行く」の方がいい、と直してくださいました。元「風来」の方に最近聞いたのですが、和田先生もどうしても直したいという時には助言したということです。年末にはカラオケをしたこともあり、先生の「北国の春」は何とも言えない味があり、まさに悟朗節というほか無い感じでした。

和田悟朗先生とのエピソード

西宮句会からの帰路は、帰る方向が同じなので和田先生と二人で電車に乗ることが多かったです。句会場からＪＲ西宮駅まで高架の線路下をほぼ無言で歩き、無言で電車に乗りました。でもこの無言は私にとって好ましいものでした。無理にしゃべることはないという暗黙の合意を和田先生の佇まいにそれとなく感じていました。

いつも京橋駅を経由して帰りましたが、京橋駅構内を歩き、乗り継ぐ時の和田先生には心なしか緊張感がありました。無言の表情の内に厳しさがあったのです。当時はこのことの意味を理解できませんでした。

爆弾をよけたる我に夏景色　『即興の山』

爆裂の魂戻り来よ敗戦日　『人間律』

飛散せし時間つどいぬ慰霊塔　『〃』

和田先生は敗戦の前日八月十四日の京橋駅でB29の爆撃に遭っています。このことを先生の口からは一度も聞いたことはありませんが、後年自句自解集などで、当日の経験の凄まじさを知り、先生が京橋駅で緊張する理由も分かりました。爆撃に遭った時、和田先生は大学生でした。危険をも顧みず、懸命に他の人達を防空壕に誘導し自分は死ぬと思っていたら、逆に防空壕が投下爆弾で壊れてしまい、自分が助かったということです。だから京橋駅を歩く時いつも厳しい顔をしていたのでしょう。筆舌に尽くしがたい体験が京橋駅にはあったのです。

痛極にあれば宇宙は夏景色　句集未収録

この句は、亡くなる前の年（二〇一四年）、痛みを抱えつつ車椅子で生駒の句会に参加された当日の朝揮毫された句です。この短冊は阿弥陀籤の結果、私が戴くことになりました。「夏景色」が京橋での空爆の景に重なるようです。内山思考さんが車で先生を迎えに行き、句会場までお連れしていました。

さて、鶴橋駅から悟朗先生は奈良方面、私は橿原方面へ向かう近鉄電車に乗り換えました。ほぼ五年間、隔月毎にこのコースでの帰宅が続きました。時に内山思考さんが同道されたこともあり、先生は上機嫌でした。私とは、これといった話はしなかったのですが、二つだけ覚えている会話があります。

「あなたのこと、ぼくには正体不明だよ」

この時のあまりにも単刀直入な言葉には狼狽えました。「先生も私にとっては正体不明です」と言いたかったのですが（笑）、さすがに止めました。私には自分自身が自分を正体不明と思っているところがあり、和田先生にはここを言い当てられてしまったという思いがあります。もう一つは車中の無言に耐えかねて、私は次のように話しかけました。

「先生、今、何を考えておられるのですか」

「うん、この吊革はどこで作られたのだろうと考えていた」

というお答えの後、また元の無言の状態に戻りました。電車が揺れる度一斉に吊革が揺れていました（笑）。

「風来」の編集と校正

「風来」の編集と校正の作業は、和田先生が阪神淡路大震災後――〈寒暁や神の一撃もて明くる　悟朗〉――引っ越した生駒市のお宅でしていました。和田先生も一緒でした。奥様のアイ子様は元奈良女子大学の生物学者で、いつも温顔で時をみて美味しいお茶を入れてくださいました。和田先生はアイ子さまのことを「電子顕微鏡を覗いていた人だ」と紹介されました。帰りには先生とアイ子様は門前に立ち、にこにこしながら見送ってくださいました。

和田先生の家には生駒駅からバスで行くのですが、降りるとすぐ理髪店があり、入り口にいつからか和田先生の俳句がホワイトボードに書いてありました。私のスマホの写真には、次の二句が写っています。

生涯に辿り着きたる書斎寒
限りなく地球朗らか別れ霜
現代俳句協会顧問　和田悟朗

このボードは先生の近所の方とのお付き合いの賜物なのでしょう。

五年間の校正作業が続きました。先生が亡くなられる前年、ご体調のすぐれない中、「ぼくは、近ごろやっと俳句が面白くなったよ」と苦しい息遣いの内に微笑をもって呟かれたことを思い出します。この言葉には、万感の想いが籠もっていて心を打たれました。

余談ながら、私は最近アイ子さまより和田先生揮毫の掛け軸を戴きました。

ローマ軍近付くごとし星月夜　悟朗

頂戴したこの掛け軸は自室の壁に掛けてあります。時々眺めては宇宙と古代のローマ軍に思いを馳せ、ゆったりした気分になることができます。

「風来」誌は二十号で終刊となりましたが、二十五名の同人全員は最後まで伸び伸びと俳句と文章を発表していました。

「風来」の吟行会

和田先生との「風来」の吟行会は三回ほどありました。一回目は二〇一一（平成23）年十一月でした。

鹿ほどの物を思わず冬帽子　悟朗

夢鹿を人なつかしみ神の庭　〃

当日の集合は近鉄奈良駅前広場の行基像附近でした。

関西現代俳句協会句集祭　右から花谷清、和田悟朗、内山思考、小野田魁、石井冴、玉記久美子、森澤程
2013年12月7日　写真提供　森澤程

私はこの行基像を見る度お顔を覗き込んでしまいます。どことなく和田先生の顔に似ているのです。和田先生には次の一句があります。

みどりなすてのひら開き行基佛　『坐忘』

吟行は奈良公園から春日原生林にかけてで、一時間ほど散策し志賀直哉旧居附近の宿で昼食と句会をしました。

二回目は、二〇一三（平成25）年四月に、先生の第十句集『風車』の第六十四回読売文学賞（詩歌俳句賞）受賞記念として奈良公園吟行と祝賀会が開催されました。飛火野を散策している時、先生のポケットからは、方位磁石や万歩計、虫眼鏡などが出てきました。フンコロガシをみつけ、地に這いつくばってこの虫を皆に教えてくれたのも先生です。飛火野は鹿の糞でいっぱいです。ふんころがしを教えてもらったのが嬉しくて、私は次の句をつくりました。

前衛もふんころがしも風のなか　程

当日の様子は、内山思考さんがブログ「尾鷲歳時記」で紹介しています。

三回目は、同年九月、鈴木六林男先生の墓所を訪ねて岸和田まで行きました。「風来」十五号に「鈴木六林男古道を行く」という和田先生の文章があります。元「花曜」同人で岸和田に住む次井義泰さんのお世話で、六林男先生の二人のご息女、元「花曜」の方も数人参加されました。六林男先生の墓所には次の句碑があります。

天上も淋しからんに燕子花　六林男

当日の悟朗先生の句は、

山頂へ六林男の墓石秋日燃え　悟朗
秋彼岸墓石は笑いゴロチャンよ　〃

和田先生は、秋の日射しの眩しい六林男先生のお墓の前でいつもの微笑を湛えておられました。寂しそうであり懐かしそうでもありました。戦争を体験し、戦後の関西で共に俳句を培ってきたお二人の姿を遠望させられる岸和田吟行でした。当日の句より和田先生は六林男先生に「ゴロチャン」と呼ばれていたことが分かります。和田先生は私の知る限りにおいては、誰とでも微笑をもって同じ姿勢や口調で対されていたように思います。この日もいろんな方と静かにお話をしておられました。

冬凪の湾睡たげな和田悟朗　佐藤鬼房

そして、この句のように睡たげな瞼をもっていたような感じもします。

第十句集『風車』で読売文学賞受賞

二〇一三年の「風来」の新年句会の席上で、和田先生が「この度『風車』が読売文学賞を受賞しました」とぽつんと言われました。そしてしばらくの沈黙のあと、喜びと祝福の声が上がりました。先生はいつものように淡々としていましたが、華やいだ新年句会になりました。その後、新聞紙上で受賞者の発表があり、授賞式は二月二十八日でした。授賞式には「風来」同人の小野田魁さん、山上康子さん、玉記久美子さん、

「風来」句会に参加していた花谷清さんが参加されました。

読売文学賞は「戦後の文芸復興の一助とする目的で、一九四九（昭和24）年に読売新聞社が創設し、小説、戯曲、評論・伝記、詩歌俳句、研究・翻訳の五部門について、前年の最も優れた作品に授賞するもの」で、第十九回からは、随筆・紀行を加え全六部門とし、第四十六回から戯曲を戯曲・シナリオ部門に改め現在にいたっております、と受付で渡された冊子にあり、「戦後の文芸復興」は、文学や俳句に大きな価値転換をもたらすものだったことを改めて認識させられました。

和田先生は、まさに戦前戦後を生き抜いた俳人の一人でした。冒頭に話した小川国夫もこの賞を受賞しています。両者に共通しているのは、敗戦後、昭和二十年代後半に小川国夫はフランスへ渡り、和田悟朗は、昭和三十年代後半のアメリカに渡り、戦後の日本と外国体験をそれぞれ小説と俳句の出発点の一つに置いていることです。外国語と日本語の相違、外国と日本の文化や風土の相違を戦後に体験したことは、貴重な文芸復興の一助になったと思います。

授賞式の壇上の和田先生は、やや緊張気味ながらも表情は若々しかったです。受賞者は、多和田葉子氏、松家仁之氏、ヤン・ソンヒ氏、池内紀氏、亀山郁夫氏、宮下志朗氏。いずれも国際的な視野に立ち文学活動をしている方々でした。選考委員の荻野アンナ氏は、「俳句や短歌については、その価値について分かりにくい面があり、毎年苦労する」とした上で、笑みを堪えながら次の句を朗誦しました。

虫めがねもて見る虫のすね毛かな　悟朗

そして、「『風車』にはこの句のようなミクロの世界と宇宙空間的なマクロな世界があり、さらにはミクロとマクロの逆転の世界もある」と述べました。このあとの受賞者の一分間のスピーチには、悟朗先生の俳句観が集約されています。

「かねてから俳句における文学性ということに関心は深くありましたが、しかしそれがどんなものかは具体的には摑み切れずにおりました、あるいはどうでもよかったものであったかもしれません。（…中略…）私が見ている宇宙や地球は、ただ客観的存在が同時にわが主観となり、時間や空間は自身の意識となってゆくように思われます。今後も私はこの調子で俳句を楽しみたいと思っています。」

壇上から降りた和田先生の第一声は「おなかがすいた」でした。二次会では「今回のことは本当のような嘘のような気がします」と会場を沸かせ、「写生とは見た瞬間に主観に変えることだ」とし、「無責任な句が多く申し訳ありません」と再度会場を沸かせました。『風車』のあとがきの一文を記します。

「全作品は五つの章に分け、〈木、火、土、金、水〉と命名した。これは中国古代の五行というもので、大地の循環流行を滑らかにする元素と考えられていた。これが現代の科学と合致しているかどうかは問題ではない。私は自然に対する古い主観が好きだ。」

悟朗俳句について

和田先生は、次の一句に触発され俳句をはじめたと記しています。

春めくや物言ふ蛋白質に過ぎず　莬原逸朗

莬原逸朗は、和田先生が大学卒業後、勤めた神戸女子薬学専門学校の教授で、この句は、和田先生の実験室を去った後握り潰された小さな紙片に書いてあったということです。和田先生は「この句の意味が当時の蛋白質研究の世界的レベルに照らしていると同時に、俳句の可能性として、全く新しい方向を示していると思った。ぼくの俳句はここから始まったといえる」としています。昭和二十五年前後のことで、莬原逸朗は、橋閒石創刊の「白燕」の原始同人だったので、その紹介により和田先生は「白燕」に参加、俳句会でいろんな同人に接するようになったとのことです。

ここを出発点に、和田悟朗は生涯に十冊以上の句集を刊行しました。戦争で失った特攻隊員の友人、京橋駅での爆撃体験、戦後のアメリカ体験、帰国後の神戸の自宅と奈良女子大への往還、法隆寺体験、阪神淡路大震災での自宅全壊。おそらく人としてこれ以上はないだろうという体験をしています。とくに第二次世界大戦後世界を席巻した各方面での前衛運動の精神には戦争がもたらした人間の根元的なところに抵触する問いがあると思います。和田先生の俳句はここから始まっていますが、全体としてみれば前衛運動という波に乗ることから始まったひとりの俳人の営為であったと思います。

読売文学賞受賞式にて　和田悟朗と赤尾恵以（兜子夫人）
2013年2月18日　　写真提供：森澤程

私は最近、和田先生の句集を読む度に、まだ読んだことのない気のする句や読んだことはあってもその度感じることが違うというような句が多くあります。悟朗俳句にはすぐには分からない面があり、取りあえず読み飛ばしてしまうことも多いのです。日常の生活に関わる視覚中心の景として構成されていないため、どの句にも立ちどまって多方面からアプローチすることでしかその面白さに触れることはできません。そして、そのプロセスにこそ悟朗俳句の魅力、真骨頂はあるような気がします。深呼吸したり、歩き回ったり眠ったりしながらのアクセスです。そしていろんな本を読み、自然科学などの知識も取り入れながらといった感じです。

二〇一四年七月五日の日本経済新聞文化欄に「内向

の世代　前衛性に光」＝「言葉の芸術」徹底し追求＝という記事がありました。一九七〇年前後に台頭した「内向の世代」の作家たちが静かな注目を集めているという見出しで、「文学至上主義と評される純粋性や従来の小説の枠組みを超えようとした実験精神、その前衛性に今改めて光が当たっている」とされる記事には、古井由吉、後藤明生、小川国夫が紹介されています。古井由吉については「戦争の残影を二十一世紀まで手放さず抱え込んでいることは、おそらく進行中の文学的事件」、後藤明生については「思索に伴って話題が次々と飛ぶのが後藤の作風」とし「電子書籍の端末なら引用されている小説や音楽を簡単に調べられる」とし「脱力系のユーモアがある」としています。小川国夫については「比喩的な表現に命をかけていた。それは言葉の力を信じていたからだろう」とし、「内向の世代は文学が言葉の芸術であると考えていた。だからこそ徹底して実験を繰り返した」という評論家や編集者、学者の見解を報じています。

私が学生時代に出会った小川国夫は、「内向の世代」の作家であり、ここに前衛性の光があるという記事は、この世代と同時代を生き、俳句の前衛から出発した和田悟朗に重なるものでした。特に小川国夫の比喩的な表現への志向は、和田悟朗の俳句への姿勢に通底してゆくものと思います。比喩、暗喩につきましては、私のこれからの研究課題です。

さて、「風来」十一号（平成24年・二〇一二年）には、和田悟朗の俳句観を伝える次の文章があります。

「ところで時間・空間とは、何なのか。（中略）時間や空間は自分が居ても居なくても存在するものかどうか。時間・空間が、自分が生まれる前から存在し、自分が生きている間はそれを実感し、自分が死んだら後にもそれが残存するであろう、と思っているのは極めて正しい常識である。だからそのような人は安易に〈客観写生〉ということを実行することができるであろう。しかし、俳句は主観である。どうする。時間・空間は物体ではないから、見たり触れたりすることは出来ぬ。意識を持つことによって、それを自覚するあいだだけ存在するのだ。だから自分の意識の中にだけ存在する。しかしそれを時間・空間という同じ言葉、同じ文字を使う必要はなく、ベルクソンはそれを〈持続〉と呼んだ。」

また「風来」八号（平成24年）には「意識の持続」として次の文章があります。

「目をつむったままストップウォッチを押し、三十秒と思ったとき、ストップウォッチを止める。二十五秒だった。もいちどやってみると今度は二十七秒だった。何をやっているのかというと、客観時間と主観時間とを比較し、主観を客観に合わせようとしているのだ。主観時間の場合、途中で他のことを考えたり、忘れたりすれば話にならぬ。つまり主観時間は〈意識の持続〉である。」

これらの見解について、「分かりました」とすぐに言うことはできなくとも、立ちどまってじっくり考えてみるのは面白いです。このベルクソンの「意識の持続」という概念から次の句が思われます。

わが摘めば人麻呂も来て土筆摘む　悟朗

柿本人麻呂は、古代の人ですが、和田先生の意識の中には人麻呂が存在し続けているのです。

太古より墜ちたる雉子の歩むなり　悟朗

ここには太古を現在の時空に持続させている世界があります。

もう一つ、「流行こそ不易なれ」というミニ講演（風来十三、十四号平成24年）を紹介したいです。

これは「風来」句会の後の講演で、内山思考さんが全録音しテープ起こしをし、和田先生がこれを整理したものです。「流行」と「不易」は、蕉風俳諧の理念として「三冊子」「去来抄」などで語られていますが、和田先生は「不易流行」を自分の言葉で伝えています。

先ずこの言葉の由来となった「論語」は、中学校一年生から習っていて、何もわからないのに何かがわかるとして、まさに言葉の宝庫だとしています。そして「論語」巻五「子、川の上《ほとり》にありて曰く、逝く者は斯くの如きか、昼夜を舎《や》めず」の一節を、現代の科学者としての認識のもと次のように解釈しています。

「川とは黄河だが、孔子が黄河の流れのすぐそばで流れてゆく水を見ると水は絶え間なく同じ方向に流れてゆき、同じ水は戻って来ない、これは継続する〈変化〉ということができる。一方〈昼夜を舎《や》めず〉ということは、黄河全体の景色を眺めるとこの大河の景は朝から晩までほとんど何の変化もない。この孔子の言葉を要約すると、川は近づいてみると絶えず水が流れ（微視的には常に変化）、離れて全体の景を見ると常に同じで変化が感じられない（巨視的には不変）。つまり、小さくものを見る姿勢で川をみると川は〈流行〉であるけれど、全体をまとめてみるという姿勢では川〈「不易」であると言えるでしょう。〈易〉は〈変〉と同じで〈不変〉に同じです。」

和田先生の、「不易流行」に関わる孔子や芭蕉のへの言及は、俳句について考えるとき、今なお刺激的であり、繰り返し考えていくべきことのような気がします。そして不易流行の句として次の句を挙げています。

古池や蛙とびこむ水の音　芭蕉

暗黒や関東平野に火事一つ　金子兜太

時間には、不可逆と主観の時間の流れ（意識の持続）があるのだということ、不易（巨視的・マクロ）は流行（微視的・ミクロ）でもあるという、ベルクソンと芭蕉に思いを馳せつつ、句作を重ねてこられた悟朗先生の俳句論は、何より自らに向けたものであったと思います。そして、科学者と俳人の両輪で生涯を歩んでこられた和田悟朗ならではの俳句論であると思います。

和田悟朗の人間性

和田先生の人間性ということですが、自然体の方ということでしょうか。ただ私は若い頃の悟朗先生を残念ながら知りません。

「風来」誌での悟朗先生の各人への俳句評は素手で真正面から、その人の持ち味を十分に感じてのものでし

読売文学賞受賞式にて　前列右から津高里永子、和田悟朗、花谷清、
後列右から森澤程。玉記久美子、山上康子
2013年　　写真提供：森澤程

た。みな先生の評に勇気づけられたと思います。

因みに私への作品評は、「奈良県の橿原で現実に現代の生活をしながら、身辺いたるところにある古代と日常的に接し合っていることが特徴的である」というものでした。確かに私は一人で古墳や旧跡を歩くのが好きです。明日香村などには、地上にこれという構築物がありませんので、何事かを想像するしかなくこの感じが好きなのです。先生に指摘され気がつきました。

それと「風来」には上手下手、有名無名といったことに拘ったり関わったりする雰囲気はありませんでした。これは代表である和田悟朗先生の人間性を物語るものです。同人諸氏はいつも楽しそうでしたし、先生も楽しそうでした。今再読しましても「風来」各号には生気が漲っています。俳句以前のひとりの人間というものに対する敬意を和田先生は持っておられました。

これらの姿勢は、長く俳句に関わり、科学（物理化学）の研究を一筋に貫いてきたことの賜物でもあるのでしょう。

寅彦忌存在するもの位置を持つ　『疾走』
回転を早める地球寅日子忌　『坐忘』
寅日子忌本の積み方二通り　『人間律』

物理学者であり俳人でもあった寺田寅彦の忌を詠ん

だ句の背後には理念や認識がありますが、三句目のような日常的な景の句もあり、和田先生の人間としての面白さがあります。

また和田先生の人間性を語るものとして、赤尾兜子と橋閒石の書物の刊行があります。いずれも二人の先達への想いと共に俳句史の資料として価値のある書物です。そして何より、第一句集『七十万年』に寄せた赤尾兜子のアメリカの風土体験への期待、橋閒石の科学と俳句の合一に対する期待に生涯をかけて応えていったことが、和田先生の人間性をよく物語っていると思います。最後に次の句を挙げます。

元気とは病気　限りなく炎天　『即興の山』

頑固とはさびしき固態春の風　『風車』

暗喩の綾とも言葉の化学反応式とも思える二句ですが、悟朗先生の内面が反映されたアイロニカルな作品と思います。

おわりに

森澤氏は友人の堀本吟氏との縁で俳句を始めた。また、堀本氏を通して和田悟朗先生と知り合った。初対面の印象については「橿原市立昆虫博物館の前に立った時の和田先生の風貌には不思議なオーラがあり、〈これが現代の俳人なのか〉と思いました。知的でありながらそれだけに収まらない雰囲気を纏っていました」と語り、お話を聞くだけで私も思わず和田悟朗の人物像に惹かれた。

また、森澤氏と初めて接した折の寡黙な印象からは離れ、話を深めれば深めるほど非常に明るく温かくなってくる。知性的な雰囲気を堪えつつ、時折誇りに満ちた表情で、和田先生の俳句、人柄、一緒に吟行、句会をやった時の印象を詳しく丁寧に語られた。

取材終了後には、車で明日香村や天武天皇、持統天皇の陵墓をご案内いただいた。そのあと地元の料理屋で、私の大好きなお寿司をご馳走になったことは望外の喜びだった。

董振華

森澤程の和田悟朗20句選

みみず地に乾きゆくとき水の記憶　『七十万年』

秋の入水眼球に若き魚ささり　『〃』

白鳥や空母浮かんでなにもせず　『現』

かの髪の幾万本に青あらし　『山壊史』

春の家裏から押せば倒れけり　『〃』

球面の午後のアンニュイ鳥渡る　『櫻守』

少年をこの世に誘い櫻守　『〃』

春めくや百済観音すくと立ち　『法隆寺伝承』

太古より墜ちたる雉子《きぎす》歩むなり　『〃』

夏至ゆうべ地軸の軋む音すこし　『少間』

蛇の眼に草の惑星昏れはじむ　『即興の山』

即興に生まれて以来三輪山よ　『〃』

野菊とは雨にも負けず何もせず　『〃』

阪神大震災
寒暁や神の一撃もて明くる　『〃』

遠泳やついに陸地を捨ててゆく　『坐忘』

藤の花少年疾走してけぶる　『〃』

舌を出すアインシュタイン目に青葉　『人間律』

少年に天動説の雁渡る　『風車』

歓声は沖より来たり風車　『〃』

夏至落暉瞬間に居りわだごろう　『疾走』

和田悟朗（わだ　ごろう）略年譜

大正12（一九二三）　兵庫県武庫郡御影町（現・神戸市東灘区御影町）生まれ。

昭和23（一九四八）　大阪大学理学部卒業。のち神戸大学理学部助教授、奈良女子大学理学部教授を経て同女子大学名誉教授（物理化学）。

昭和27（一九五二）　橋閒石の「白燕」に参加、同人。のち高柳重信の「俳句評論」、赤尾兜子の「渦」同人。

昭和43（一九六八）　第一句集『七十万年』（俳句評論社）。

昭和44（一九六九）　第十六回現代俳句協会賞。

昭和51（一九七六）　菟原逸朗遺稿集『立春大吉』『天上大風』『化学論文集』『小人閑居』の四部作を編集刊行。

昭和52（一九七七）　第二句集『現』（ぬ書房）。同年、現代俳句協会関西地区会議議長に就任。のち現代俳句協会副会長を経て、二〇〇六年三月より同顧問。

昭和56（一九八一）　第三句集『山壊史』（俳句研究新社）。

昭和57（一九八二）　『赤尾兜子全句集』司馬遼太郎・高柳重信と共編（立風書房）。

昭和58（一九八三）　『諸葛菜』（現代俳句協会）。

昭和59（一九八四）　第四句集『櫻守』（書肆季節社）。

昭和60（一九八五）　『現代の諷詠』（湯川書房）。

昭和62（一九八七）　第五句集『法隆寺伝承』（沖積舎）。

平成1（一九八九）　『俳句と自然』（裳華房）。

平成3（一九九一）　『赤尾兜子の世界』（梅里書房）。

平成4（一九九二）　『和田悟朗句集』（ふらんす堂）。同年、「白燕」代表。

平成5（一九九三）　第六句集『少間』（沖積舎）。

平成8（一九九六）　第七句集『即興の山』（梅里書房）。

平成11（一九九九）　勲三等旭日中綬章受章。

平成12（二〇〇〇）　『活日記』（梅里書房）。

平成13（二〇〇一）　第八句集『坐忘』（花神社）。

平成15（二〇〇三）　『舎密祭』（梅里書房）。『橋閒石全句集』（沖積舎）。

平成17（二〇〇五）　同年、『俳句文明』（邑書林）。

平成19（二〇〇七）　第九句集『人間律』（ふらんす堂）。

平成21（二〇〇九）　第七回現代俳句大賞。

平成22（二〇一〇）　橋閒石『俳諧余談』編（白燕俳句会）。

平成23（二〇一一）　季刊同人誌「風来」創刊。

平成24（二〇一二）　『時空のささやき』（ふらんす堂）。

平成25（二〇一三）　第十句集『風車』（角川書店）。

　　句集『風車』により第六十四回読売文学賞詩歌俳句賞受賞。

平成27（二〇一五）　二月二十三日、肺気腫により永眠、享年九十一。

　　同年、『和田悟朗全句集』久保純夫、藤川游子編（飯塚書店）。

森澤程（もりさわ　てい）略年譜

昭和25（一九五〇）　長野県佐久市に生まれ、本名は相馬悦子。

昭和50（一九七五）　東京を経て、奈良県橿原市に住む。

平成7（一九九五）　「花曜」入会、鈴木六林男に師事。

平成17（二〇〇五）　「花曜」終刊。

平成18（二〇〇六）　久保純夫代表「光芒」創刊同人。第一句集『インディゴ・ブルー』（草子舎）。

平成20（二〇〇八）　「光芒」終刊。

平成22（二〇一〇）　和田悟朗代表「風来」創刊同人。『21世紀俳句パースペクティブ』（現代俳句協会編）に参加。

平成27（二〇一五）　「風来」終刊。

平成28（二〇一六）　第二句集『プレイ・オブ・カラー』（ふらんす堂）。

令和6（二〇二三）　『和田悟朗の百句』（ふらんす堂）。

現在　花谷清主宰「藍」所属。現代俳句協会会員。ＮＨＫ学園俳句講座講師、よみうりカルチャー（高槻教室）講師。

聞き手・編著者略歴

董 振華（とう　しんか）

俳人、翻訳家。1972年生まれ、中国北京出身。北京第二外国語学院日本語学科卒業後、中国日本友好協会に就職。同協会理事、中国漢俳学会副秘書長等を歴任。早稲田大学大学院アジア太平洋研究科国際関係修士、東京農業大学大学院農業経済学博士。平成八年慶応義塾大学留学中、金子兜太に師事して俳句を学び始める。平成十三年「海程」同人。俳句集『揺籃』『年軽的足跡』『出雲驛《え》站《き》』『聊楽』『静涵』等。随筆『弦歌月舞』。譯書『中国的地震予報』（合訳）、『特魯克島的夏天』『金子兜太俳句選譯』『黒田杏子俳句選譯』『長谷川櫂俳句選譯』、編著書『語りたい兜太　伝えたい兜太 ──13人の証言』、『兜太を語る ──海程15人と共に』、『語りたい龍太　伝えたい龍太 ──20人の証言』、映画脚本、漫画等多数。現在「聊楽句会」代表。「海原」同人。現代俳句協会評議員、兜太現代俳句新人賞選考委員、俳人協会会員、日本中国文化交流協会会員。

現住所　〒164-0001　東京都中野区中野5－51－2－404

石炭袋

語りたい俳人　師を語る友を語る　――24人の証言　上

2025年3月21日初版発行
聞き手・編者　董振華
発行者　鈴木比佐雄
発行所　株式会社 コールサック社
〒173-0004　東京都板橋区板橋2-63-4-209
電話 03-5944-3258　FAX 03-5944-3238
suzuki@coal-sack.com　http://www.coal-sack.com
郵便振替　00180-4-741802
印刷管理　（株）コールサック社　制作部

装幀　髙林昭太

落丁本・乱丁本はお取り替えいたします。
ISBN978-4-86435-645-9　C0095　￥2500E